멜랑콜리의 색깔들―중세의 책과 사랑

La Couleur de la mélancolie
–La fréquentation des livres au XIVe siècle 1300～1415
by Jacqueline Cerquiglini-Toulet

EX CULTURA 엑스쿨투라 04

멜랑콜리의 색깔들—중세의 책과 사랑

자클린 세르킬리니툴레 지음 | 김준현 옮김

문학동네

근심의 회초리에 맞은

멜랑콜리의 학생인

나, 내 삶의 마지막 날까지

그 가르침을 따라야 하니

—샤를 도를레앙

'예언자 예레미아'
샹몰의 옛 사르트르회 수도원 조각상 〈모세의 샘〉 일부(1396년 이후),
클라우스 슬뤼터르(1340?~1405?) 작

'서궤'

브누아 드 생트모르의 『트로이아 이야기』 채색삽화, 작자 미상(14세기 프랑스)

·Cornelius.

'영국군이 생로 시가에 불을 지르다'
장 프루아사르의 『연대기』 채색삽화, 작자 미상(15세기 초 프랑스)

'니콜 오렘이 자신의 책을 샤를 5세에게 헌정하다'(위)
'인간의 지복'(아래)
『아리스토텔레스의 윤리학』 채색삽화, 파리의 작업 아틀리에(14세기 프랑스)

'장 프루아사르가 자신의 『연대기』를
영국 국왕 에드워드 3세에게 바치다'
장 프루아사르의 『연대기』 채색삽화,
작자 미상(15세기 초 프랑스)

'바트리크가 형 집행에 참석하다'
바트리크 드 쿠뱅의 시집 채색삽화, 파리의 작업 아틀리에
(1330년경)

'책상 앞의 크리스틴 드 피장'
크리스틴 드 피장의 『운명의 변전에 대한 책』
채색삽화, 작자 미상(15세기 초 프랑스)

『백 편의 발라드서』
『백 편의 발라드서』 채색삽화,
작자 미상(14세기 말~15세기 초 프랑스)

'가스통 푀뷔스와 그의 수렵 담당관들'
가스통 푀뷔스의 『수렵서』 채색삽화, 아비뇽의 작업 아틀리에(14세기 말)

'여백 장식 세부'
『기즈 공작 프랑수아의 기도서』 여백 장식,
작자 미상(14세기 후반 프랑스)
『베리 공작의 호화로운 성모 기도서』 여백 장식,
작자 미상(1380년경 프랑스)

'브르타뉴의 아서 왕과 세 명의 주교들' (1385년경)
아홉 용사들을 그린 벽걸이 장식융단, 모직, 니콜라 바타유(1330년경~1405년경) 추정

'궁정풍 정경들'
거울덮개, 상아, 작자 미상(프랑스, 14세기)

'수태고지'
성직자석 부조 패널, 목재, 작자 미상(프랑스, 14세기)

'성모 방문화'

『베리 공작의 호화로운 성모 기도서』 여백 장식, 폴 드 랭부르(?~1416년 이후) 작

'신비의 녹원'
기욤 드 마쇼의 「사자 이야기」를 위한 채색삽화,
『운명의 치유약』의 거장(1350~1360년경 파리에서 활동)

'운명의 수레바퀴'(아래)
기욤 드 마쇼의 『운명의 치유약』 채색삽화,
『운명의 치유약』의 거장(1350~1360년경 파리에서 활동)

'비너스 여신'
크리스틴 드 피장의 『헥토르에게 보내는 오테아의 서한』 채색삽화(1404~1408년경),
『오테아의 서한』의 거장(1400~1410년경 파리에서 활동)

'사투르누스'
크리스틴 드 피장의 『헥토르에게 보내는 오테아의 서한』 채색삽화(1404~1408년경),
『오테아의 서한』의 거장(1400~1410년경 파리에서 활동)

'새벽이 태양을 인도하다'

크리스틴 드 피장의 『헥토르에게 보내는 오테아의 서한』 채색삽화(1404~1408년경), 사프란의 거장

차례

일러두기

1. 이 책은 아래의 원서를 한국어로 완역한 것이다.
   Jacqueline Cerquiglini-Toulet, *La Couleur de la mélancolie-La fréquentation des livres au XIVe siècle 1300~1415*(Hatier, 1993)
2. '역주'와 '원주' 모두 후주로 처리하되, 괄호를 넣어 '(역주)'와 '(원주)'로 구별했다.
   또한 본문에 인용된 중세 시의 '원문'도 후주에 수록하여 대조해볼 수 있도록 했다.
3. 책은 겹낫쇠(『 』)로, 단편이나 시 등은 홑낫쇠(「 」)로 표시했다.

어느 수도사의 눈에 읽힌……

바야흐로 때는 1350년이다. 얼마 전 시력을 잃은 78세의 베네딕트회 노수도사가 자신의 과거를 돌이켜본다. 그의 이름은 질 리 뮈지Gilles Li Muisis[1]이다. 문학을 따로 익힌 적이 없었고 18세에 투르네의 생마르탱Saint-Martin 수도원에 들어왔던 그는 이제 글을 쓰기 시작한다. 그는 자신이 읽었던 것을 우리에게 말해준다. 그가 읽은 것은 이전 세기의 여러 작가들이며 그 가운데에는 몰리앵의 은둔자Le Reclus de Molliens[2]였던 어느 수도사의 작품들이 있다.

> 은둔자의 시구들에 대해 내가 무엇을 말할 수 있을까?
> 그럴 수 있었던들, 아주 기꺼이
> 나 그의 시구들을 매일 읽었을 것을.[3]

또 『장미 이야기*Le Roman de la Rose*』[4]도 있는데, 질 리 뮈지는 "이보다 아름다운 것은 별로 보지 못했다"고 말한다. 그는 동시대의 작가들, 기욤 드 마쇼Guillaume de Machaut,[5] 필리프 드 비트리Philippe de Vitry,[6] 장 드 르 모트Jean de Le Mote[7]에게도 감탄을 금치 못한다. 『장미 이야기』 외에도, 질은 샹파뉴와 피카르디 지방에서 쓰인 작품 또한 알고 있었다.

이상이 관용免罰의 새해에 투르네에서 작성된 당대의 문학 목록이다. 당시는 전쟁, 페스트, 기아, 온갖 종류의 사회적 혼란들로 말미암아 견디기 힘든 시대였으며, 용서받아야 할 것이 많을 수밖에 없었던 시기였다. 교황이 선포하는 성년聖年의 주기였던 100년 간격은 절반으로 짧아진다. 외스타슈 데샹Eustache Deschamps[8]은 이러한 혁신의 이유들을 다음과 같이 떠올린다. "로마에서 50년마다 50년이 돌아오니.De cinquante ans en cinquante ans a Romme."

> 예전, 또 어느 시대나
> 100년에 맞추어졌던 것을,
> 우리 삶이 단축되고 허약해짐으로 인해,
> 교황께서 줄이셨으니……[9]

1300년, 질 리 뮈지는 로마 순렛길에 올랐다. "나 분명 증언할 수 있으니, 이는 그곳에서 순례여행을 하고 있었기 때문이라.Bien le puis tiesmoignier, car là pérégrinay." 1350년 다시 성년 대사가 돌아온다.

이제 아비뇽으로 장소를 옮겨보자. 한 시인이 프랑스 문학을 평가한다. 그는 계관시인 페트라르카Francesco Petrarca[10]이다. 이 시기에 많은 시인들이 머리에 월계관을 썼다. 로마의 카피톨리노 언덕에서,

또는 북부의 '시연장들les puys'[11]에서. 이 문학적이면서도 축제의 성격을 띤 도시의 회합에서 유랑예인流浪藝人jongleur[12]들과 부르주아들이 한데 어울렸다. 질 리 뮈지는 별로 알려진 바 없는 콜라르 오베르Collart Haubert라는 작가를 우리에게 알려준다.

그에게 월계관이 수여된 시연장에서
그가 받은 것은 치열한 경쟁의 화관이었으니.[13]

『에노의 영주 기욤에 대한 회한*Regret Guillaume, comte de Hainaut*』이라는 작품의 시작 부분에서 장 드 르 모트는 자신의 사랑노래 가운데 하나를 시연장에 가져가 왕관을 받는 것을 꿈꾼다.

그럴 수 있다면, 왕관을 받기 위해
노래 하나를 그곳에 가져가리.[14]

장 프루아사르Jean Froissart[15]의 시chanson royale[16]는 발랑시엔, 아브빌, 릴, 투르네에서 월계관을 받는다. 투르네부터 아비뇽에 이르는 지역들에서 나타나는 예인藝人의 이와 같은 지고무상함의 정도를 보다 꼼꼼하게 따져볼 필요가 있다. 대단치 않은 것이고 정치적인 것이기는 하지만, 여하튼 어느 경우에나 시적인 지고무상함을 말이다.

이에 대한 믿을 만한 안내서로는 1947년 장 르클레르Dom Jean Leclercq[17]가 낸 훌륭한 책이 있다. 그는 12세기 수도원 문학을 설명하는 자신의 책에 『문학에 대한 사랑과 신에 대한 욕망*L'Amour des lettres et le Désir de Dieu*』이라는 제목을 붙였다.

14세기에 들어서면 이제 수도원 공간을 벗어나게 된다. 라틴어뿐만 아니라 마찬가지로 국어로 등장하게 되는 다른 속어들과의 관계 속에서 확립되고 고유한 특성을 찾으려 했던 프랑스어라는 토착어에 귀를 기울이게 된다. 문학에 대한 사랑, 다시 말해 라틴 문학에 대한 사랑은 이제 책에 대한 사랑이 된다. 사람들은 책이라는 대상의 중요성을 음미하게 되며, 14세기는 애서가愛書家의 세기가 된다. 신에 대한 욕망 역시 개인 자신에 대한 욕망으로 이행한다.

14세기의 문학은 '이차적인 단계second degré'라는, 즉 이전 시대의 작품들을 다시 쓰고자 하는 뚜렷한 의식 속에 이루어진다. 다음에 올 것에 대한 왕성하고 끈질기며 예리하게 파고드는, 또 종종 불안해하는 성찰 말이다. 자신들이 처음이 아닌 두번째로 왔다는 감정, 두번째였다는 저 불가항력적인 감정이 당시 사람들에게 의미하는 바는 무엇이었을까?

프랑스어의 경우 중세 문학은 9~12세기에 형성된다. 긴 관점에서 본다면, 14세기 역시 이 형성기에서 매우 가까운 것이 사실이지만, 이와 같은 근접성으로 인해 당시 시인들은 자신들을 그 형성기의 자식들로 여겼다. 하지만 이들은 이미 낡아버린 세계에서 떠도는 자식들이었다. 이러한 모순은 고통스러운 것이었으며, 그로 인해 당대의 문학에는 고유한 색, 다시 말해 멜랑콜리의 색이 칠해진다. 모든 것이 프랑스어로 재창조되어야 했던 문학의 봄, 즐거운 환희의 시절, 선구자들의 시절이 과거 12세기에 있었다. 반대로 14세기는 자신들의 시대를 문학의 겨울, 자기 내면으로의 은거, 칩거와 성찰 그리고 노년의 시절로 바라보았다. 요한 하위징아Johan Huizinga는 자신의 저서 『중세의 가을*L'Automne du Moyen Age*』에서 이를 훌륭하게 제시한 바 있다.[18] 그렇기에 오늘날 한 번 더, 이 시기에 우리의 관심을 기울이게 하는 여러 미학적·철학적·정서적 이유들에 대해 재고해 볼 필요가 있다. 우리가 보기에는 젊은 한 세계가 스스로를 늙었다고 느끼고, 스스로를 인류의 마지막 시대처럼 간주하며, 최후의 심판이 가까이 다가왔다는 징후들을 발견한다.

나 여러 징후들을 보게 되네, 그 끝에 다가간
이 세상의 흐름이 변할 것임을 예고하는.[19]

승리를 구가하던 12세기는 라틴어로 이렇게 확언했다. "우리는 거인의 어깨를 딛고 올라선 난쟁이들이다. 따라서 우리는 그들보다 더 많이, 더 멀리 본다." 12세기 초의 위대한 교사 베르나르 드 샤르트르Bernard de Chartres[20]가 말했던 이 탁월한 비유를 솔즈베리의 존John of Salisbury은 1159년경에 쓴 자신의 『메타로기콘*Metalogicon*』에서 다시 이야기한다. 이 표현은 근본적인 겸허함("우리는 난쟁이들이다")과 동시에 당대의 개별 토착어 문학에도 울려퍼진 지식에 대한 하나의 낙관주의를 드러낸다. 『단시*Lais*』의 프롤로그에서 마리 드 프랑스Marie de France[21]는 다음과 같이 쓴다.

철학자들은 이를 알고 있었으니,
그들은 스스로 깨우쳤도다,
시간이 흐르면 흐를수록
사람들의 정신은 더 깊이를 가질 것임을,
또 그들이 해석해야 할 것들에

더 많은 주의를 기울이게 될 것임을.[22]

이러한 낙관주의, 진보에 대한 믿음의 맞은편에, 샤를 도를레앙 Charles d'Orléans[23]의 롱도rondeau[24]를 두어야만 한다. "멜랑콜리의 학생 Escollier de Merencolye"이라는 말로 시작하는 시에서 "노인이 되어버렸다고vieillart devenu" 느끼는 주름살투성이 아이인 시인은 멜랑콜리의 가르침을 따를 수밖에 없게 된다.

'근심'의 회초리에 맞은
'멜랑콜리'의 학생인
나, 내 삶의 마지막 날까지
그 가르침을 따라야 하니.[25]

늙은 자식들, 나이든 학생들로 가득한 모순 속에 빠진 한 시대는 이렇게 고통스러운 긴장감을 내보인다.

라틴어의 상실

이제 "회초리에 맞은battu des verges" 학생의 모습을 대성당 정면의 현관, 특히 샤르트르Chartres 대성당의 정면 현관에서 보게 된다. 그러나 그 회초리는 근심의 회초리가 아닌 문법의 그것이다. 당시 문법이란 라틴어를 의미했으며 (중세 교육의 기반인) 삼학三學Trivium의 기예 가운데 첫번째에 해당했다. 이후 논리학이나 변증법 그리고 수사학을 배우기 위해서는 반드시 문법을 거쳐야만 했다. 라틴어는 단일성을 가진 언어이자 권위의 언어였다. 성직자들로 구성된 하나의 유럽이라는 단일성 그리고 엄밀한 의미에서의 종교 교육뿐 아니라 한층 더 일반적인 방식의 지식 전반에 미치는 교회의 권위 말이다. 프랑스어는 이 지도 위에 어떻게 자리를 잡았으며, 어떤 유용한 카드패를 가지고 있었을까?

분명 14세기의 경우, 프랑스어로 글을 쓰는 일이 새로운 것은 아니었다. 하지만 문화적 가치에 따른 선택 가능성은 남아 있었다. 프랑스어는 당시까지 라틴어의 고유 영토였던 분야에서 영역을 넓혀 갔고, 여기서 프랑스어의 정치적 영향력을 짚어볼 수 있다. 프랑스어는 마치 고급 문화어langue de culture처럼 여겨졌다. 당시 영국에서 프랑스어가 차지하던 위상도 이와 같았으며, 사람들은 라틴어와 같은 급으로 여기며 프랑스어를 배웠다. 당시 프랑스어를 가르쳤던 입문서들이, 마치 어머니가 자식들에게 글을 알려주는 것처럼, '여성feminae'으로 불렸다는 점을 주목할 필요가 있다.

> 프랑스어 입문서인 이 책을 '여성femina'으로 칭한 것은, 여성들이 아이들에게 모국어를 가르치는 것과 마찬가지로, 이 책 또한 젊은이들에게 프랑스어를 잘 말하는 법을 가르쳐주기 때문이었다.[1]

영국 내에서 프랑스어는 '라틴어/토착어Latin/vernaculaire'로 이분되는 두 관계항의 성격을 모두 갖는 것이었다. 분명 배워 익히는, 책을 통해 습득된 말이면서도, 그 책이 어머니의 역할을 수행했다는 점에서 말이다.

프랑스어는 권력의 쟁점이자 수단으로도 여겨진다. 프랑스 왕국 내에서는 라틴어로 쓰인 왕실 기록 『생드니 연대기*Chroniques de Saint-Denis*』가 1274년부터 『대연대기*Grandes Chroniques*』라는 제목을 달고 프랑스어로 번역되기 시작하며, 이후 1340년부터는 프랑스어로 직접 기술되었다. 지식의 이동은 힘의 이동과 궤를 같이한다. 프랑스 왕국 밖에서는 필리프 4세, 즉 미남왕 필리프Philippe le Bel의 왕위 계승 문제[2]에서 야기된 프랑스와 영국의 다툼에서 프랑스어를 완벽히 구사한다는 점이 중요한 문제가 된다. 다른 논거들 중에서도 바로 이 점이 영국 왕의 왕위 계승 요구를 정당화했다. 프랑스와 영국 사이에서 권력의 쟁점이었던 프랑스어가 프랑스 내부에서는 현왕賢王 샤를 5세의 권력 수단이자 정치적 도구가 된다.

학식 없는 왕, 왕관 쓴 당나귀

지혜가 왕이 갖추어야 할 으뜸가는 덕목이라는 점은 성서에서도 확인되며(구약의 솔로몬을 생각해보라), 중세 내내 이 사실에 대해 이의가 제기된 적은 없다. 12세기부터 지혜가 어떻게 얻고자 하는 군주의 의지에 달린 지식sapience 쪽으로 굴절되는지를 따져보는 것은 매우 흥미로운 일이다. 『폴리크라티쿠스*Policraticus*』에 담긴 솔즈베리의 존이 표명한 문장에서 출발할 필요가 있다. "학식 없는 왕은 왕관 쓴 당나귀와 진배없다.Rex illiteratus quasi asinus coronatus." 14세기 프랑스어에서 이러한 표명이 어떤 평가를 받아왔는지 검토해보자. 1372년 프란체스코회 수도사였던 드니 풀샤Denis Foulechat[3]는 샤를 5세의 명을 받아 솔즈베리의 존이 쓴 책을 번역한다. 위 대목은 다음과 같이 옮겨졌다.

> 내가 기억하기로, 로마 황제〔콘라트 3세〕가 프랑스 국왕〔루이 7세〕에게 서한들을 보냈으니, 그중 다음과 같은 내용의 서한 한 통을 내가 발견했다. 여기서 그는, 학식을 갖추지 못한 왕은 왕관을 쓴 당나귀와 다름없기 때문이라는 점을 들어, 프랑스 국왕을 격려하고 그의 자

> 손들에게 자유학예와 훌륭한 교의를 가르치도록 권했다.[4]

샤를 5세의 명을 받아 1376년에 쓰였으며, 처음에는 라틴어로, 이후에는 프랑스어로 옮겨진 책인 『녹원의 꿈*Le Songe du Vergier*』에서, 기사는 학문을 갖춘 왕이 필요하다는 점을 한참 강조한 뒤 이렇게 확언한다.

> 학식 없는 왕은 노 없는 배와 같으며, 날개 없는 새나 진배없다.[5]

외스타슈 데샹(1346~1406)은 왕이 갖추어야 할 지식의 본령을 밝히면서 어느 발라드에서 아래와 같이 주장한다.

> 학식 없는 왕은 당나귀와 같으니,
> 그가 성서와 법률을 모른다면,
> 사방에서 모두 그를 비웃으리.
> 국왕들은 당연히 독일어, 라틴어, 프랑스어를 알아야 한다.[6]

데샹은 다른 발라드(발라드 1244)의 후렴구에서도 같은 충고를 되풀이한다. "학식 없는 왕은 왕관 쓴 당나귀와 같아라.Roy sanz lettre est comme asne couronné." 크리스틴 드 피장Christine de Pizan[7]도 동일한 말로 군주들에 대한 교육을 강조한다. "지식을 갖추지 못한 왕은 왕관을 쓴 당나귀이다.Roy sans clergie est asne couronné." 솔즈베리의 존이 쓴 대목을 옮긴 드니 풀샤의 번역을 다시 취해 과장하면서 크리스틴 드 피장은 『오랜 학문의 길*Chemin de Long Estude*』에서 이렇게 적는다.

프랑스 역사에서 발견하게 되니,
일전에 한 신임장에서,
로마 황제가 프랑스 국왕에게
어떻게 편지를 썼는지를…….[8]

그리고 다음과 같이 예화를 마무리짓는다.

그런 연후, 로마 황제는 결론짓기를
무지한 왕의 모든 위업은 정녕 바람에 불과할 뿐,
또한 그의 치세는, 왕관 쓴 당나귀가 행했을 것과
마찬가지 값어치로 여겨질 뿐.[9]

반대되는 것들을 사용한 유희의 힘과 설득력 있는 비유를 통해, 이 표현은 당대의 정치사상을 잘 말해준다. 이 표현은 '권위 있는 정전auctoritates'을 옮긴 대부분의 번역본 도입부에 나타난다. 폭정을 피하게 해주는 지식은 통치 기능의 수행에 필수적이었고, 왕국의 영속과 관계되었다. 이런 견해는, 크리스틴 드 피장의 『샤를 5세의 여러 행적과 미풍양속에 대한 책*Le Livre des fais et bonnes meurs*』에서, 그녀가 현왕의 전범으로 여긴 샤를 5세의 입을 통해 밝혀진다. 이런 생각은 여러 세기를 거쳐 전해진다. 돌바크 남작baron d'Holbach[10]이 1776년 튀르고Turgot를 지지하기 위해 『도덕주의*Ethocratie*』를 쓸 때 인용한 것도 다름 아닌 크리스틴 드 피장의 책이었다. 14세기, 동일한 확언들이 니콜 오렘Nicole Oresme의 『아리스토텔레스의 윤리학*Livre de Ethiques*』(99쪽), 자크 르그랑Jacques Legrand의 『지혜의 금언*Archiloge Sophie*』(1권, 7장, 43쪽)에 나타난다.

지식은 정치적인 역할을 수행했으며, 샤를 5세는 상당수의 책을 번역하도록 명하고 루브르에 왕실도서관(크리스틴 드 피장의 표현에 따르면, "중요한 책들이 훌륭히 수집된 아름다운 서고"[11])을 만들게 함으로써 진정한 언어 정책을 펼쳤다.

꽃잎을 따듯 번역하기

이러한 번역 운동과 더불어, 지식과 관련해 라틴어가 누리던 권위가 사라지는 것을 목격하게 된다. 14세기 초, 릴 부근 시주앵Cysoing의 어느 도미니크회 수도사는 릴의 성당 참사위원이었다가 1286년에 사망한 아당 드 라 바세Adam de la Bassée의 『안티클라우디아누스에 대한 유희*Ludus super Anticlaudianum*』[12]를 프랑스어로 옮기면서 여전히 자신의 시도를 정당화할 필요성을 느낀다. 그는 다양성의 원칙을 내세워 자기 정당화를 한다. 장미 색깔들, 포도주, 빵(검은색 혹은 흰색), 말들의 갖가지 걸음걸이(속보, 질주, 측대보) 등 다양함을 즐기는 것과 마찬가지로, 쓰인 언어에 상관없이("어떤 언어로 그 작품이 쓰였건"[13]) 한 작품의 금언을 만끽할 수 있는 만큼.

> 바로 그런 이유에서, 나 또한 몰두했으니,
> 내 시간을 들여,
> 한 시인[14]을 프랑스어를 써서 이야기로 옮기는 데.[15]

샤를 5세의 훌륭한 번역자였던 니콜 오렘은 『아리스토텔레스의 윤리학*Livre de Ethiques d'Aristote*』에서 프랑스어에 무게를 두는 이러한 논거를 더 발전시킨다. 오렘은 라틴어를 역사적 관점에서 바라보며, 지난날 라틴어와 그리스어의 관계가 현재 프랑스어와 라틴어가 맺고 있는 관계와 같다고 주장한다. 다른 말로 하자면, 권위 있는 언어인 라틴어, 상징적 '아버지père'의 말은 오랫동안 로마인들의 '모어母語'였다. "이 나라에서 공통어이자 모어는 라틴어였다." 이때까지 라틴어와 프랑스어의 관계는, 종종 봉건적 어휘의 범주에 의해, 위계 차원에서 고려되었던 것이 사실이다. 단테Dante에 따르면, "라틴어는 통속어의 군주이다."[16] 이러했던 관계가 이제 연대상의 연속성 차원에서 분석된다. 경우에 따라 이와 같은 신성 박탈에 직면한 식자識者들이 보이기 마련인 징후적 반발을 겪기도 했지만, 역사적 시각이 신학적 조망을 누르고 확대되어간다. 영국 미술사학자 마이클 박산달Michael Baxandall[17]이 그의 저서에서 환기시키듯(『이탈리아 인문주의의 회화적 구성의 발견*Humanistes à la découverte de la composition en peinture*』, 17쪽), 피렌체 사람인 레오나르도 브루니Leonardo Bruni(1370~1444)는 자신이 쓴 서한들에서 "고대 로마에서 평민들이 키케로식 라틴어의 난점들을 능숙하게 다루기는 불가능했다. 그들은 틀림없이 일종의 이탈리아어를 말했을 것이며, 라틴어는 소수 엘리트들의 교양어였다"고 주장한다.[18] 그럼에도 불구하고 언어를 생각한다는 것은 역사를 생각하는 것이다. 이에 대한 흥미로운 예가 여럿 있다. 1423년 사망 당시 제네바의 주교였던 장 쿠르트퀴스Jean Courtecuisse[19]는 샤를 6세 앞에서 「예수 고난에 대한 훈화訓話*Sermon sur la Passion*」를 설교하면서 예수 그리스도의 제자들이 말한 언어에 대해 남다른 반응을 보인다. 그는 한 하인이 베드로에게 묻는 대목에서 다음과 같은 방식으로 이 점을 설명한다.

> "참말로, 당신도 그의 제자들 가운데 하나로군! 당신 말투가 당신이 누구인지 드러내지. 당신은 분명 갈릴리 사람이오."[20] 모두 히브리어를 말하지만, 그들 사이에는 프랑스어와 피카르디 방언만큼의 차이가 존재한다.[21]

로잔 태생인 자크 드 뷔그냉Jacques de Bugnin[22]은 1480년 7월 3일 사부아의 타미에 수도원에서 완성한 책인 『세속의 세기에 고하는 고별*Congié pris du siecle seculier*』에서 자기 언어의 뿌리가 프랑스어가 아닌 사부아 방언이라고 밝힌다.

> 그도 그럴 것이 글쓴이에게 자양분이 된 언어가
> 사부아 지방에서 유래했기 때문이라.[23]

"자양분이 된 언어"라는 표현에 주목하자. 고古프랑스어에서 '기르다nourrir' 동사가 갖는 이중의 의미에 따른다면, 그를 두 차례에 걸쳐 키운 것은 다름 아닌 말이다. 말이 그를 키우고 교육시킨 것이다. 마치 모유와 어머니의 말이 그랬던 것처럼.

밖으로 나가보지 않은 자, 아무것도 모른다

이렇듯 라틴어와의 분리가 시작되면서, 당대 사람들은 언어에 관심을 가지게 된다. 당대 사람들은 지나쳐가는 나라들에 관해 새롭게 귀를 기울이고, 어쩌면 세계를 두루 돌아다니는 새로운 방식을 보여주면서, 언어의 차이들을 인지하고 기록하고 주해한다. 언어에 대한 언급은 심지어 허구의 영역에서조차 여행의 인상들을 재창조할 수 있게 한다. 그리하여 장 프루아사르는 콘월 공작의 아들인 주인공 멜리아도르가 노섬벌랜드 지방을 말을 타고 지나면서 "프랑스어가 아닌 브르타뉴 방언으로"[24] 한 편의 롱도를 노래한다는 것을 알린다. 다음에는 프랑스어 노래가 이어진다. 외스타슈 데샹은 독일과 보헤미아로 말을 타고 여행해야만 하는 것을 한탄한다. 그가 겪게 되는 불편함, 불결함, 형편없는 음식, 끔찍한 식사 예절 등의 문젯거리는 차치하더라도, 그곳은 언어의 문제가 생기는, "알아들을 수 없는 말들"[25]이 있는 곳이다.

> 나는 사냥개에게 몰리는 사슴처럼 쫓기고 있으며
> 다른 사람들이 내게 독일어로 말하는 것을
> 알아들을 수 없네. 성직자들끼리 이야기하는
> 라틴어가 아니고는. 허나 성직자들은
> 늘 찾을 길 없다. 지금의 내 처지 실로 너무 가혹한 삶이니
> 그것은 독일인들의 성정 때문.
> 프랑스 사람이 한 명이라도 있어,
> 혹 그들이 프랑스어를 잘 안다고 해도,

그들 사이에서 이십 년 동안 머물러 지내더라도,
그들은 오직 독일어만 말할 뿐이라네.[26]

그렇지만 외스타슈 데샹 역시 교육상 여행이 필요하다는 결론에 도달한다. "밖으로 나가보지 않은 자, 아무것도 모른다네.Il ne scet rien qui ne va hors." (발라드 1311의 후렴구) 데샹에 앞서, 보헤미아의 왕 장 드 뤽상부르Jean de Luxembourg의 비서관으로 여러 여행에서 왕을 수행했던 기욤 드 마쇼는 다음과 같이 적는다.

이는 이 나라가 내게 낯설고
또 이 나라의 말을 내가 모르기 때문.[27]

사람들은 언어를 배운다는 것이 무엇을 의미하는지 곰곰이 생각해보게 되며 여러 언어를 비교해보는 문제에 대해서도 고민해본다. 앙주 공작 집안의 시종이자 대단한 여행가로 1386년경 태어나 1461년에 죽은 앙투안 드 라 살Antoine de La Sale[28]은 『시빌레 여왕의 천국*Paradis de la reine Sibylle*』에서 한 언어를 이해하는 것과 그 언어를 말하는 것을 구분하여 별개의 문제로 볼 필요가 있다고 강조한다. 기독교의 천국을 뒤집어놓은 경이로운 왕국인 이 천국에 사는 사람들은 말의 은사를 받는다. 이 은사는 현세 너머에 있는 세계 특유의 시간성을 이어받으면서 다음과 같은 방식으로 부여된다.

그도 그럴 것이 이곳의 여왕과 모든 남녀는 이곳에 330일 머무르는 때부터 이 세상의 모든 언어를 말할 수 있었다. 그리고 누구라도 이곳에 오게 된 순간부터 여기서 아흐레를 보내면, 그는 모든 말을 자신의 모어처럼 잘 이해할 수 있었다. 하지만 정해진 기간이 끝나기 전에는, 그가 이미 알고 있던 말을 제외하고는, 그 말들 가운데 어떤 것도 말할 수 없었다.[29]

앙투안 드 라 살 역시 여러 언어를 비교하는 데 관심을 보인다. 천국의 방문객들의 출신 지역을 알아보던 앙투안 드 라 살은 자신과 대화를 나누는 이의 말을 다음과 같이 전한다.

그러나 그의 생각으로는, 이 사람이 틀림없이 가스코뉴나 랑그도크 지방 출신 같았다. 왜냐하면 그를 포함해서 수하 대부분이 산티아고 데 콤포스텔라에 갈 때 말하는 언어인 오크어oc로 이야기했기 때문이다. 그는 더이상의 단서는 내게 주지 못했다.[30]

시의 경우 언어의 다양성은 또다른 복잡성을 의미하는 은유가 된다. 15세기 중반, 샤를 도를레앙을 중심으로 한 작은 회합, 즉 블루아Blois의 작은 문학 모임에서는 '대변자(통역자)' 를 뜻하는 '트뤼슈망truchement'이라는 말을 가지고 재치 있는 말재주를 부린다. 몇몇 필사본에서 '트리슈망trichement'이라 쓰인 이 말은, 유음중첩법을 통해 '속임수'라는 의미인 '트리슈리tricherie' 쪽으로 이끌린다. '번역/반역traduire/trahir'이라는 표현의 역사는 이처럼 오래된 것이었으며, 다양한 변주가 뒤따른다. 샤를 도를레앙은 다음과 같이 쓴다.

갖가지 상이한 언어를 말하는

내 생각의 대변자는
한번도 접해본 적 없는
낯선 것을 내게 전하네.
재능 있고 현명한 자처럼
프랑스어로 내게 옮겨주네,
[갖가지 상이한 언어를 말하는
내 생각의 대변자는.]

그것을 주의 깊게 들은 내 마음,
그에게 이야기하네. 그대 어리석은 짓을 하는구나.
나 그런 전갈은 들어본 적 없도다.
그대 낯선 땅에서 왔는가,
[내 생각의] 대변자여?[31]

그리고 샤를 도를레앙은 또다른 롱도를 이렇게 마무리한다.

자신의 욕구에 따라 말할 수 있는
그런 말을 갖지 못한 자,
그는 대변자를 찾아야만 하리.
그러면 혹은 저곳, 혹은 이곳에서
속이는 자 위에 속이는 자 있으리.[32]

중세 말기 사람들은 이러한 다양성에서 즐거움—그것이 매혹적이건 혐오스럽건—과 이로움을 끌어냈다. 이로움의 경우, 코르비

지방의 법관으로 1413년에 죽은 에티엔 드 콩티Etienne de Conty는 『개요론*Brevis Tractatus*』에 자기네 고장의 풍요로움을 적은 목록에다 그곳에서 가장 널리 말해지는 세 가지 언어인 '프랑스어gallicus, 플랑드르어flamingus, 브르타뉴어britonicus'를 덧붙인다. 즐거움을 끌어낼 수 있었던 까닭은 사람들이 여러 언어와 맺는 상관관계가 '아름다움', '추함', '관능성' 같은 표현처럼 심미적으로 경험되었기 때문이다. 1396년 영국에서 만들어진 회화 교재 『프랑스어를 잘 말하고 쓰도록 가르치는 언어의 방식*La Manière de langage qui enseigne à bien parler et écrire le français*』에서 "프랑스어의 용법과 관습에 따른 감미로운 프랑스어doulz françois selon l'usage et la coustume de France"라 말하듯, 프랑스어는 감미로웠다. 프랑스어는 어찌나 부드러웠는지, "그 큰 감미로움과 아름다움으로 인해 하늘의 천사들의 말에au parler des angels du ciel, pour la grand doulceur et biaultee d'icel" 비견될 정도였다. 단테의 언급 이후 유명한 관용어가 된 이 "감미로운 프랑스어Ce doux français"는 여러 방언의 차이를 포섭한 것이자 문학의 재료 그 자체였다. 어머니의 부드러움, 프랑스의 감미로움, 사람들이 꿈꾸는 프랑스의 모습, 『롤랑의 노래*La Chanson de Roland*』의 "온유한 프랑스dulce France" 등. 1400년경 존 바턴John Barton은 『프랑스어 도나투스*Donait françois*』, 즉 자신이 쓴 문법서에서 독자들에게 "파리와 그 주변 지방의 바른 언어, 영국에서 '감미로운 프랑스'라 칭해지는 곳의 언어droit language du Paris et de pais la d'entour, la quelle language en Engliterre in appelle: doulce France"를 소개할 것임을 명확히 밝힌다.

이와는 대조적으로 라틴어는 힘찬 언어였다. 시주앵의 어느 수도사가 번역한 아당 드 라 바세의 책 서문에서 볼 수 있는 한 이문異文은 "옮겨야 할 한 시인un poete translater" 대신 "옮겨야 할 한 권의 힘찬 책

j. (un) fort livre translater"이라, 즉 라틴어로 쓰인 책이라 적고 있다. 크리스틴 드 피장은 현왕 샤를 5세가 라틴어 지식을 갖고 있었음을 공손한 태도로 강조한다.

> 그분께서는 라틴어를 잘 알고 계셨고, 또한 라틴어를 풀이해드릴 필요가 없었음에도 불구하고……[33]

하지만 크리스틴 드 피장은 다음과 같은 점을 시인한다.

> ……아마도 프랑스어에 비해 라틴어에 그렇게 조예가 깊지는 않으셨기에—이는 라틴어의 미묘한 어휘들이 갖는 '힘'에 기인한다—, 그분께서는 신학 분야에서 성 아우구스티누스의 책 몇 권을 번역하라고 명하셨다.[34]

이 '힘찬' 라틴어, 예루살렘의 성 요한 종단의 성직자이자 1375년경 샤를 5세를 위해 발레리우스 막시무스Valerius Maximus[35]의 책을 번역한 시몽 드 에댕Simon de Hesdin[36]이 정의한 대로, 이 어렵고 압축적인 언어는 향수 어린 애호가들을 가지고 있었다. 필리프 드 메지에르Philippe de Mézières[37]는 1389년 완성한 『늙은 순례자의 꿈*Le Songe du Vieil Pelerin*』에서 의인화된 '진리Vérité'의 입을 빌려 가능한 한 라틴어를, 특히 성서를 읽으라고 샤를 6세에게 권한다.

> 그대가 라틴어를 읽는 데 즐거움을 느낀다면, 라틴어 이야기 하나 혹은 가르침 하나가 프랑스어로 된 이야기 대여섯 개보다 더 마음에 들

> 것이 분명하다. 이는 여러 성인이 라틴어로 쓰고 작성한 성서가, 프랑스어로 옮겨진 이후로는, 지류에서〔말하자면 개별 토착어로〕 읽는 이들에게 본래의 원류에서 그것을 읽을 때와 동일한 내용을 전하지 못하기 때문이다. 이 얼마나 놀라운 일인가! 그도 그럴 것이 성서 안에는 읽는 이의 마음을 크나큰 신앙심에 사로잡히게 하는 수많은 말들, 일단 프랑스어로 옮겨져 속어 속에 자리잡게 되면, 풍미도 기쁨도 사라지는 말들이 있기 때문이니.[38]

그것이 라틴어이건 프랑스어이건 간에, 말은 기쁨의 원천이기도 하다. 지식의 경우 14세기에 들어서면 단지 라틴어를 잃는 데 그치지 않는다. 질 리 뮈지는 자신의 시집에서 두 차례나 "나는 내 시간을 잃어버렸네Je pierc men walesc"라고 말한다.

계통의 탐구

『주교와 올바름의 법정*Plait de l'Evesque et de Droit*』[1]의 도입부에서, 일명 '브리즈바르Brisebare'로 불리는 두에 출신의 장 르 쿠르Jean Le Court[2]는 현자 카토Cato le Sage의 것으로 여겨지는 다음과 같은 말들에 대해 곰곰이 따져본다.

> ……사랑하는 아들아,
> 법정과 공판정으로 가서
> 판결을 듣거라.[3]

그는 이렇게 부르는 말, 호칭에 머뭇거리다가, 이내 사람들이 응당 카토를 아버지로 여길 수 있다고 확신한다.

사실 단언할 수 있으니,
한 명 이상의 아버지가 있을 수 있다고.
우리는 창조를 통해 신, 천상의 왕을
아버지로 삼고 있도다.
다른 종류의 아버지들도 갖고 있으니,
아담과 아브라함 같은 성서의 족장들을.
또 육신의 아버지와
정신의 아버지를
갖고 있으니
(그것은 교황, 고위 성직자 혹은 사제들),
그들로 인해 많은 이들의 마음이 곧잘 치유되며,
학문상의 아버지도 갖고 있도다.[4]

다수의 아버지들은 권위와 복종의 문제를 제기한다. 이렇듯 상이한 충실성이 어떻게 조화를 이룰 수 있는가, 또 아들들의 자리는 어떤 것인가?

신의 이름들

자신이 모은 우화들을 필리프 6세의 아내 잔 드 부르고뉴Jeanne de Bourgogne에게 헌정한(이를 근거로 그 시기를 추정해보면, 때는 대략 1339~1348년일 것이다) 어느 부르고뉴 출신 편찬자의 작품 『아비오네*Avionnet*』의 에필로그에는 다음과 같은 구절이 나온다.

모든 학문은 빛의 아버지에게서 나오니,
내가 보기에는 이 점 틀림없도다.[5]

이러한 태도는 통상적인 존경과 복종의 자세에 해당한다. 모든 학문은 신에게서 나오는 것이지만, 14세기 중반에 특기할 점은 흥미롭게도 '아버지이신 신'에게서 나온다는 점이다. 실제로 예술사가들이 우리에게 알려주는 바에 의하면, 표현 영역에서 아버지이신 신과 예수 그리스도의 모습이 구별되는 것은 14세기 들어 생긴 일이라고 한다. 이러한 아버지이신 신의 모습은 신의 이름인 '태곳적부터 계신 이l'Ancien des jours'[6]가 등장하는 「다니엘서」의 해당 대목에 힘입어 구체화된다.[7] 12세기의 성사극 『아담극*Le Jeu d'Adam*』과 15세기 아르눌 그레방Arnoul Gréban의 『수난성사극*Le Mystère de la Passion*』에서 각각 신에 대한 호칭을 검토해보면 이러한 경향을 확인할 수 있다. 피조물들과의 관계 속에서 신을 지칭하는 용어들을 검토해보면, 『아담극』의 경우 총 944행에서 다음과 같은 용례들이 나온다. '창조주createur'(11번), '주 하느님dampnedeu'(1번), '왕roi'(3번), '주님sire/seigneur'(19번). 『수난성사극』의 첫째 날(총 9943행)을 조사한 결과는 다음과 같다. '주재자acteur'(2번), '창조주createur'(11번), '창조자creeur'(2번), '확립자firmateur'(1번), '다스리는 분gouvernement'(1번), '심판자juge'(24번, 이 가운데 18번은 '정의로운 자와 긍휼한 자의 청원Le Procès de Justice et de Miséricorde'에서 나온다), '아버지père'(12번), '창시자plasmateur'(2번), '근원principe'(1번), '왕roi'(7번), '주님sire'(8번), '가장 높은 분souverain'(1번). 이 두 작품에서 '창조주', '왕', '주님'라는 말이 공통적으로 사용되는 데 비해, '아버지'라는 말은 오직 후자에서만 사용된다. '아버지'라는 말의 출현과 그 잦은 사용(심지어 '창조주'라는 말을 훨씬 상회하는)은 하나의 새로운 감수성, 신과 피조물 사이의 관계에 대한 정서적 이해를 보여주는 것이다. 이러한 관계는 봉건적인 용어 개념이라기보다는 혈통 및 계통적인 용어 개념의 고려에 해당한다. 아버지이신 신을 지칭하는 데 있어 '주님'이라는 말을 덜 사용한다는 점과, 마찬가지로 '주 하느님dampnedeu' (라틴어 'Dominus Deus'나 프랑스어 'Seigneur Dieu')이라는 호칭의 사용 역시 『아담극』에서만 유일하게 나타난다는 점도 주의를 끈다. 아버지 혹은 아버지들의 문제는 시사성을 갖는다. 왜냐하면 영적 영역에는 다른 아버지들이 있기 때문이다. 교리상으로는 여러 교부들, 무엇보다도 교황들, "우리의 거룩한 아버지들no Sains-Pères"—자신이 살아온 시대를 위해 교황 첼레스티노 5세부터 시작하여 교황들의 역사를 되짚어갈 때, 질 리 뮈지는 이렇게 지칭했다—이 있으니 말이다.

> 그 앞의 분들에 대해서는 내가 말할 수 없으니, 이는 당시 내가 젊은이였고, 그런 일들에 대해 별로 생각해보지 않았기 때문이다.[8]

14세기의 경우, 영적 아버지들에 대한 문제는 교회 대분열 문제로 복잡해진다. 교황 수의 증가, 즉 동시에 여러 명의 교황이 생겨난 것은 남용과 오류의 징표이다. 외스타슈 데샹은 이를 격하게 이야기한다.

> 오, 한 입으로 두말하는 자, 그와 같은 술수를 찾은 자여,
> 그대 과도한 간교함과 오만에 부풀었구나.

또 성직자들도 이런 것들을 환대할 만큼
경박하구나. 마치 호두나 굴 껍질처럼,
깨지고 부서지는 것을 나 보게 되는구나.[9]

교황이 두 명이라는 것은 진정한 교황이 없다는 의미이다. 외스타슈 데샹은 자신의 발라드를 다음과 같은 후렴구로 끝마친다. "교회에는 진정한 교황도 황제도 없어라.Vray pappe n'est n'empereur en l'Eglise." 위계질서가 무너진 채 넘쳐나는 아버지들은 해를 끼친다.

아버지들과 아들들: 왕에서 기사들을 거느린 왕으로

이와 같은 아버지들의 과잉은 역사적 계보상에도 오점을 남긴다. 1240~1260년에 쓰인 『사물의 본질에 대하여*De proprietatibus rerum*』에서 저자 바르톨로메우스 앙글리쿠스Bartholomeus Anglicus가 영국의 역사에 대해 언급하는 방식을 비판하면서, 1369~1372년에 샤를 5세를 위해 이 책을 프랑스어로 번역한 장 코르브숑Jean Corbechon[10]은 분명하게 밝힌다.

두번째로, 그는 이 나라를 칭송하고자 마음먹으면서도 실제로는 비난으로 뒤덮는다. 왜냐하면 처음에는 영국인들이 거인들의 후손이라 말하더니, 이어서는 부르투스Brut와 대트로이아인들의 후예라고, 또 그다음에는 작센족의 후예라 말하기 때문이다. 이렇게 이야기함으로써 그는 영국인들에게 여러 아버지를 주어, 결과적으로 그들을

사생아로 만든다.[11]

무엇보다도 장 코르브숑이 보기에, 연이은 침입(바로 여기서 사생아가 만들어진다)에 대해 자기 자랑을 하는 동시에, 침입들 가운데 가장 명성을 떨친—프랑스인의 눈으로 보기에는—노르만족의 정복을 망각하는 것은 있을 수 없는 일이다.

그런데 이 사실은 잊어버려서는 아니 되니, 그도 그럴 것이 작센족에게 정복되었던 것에 비해 노르만족 또는 프랑스인들에게 정복된 것은 그들에게 덜 수치스러운 일이기 때문이다. 그는 자기 나라의 수치를 가리기 위해 이 모든 정복을 감추어야 했다. 혹 그렇지 않고 그가 이러한 정복을 영예로 여겼다면, 영국인들의 왕이 약간만 고쳐 사용하는 방패휘장防牌徽章의 원래 주인인 노르망디의 공작 정복자 기욤을 망각하지 말아야만 했다.[12]

장 코르브숑 같은 신봉자의 눈에 영국인들은 사생아였고, 프랑스인 혈통의 순수성은 거의 신에 준하는 수준까지 거슬러 올라가는 것이었다. 실제로 장 코르브숑은 프랑스인의 기원에 관한 바르톨로메우스 앙글리쿠스의 간략한 언급을 부풀려 덧붙인다.

프랑스 연대기를 보다 면밀히 살펴보았던 다른 이들은, 프랑스라는 명칭이 헤라클레스의 후손〔실제로는 헥토르Hector의 후손〕이자 프리아모스 왕의 조카〔손자〕였던 프랑시옹Francion의 이름에서 따온 것이라 말한다. 이 프랑시옹은 대트로이아가 멸망한 이후, 같은 가계뿐 아니라 다른 가계의 많은 귀족들과 함께 고국을 떠났고, 이곳에 이르게 되었다. 그리하여 그의 이름을 따서 프랑스라 불리게 되었으니, 이는 위그 드 생빅토르Hugues de Saint-Victor, 위그 드 클뤼니Hugues de Cluny 같은 대가들과 많은 다른 충실한 연대기 작가들이 이야기한 바이다.[13]

먼 과거의 역사적인 아버지들. 속세의 아버지들. 종교적이고 문화적인 이유에서, 중세에 부계父系는 사고의 모델이었다. 따라서 14세기의 정치·문학 공간에 자리잡고 있는 아들과 아버지의 '쌍'에 대해 주의를 기울일 필요가 있다. 무엇보다도 먼저 군주들, 대영주들 그리고 프랑스 왕의 혈통 주변에서.

수백 년에 걸친 전설이, 우리가 어릴 적 읽었던 역사책들을 통해, 우리 기억 속에 부왕父王과 그 아들의 모습을 새겨놓았다. 푸아티에 전투(1356)에서 선왕善王 장Jean le Bon과 그 아들들의 모습이 그것이다. 미슐레Jule Michelet는 이 장면을 훌륭히 묘사한 바 있다. 우리 모두의 귓가에 이탈리아 연대기 사가 조반니 빌라니Giovanni Villani[14]와 그의 동생 마테오 빌라니Matteo Villani가 전해준 말, 선왕 장의 열네 살 된 막내아들 필리프Philippe가 외치던 말이 울린다. "부왕이시여, 오른쪽을 조심하십시오! 왼쪽을 조심하십시오!"[15] 그의 태도는 '대담한 자le Hardi'라는 별명과 부르고뉴 영지에 값하는 것이었다고 사람들은 말한다. 국왕의 명에 따라 다른 세 아들[16]은 전장에서 멀리 떨어져 있었다. 전투의 마지막 순간을 같이하지 못했기에, 또 부친이 영국에 포로로 끌려갔기에, 후일 샤를 5세가 되는 황태자는 아들 몫을 할 기회가 없었다. 샤를 5세는 통치해야만 했고, 또 통치했으나, 그의 별자리는 젊음이 아닌 노년이었다. 미슐레의 표현에 따르면 "젊은 왕은 늙은이로 태어났고le jeune roi était né vieux" 이 점은 그의 치세 전반과 조화를 이루었다. 크리스틴 드 피장에 의하면, 샤를 5세는 구약의 족장과 같은 모습으로 숨을 거두었다.

> 마지막 순간이 다가오자, 구약의 족장들과 마찬가지 방식으로, 그분께서는 맏아들인 황태자를 당신 앞에 나오게 하셨다.[17]

이는 1380년의 일이었고 당시 왕은 42세였다. 샤를 5세가 아들이 될 시간도 없었고 아들이 되려는 의향도 없었던 반면, 그의 아들은 그저 보통 아들에 지나지 않게 될 터였다. 샤를 5세가 남긴 아버지의 이미지는 감당하기 버거운 것이었으며, 샤를 6세Charles VI[18]가 24세이던 1392년부터 나타났던 광기는 이 젊은 왕을 끝없는 유년 속에, 영원한 의존 속에 붙잡아둔다.

우리가 보기에 중요한 또다른 '쌍'은 바로 샤를 5세의 외조부로 "보헤미아의 훌륭한 왕le bon roi de Behaingne"이었던 장 드 뤽상부르Jean de Luxembourg와 그의 두번째 결혼에서 태어난 아들 벵스라스 드 브라방Wenceslas de Brabant의 경우이다. 사실 두 사람 모두 14세기 작가들에게는 본보기가 되는 후원자의 모습이었다. 기욤 드 마쇼는, 그가 왕을 섬기게 되는 시점인 1323년경부터 순차적으로 장 드 뤽상부르의 '궁중 구호관clerc aumônier'에서 '공증인notaire'을 거쳐 '서기관secrétaire'이 된다. 『알렉산드리아 정복*La Prise d'Alexandrie*』이라는 작품에서 마쇼는 이 때를 떠올리며 자랑스럽게 외친다.

> 나는 삼십 년 이상 그분의 서기관이었고

그분의 성향과 생각들,
그분의 명예와 미덕, 고귀함,
대담함과 너그러움을 익히 알고 있다.
왜냐하면 그분의 더없이 중요한 모든 일들에서
내가 그분의 비서관이었기에.[19]

기욤 드 마쇼는 장 드 뤽상부르가 여행이나 원정을 떠날 때 그를 수행하며 유럽 전역을 돌았다. 그의 이야기 시들dits은 국왕 장 드 뤽상부르에 대한 따뜻함과 경의가 묻어나는 증언을 우리에게 전해준다. 『보헤미아 왕의 판결*Le Jugement dou Roy de Behaingne*』에서 의지할 대상으로 그려졌던 장 드 뤽상부르는, 20여 년 뒤에 쓰인 『벗의 조력*Le Confort d'Ami*』에서 나바르 왕 카를로스 2세Charles de Navarre가 따라야 할 모범적인 본보기로 다시 거명된다. 그는 『사랑의 샘*La Fonteinne amoureuse*』과 『알렉산드리아 정복』에서 재차 언급된다. 마쇼는 장 드 뤽상부르의 용맹함과 너그러움, 기사로서의 뛰어난 자질을 칭송한다.

그분은 내려주셨네, 봉토, 보석, 땅
황금, 그리고 순은純銀을. 그리고 어떤 것도 취하지 않았으니
명예 이외에는.[20]

1346년, 장 드 뤽상부르는 크레시 전투에서 영웅적이면서도 극적인 죽음을 맞이했다. 눈이 멀어 앞이 보이지 않았던 그는 자신을 수행하던 두 기사인 앙리 르 무안 드 발Henri Le Moine de Bâle과 앙리 클랭장베르Henri Klingenberg의 말에 자신의 말을 묶고 전장에 몸을 던진다.[21]

이 죽음은 작가들의 눈에 한 세계의 최후로 비추어졌다. 장 프루아사르는 1372년 『사랑의 감옥*La Prison amoureuse*』에서 이를 떠올린다. 장 드 뤽상부르는 중세 사람들에게 트라우마와도 같고 품위를 떨어뜨리는 그런 장애를 자신의 용기를 증거하는 표상인 '무조건적인 aveugle' 용기로 삼을 수 있었다. 그는 더이상 찾아볼 수 없을 이상적인 군주가 된다. 사람들은 훌륭한 보헤미아 왕의 시대를 돌이켜보곤 했다. 「눈물의 레*Lay de Plour*」에서 외스타슈 데샹이, 특히 그 용맹함에 대해 말하는 것처럼.

> 저 용맹한 왕의 시대에는,
> 기마시합과 축제, 마상경기,
> 그리고 갖가지 즐거운 생활을
> 예우했고
> 사랑, 쾌락, 즐거움,
> 또 모든 사랑의 규칙도 그러했다네.
> 용맹함은 드높았고
> 그 누구도 감히 바른 길에서 벗어나려 하지 않았지.
> 아아! 이전과 다르게 그런 일들
> 위험스럽게 되었음을 보게 되누나.[22]

보헤미아의 장, 즉 장 드 뤽상부르를 기욤 드 마쇼를 통해 알았을 뿐인 장 프루아사르—그는 왕과 그 맏아들의 이름을 혼동하여 왕을 "보헤미아의 왕, 카를Karle, le roi de Behagne"이라고 부른다—는 『사랑의 감옥』 시작 부분에서 그를 너그러움을 가진 전형적인 인물로 든다.

"모두에게 너그러움을 실천하라고 가르쳤던 그. qui faire a tous largece ensagne." 프루아사르는 다른 대목에서 이를 부연한다.

> 내가 여기서 거명하는 훌륭한 왕은
> 바로 크레시에서 최후를 맞은 분이며
> 그렇게나 너그럽고 기품 있어
> 프로이센에서 아르투아에 이르기까지
> 아니, 콘스탄티노플에 이르기까지
> 그보다 더 너그럽고 고귀한 이 없었어라.[23]

장 드 뤽상부르는 용사, 새로운 알렉산드로스 대왕, 새로운 헥토르였다. 그러했기에 기욤 드 마쇼는 『보헤미아 왕의 판결』에서 그를 논쟁의 판결자로 추천하면서 이렇게 소개한다.

> 그는 능가했으니, 너그러움에서는
> 알렉산드로스를, 용맹함에서는 헥토르를.[24]

그의 이상화된 모습은 14세기 내내 향수 어린 전거이자 전형적인 본보기처럼 이어졌다. 시대적 징후, 향수를 거의 즉각적으로 불러일으키는 본보기로.

후일 카를 4세라는 이름으로 독일 황제가 되는 장 드 뤽상부르의 장자 카를은 작가이기도 했다. 그는 라틴어로 자서전 『카를의 생애 *Vita Karoli*』를 썼다. 페트라르카는 그를 존경하여 1350년 초에는 황제로서 로마에 머물기를 청하기도 했다. 두번째 결혼에서 태어난 아들 뱅스라스 드 브라방은 그의 후견을 받았던 장 프루아사르를 통해 시인으로 알려져 있다. 프루아사르는 그 부친을 떠올렸을 때와 마찬가지의 열정을 갖고 뱅스라스 드 브라방을 묘사한다. 「플로린 금화 이야기*Le Dit dou Florin*」에서는 아래와 같은 내용을,

> 왜냐하면 그는 사랑받는,
> 고아하고 기사다운 군주였으니[25]

또 『연대기』에서는 다음과 같은 기술을 읽을 수 있다.

> 그때 뤽상부르 공국에서, 훌륭한 태생이며 쾌활한, 뤽상부르와 브라방의 공작이신 보헤미아의 뱅스라스, 생전에 고결하고 쾌활하며 기력이 넘치고 현명했던, 무구武具와 사랑에 열정을 다했던 분이 돌아가셨다.[26]

그러나 뱅스라스의 최후는 부친에 비해 덜 영광스러운 것이었다. 그는 1383년 나병癩病에 걸려 숨을 거둔다.

왕족인 아버지와 아들의 세번째 쌍은 부자 사이에 일어난 비극, 즉 푸아의 영주였던 부친 가스통 푀뷔스Gaston Phoebus가 유일한 적자였던 아들 가스통Gaston을 살해한 것으로, 여러 연대기 작가들과 문인들의 관심을 끌었다. 장 프루아사르가 뱅스라스 드 브라방에 대한 시를 삽입한 이야기인 『멜리아도르*Méliador*』를 읽은 것이 바로 군주 가스통 푀뷔스 앞에서였다. 가스통 푀뷔스 역시 작가였으며, 특히 매우 유명한 수렵서의 저자이기도 했다. 프루아사르는 부자 간의

비극을 놀랄 정도로 훌륭하게 이야기한다. 그는 베아른으로 여행하는 긴 여정 내내 젊은 가스통의 기이한 죽음에 대해 알아보고자 애를 쓴다. 프루아사르의 길동무였던 에스팡 드 리옹Espang de Lyon은 이에 대해 말하기를 거부하지만, 결국 프루아사르는 『연대기』에서 이름을 밝히지 않는 "예전의 시종이자 상당한 유력자인 누군가ung escuier ancien et homme moult notable"에게서 사건의 전말을 전해 듣는다. 가스통 푀뷔스의 적자는, 자신을 독살하려 한다는 의심을 품은 '사냥꾼chasseur' 아버지에 의해 목의 혈관이 베어져 1380년 사망한다. 한편 가스통 푀뷔스의 사생아 이뱅Yvain은 어느 혼례 축제에서 야만인으로 분장하고 늑대를 흉내내다가 산 채로 불에 타 죽음을 맞는다. 이뱅이 죽은 날은 1393년 1월 28일 화요일이었고, 후일 역사는 이날을 '불길에 타는 자들의 무도舞蹈bal des Ardents'라는 이름으로 기억하게 된다. 미개함과 어두운 힘들이 궁정의 풍습 곁에 나란히 존재하고 있었다는 점에서 야릇한 운명이 아닐 수 없다.

문학에서도 작가인 아버지와 아들로 이루어진 여러 쌍을 발견할 수 있다. 이러한 현상은 새로운 동시에 흥미로운 것이기도 하다. 분명 이 시기까지도 여전히, 군주들에 비해 시인들의 전기는 훨씬 덜 알려진 것이 사실이다. 그렇기에 이러한 계보에 대한 언급은 보존된 자료를 통해서보다는 시인들 스스로에 의해 이루어진다. 자전적 기록의 시도, 자기 자신에 대한 욕구는 프랑스 문학의 경우 14세기에 들어 모습을 드러내며, 이러한 고백들 속에서 14세기의 특징 가운데 하나를 발견하게 된다. 그뿐만 아니라 문학계에서 육친관계는 글을 쓴다는 것이 더는 수도사와 성직자의 수중에만 맡겨지지 않는다는 점을 알려준다. 이러한 혈통관계는 화실畵室의 전통 안에서 아버지로부터 아들 대代로 화가의 업이 이어지는 예술가 집단과 마찬가지로, 한동안은 글쓰기가 하나의 직분처럼 여겨졌다는 점을 보여준다. 작가의 업이 혈통을 따라 대물림된다는 사실은 14세기 문학창작의 중심축 가운데 하나였던 장인의 수작업artisanat과도 같은 글쓰기의 강조로 나타난다. 장 드 콩데Jean de Condé는 「사냥개 이야기*Le Dit dou Levrier*」에서 이렇게 털어놓는다.

> 나는 보두앵 드 콩데Baudoin de Condé의 아들이다.
> 내 아버지의 몇몇 특질과
> 그의 정신 약간을
> 내가 닮는 것은 당연하다.[27]

아들은 자기 아버지를 닮는 법이다. 아들에게 있어 음유시인인 아버지에 대한 언급은, 하나의 토포스topos처럼 응당 겸손함이 요구되는, 겸양 표현을 간접적으로 이용해 자신의 명성을 확고하게 만드는 정묘한 수단이 된다.

아버지와 아들의 또다른 한 쌍에 대한 예는 토마 드 피장Thomas de Pizan과 그의 딸 크리스틴Christine의 경우이다. 크리스틴 드 피장은 부계 혈통을 내세우지만, 반대로 모계 혈통은 알레고리적 혈통을 위해 포기한다. 그녀는 이 점을 『운명의 변전變轉에 대한 책*Le Livre de la Mutacion de Fortune*』에서 강조한다. 그녀는 모든 필사본에 동일하게 적혀 있듯이 토마의 '아들fils'이며 자연Nature의 '딸fille'이다.

나는 지난날 철학자로 불렸던

고귀하고 명망 높은 이의 아들이어라.[28]

그러나 알레고리적 어머니의 힘, 즉 "왕관을 쓴 여왕royne couronnee"인 '자연Nature'의 힘이 그녀를 여자로 탄생시킨다. 그녀 부친의 지식을 물려받는 것, 상속이 그녀에게 난점으로 작용한다.

……나 물려받을 수

없었으니, 값진 샘에

있는 재보財寶를,

권리가 아닌 관습이 이유가 되었기에.[29]

크리스틴 드 피장에게 이러한 관습은 권리droit를 표상하는 그녀 부친의 대척점에 있는 육신의 어머니의 모습 속에 구체화되어 나타난다. 크리스틴 드 피장은 『귀부인들의 도성에 대한 책*Le Livre de la Cité des Dames*』[27]에서 '올바름Droiture'의 입을 통해 이 점을 명확히 밝힌다.[30]

대단히 박학다식한 학자이자 철학자였던 그대의 부친은, 여성들이 학문을 익히는 것 때문에 가치가 떨어진다고 생각지는 않았다. 그대도 알다시피, 부친은 그대가 문예에 관심을 갖는 것을 보고 큰 기쁨을 느꼈다. 오히려 그대가 어렸을 때 더 학문을 익히지 못하게 만든 이유가 된 것은 그대 어머니의 여성다운 편견이었지. 그녀는 그대가 여성들이 으레 하듯이 바느질에 전념하기를 바랐으니까.[31]

혈통이 자식을 학문에 조예 깊게 해줄 수 있다면(크리스틴 드 피장의 경우처럼), 아버지는 자식을 글쓰기에 이르도록 해줄 수 있다. 이는 일회적인 방식으로, 마치 청원서가 아들에서 아버지로 올라가고, 또 아버지에서 교황에게로 올라가는 외스타슈 데샹의 작품에서와 같이 나타나기도 하며,

지극히 거룩하신 아버지여, 잊지 마소서.
제 아들 기예Gillet를, 그 아이가
교회 참사위원직을 얻을 수 있게 해주소서.
그 아이에게 당신의 은혜를 베푸소서.[32]

"1371년l'an mil trois cens soixante et onze" 작품을 쓰기 시작한 라 투르 랑드리의 기사Chevalier de La Tour Landry[33]가 남긴 글에서 보듯, 훨씬 더 근본적인 방식으로 드러나기도 한다. 그는 젊은 시절, 사랑의 신Amour이 자신을 시인으로 만들었다고 이야기한다.

왜냐하면 그 당시 나는, 할 수 있는 한 가장 잘, 노래와 레lai, 롱도, 발라드와 비를레virelai,[34] 새로운 노래를 만들었기 때문이다.[35]

그러나 귀부인은 죽고 기사는 슬픔과 사념에 잠긴다. 한 개인의 운명은 궁정풍 서정시의 변천 과정을 따라간다. 12~13세기의 사랑노래 이래로 서정시는 희망Espérance의 표지 아래에서 귀부인의 죽음에 뒤따르는 '한탄'과 '교훈적인 내용'으로 자리를 옮긴다. 이러한 것이 단테 이후 시인들의 상황이다. 라 투르 랑드리의 기사는 이

제 더이상 귀부인을 위해 글을 쓰지 않는다. 그 대신 딸들을 위해 글을 쓰며, 노래를 부르는 대신 가르침을 준다.

> 훌륭한 귀부인들의 바른 행실과 선행을 적고, 여기서 사람들이 훌륭한 몸가짐과 바람직한 태도, 또 좋은 예들을 취하도록 할, 한 권의 작은 책을 쓸 수 있다면 하고 혼자 생각했다…….
> 내 딸들이 프랑스어로 익히고 읽을 수 있도록 작은 책을 만드니, 그 아이들이 지난날의 선과 악을 보고 배우고 익혀, 앞으로 다가올 미래를 경계하기를 바란다.[36]

당시 사람들은 아들과 아버지의 예들에 대해 숙고하곤 했다. 이러한 지혜가 때로 진부한 것이기는 하지만, 어떻게 이 지혜가 사용되는지를 보는 것은 흥미로운 일이다. 리브가와 그녀의 두 아들에 대한 사례에서 결론을 이끌어내면서,[37] 라 투르 랑드리의 기사는 단언한다.

> 이렇듯 한 아버지 혹은 한 어머니의 자식들이라고 해서, 서로 같은 것은 아니다. 그도 그럴 것이 누구는 일과 직업을 좋아하고 누구는 다른 종류를 좋아하기 때문이다.[38]

그는 또한 혈통의 순수함이 중요하다고 환기시킨다.

> 왜냐하면 잘못 태어난 아이들이나 정당한 혼례에서 태어나지 않은 아이들의 경우, 그들로 인해 싸움이 일어나고, 그들 때문에 선조들의

> 평판이 떨어지기 때문이다.[39]

이러한 생각은 도덕적이면서 동시에 정치적인 것이다. 사생아는 자연스런 정당성을 넘어서는 힘, 폭정의 이유가 된다. 14~15세기의 프랑스가 이탈리아를, 특히 비스콘티Visconti 가문의 밀라노 통치를 바라보는 시각도 이와 다르지 않았다.

> 그런데 이탈리아에서는, 사생아와 적자 사이에 별반 큰 차이를 두지 않았다.[40]

필리프 드 코민Philippe de Commynes[41]은 자신의 『회상록*Mémoires*』에서 그렇게 쓴 바 있다. 영적이건 육체적이건 아버지의 문제는 실제로 권위와 상속의 문제를 제기한다. 문학의 영역에서 당시 작가들은 어떤 선조들을 가지고 어떤 문화에서 글을 쓰게 되었을까?

예술의 탄생: 작가인가 필경사인가, 저자인가 음유시인인가?

육신의 아버지에서 상징적인 아버지에게로, 종종 권위의 이동이 생겨난다. 14세기의 작가들에게 상징적인 아버지란 자신이 쓰는 글의 헌정 대상(후원자, 귀부인, 벗 등)을 의미하거나, 아니면 자신들의 글에 바탕이 된 '권위자들auctoritates', 즉 앞선 작가들, 선례들을 뜻할 수 있었다. 그렇다면 이렇게 서로 다른 '선대avant'와의 관계 속에서 작가들은 어떻게 자신의 위치를 만들고 또 어떻게 자신들에게 이름을 붙이는가?

'창조자créateur'라는 말은 금지되었다. 왜냐하면 종교적인 이유에서 오직 신만이 창조하기 때문이었다. '작가écrivain'라는 말은 모호하다. 이 말이 분명 글을 쓰는 사람을 지칭하지만, 무엇보다도 물질적인 의미에서 글을 쓰는 사람, 다시 말해 필경사를 의미했다. '저자auteur'라는 현대적인 의미는 13세기 장 드 묑Jean de Meun의 『장미 이야기』에서 처음 나타나는데, 이 말이 사용되는 맥락이 흥미롭다. 플라톤, 아리스토텔레스, 그리스와 아랍의 위대한 수학자들은 틀림없이 작가이지만, 그들의 '지성angin'은 '헛되니vain', 그 까닭은 '자연'을 기술하는 데는 무력하기 때문이다. '작가/무력함escrivain/vain'으로 각운을 맞춘 것은 의미심장하다.[42] 하지만 이 점은 원숭이가 말과 이성을 타고났다 해도 마찬가지였을 것이다.

> 그들도 또한 작가일 수 있으리라,
> 그들도 무능하지 않으리라,
> 찾으려 애쓰지 못할 정도로……[43]

'작가'라는 말은, 마지막으로 『장미 이야기』에 등장하는 게니우스Genius가 글을 쓰는 물질적인 행위와 생식을 비교하는 전언에서도 나타난다.("모두가 여기서 작가가 될 수 있기 위해."[44])

실제로 14세기에 글쓰기는 두 축 사이에 자리한다. 한쪽에는 당시 인정받지 못했던 예술가의 온전한 주도권이 있고, 다른 한쪽에는 낡은 개념인 장인의 실제적 기예, 수공업, 필경사의 작업이 있다. 이 경향은 오랜 문학의 여정이 열어놓은 여러 가치들의 대립 속에서 명확히 드러난다. 노역과 영감, 장인의 겸양과 예술가의 긍지가 그것이다. 이 두 축의 한쪽에는 음유시인이 있으며, 다른 한쪽에는 프랑스어에서 시인의 칭호를 차지하게 될 작가들이 있다.

메네스트렐ménéstrel이라 불리는 음유시인은 종글뢰르jongleur로 불렸던 유랑예인의 현대적 '현신avatar'이다. 그러나 이 명칭의 어원이 알려주듯, 음유시인은 이제 하나의 소임을 가지고 있고, 어느 영주, 어느 가문, 어느 군주에게 속하며, 때로는 당대의 새로운 경향처럼 어느 유력한 상인에게 속하기도 한다. 자애로운 영주 기욤 드 에노Guillaume de Hainaut라는 인물과 관계를 맺었던 장 드 콩데의 경우도 마찬가지였다. 장 드 콩데는 기욤 드 에노의 죽음을 슬퍼하며, 그의 너그러움을 눈물을 흘리며 아쉬워한다.

그분 가문에 속했던,
또 그분 시종의 의복을 입었던,
장 드 콩데,
에노를 다스리시는 자애로운 영주께서는
자신의 재물에서 꺼낸 많은 선물을 그에게 내려주셨지.[45]

장 드 콩데는 이 보호자를 비길 데 없는 "음유시인들의 아버지le père des ménestrels"라 부른다. 이는 또한 영국 왕의 왕비였으며 후일 젊은 장 프루아사르의 후원자가 되는, 바로 기욤의 딸인 필리파 드 에노Philippa de Hainaut를 위해, 고인의 장례 조가弔歌인 「에노의 영주, 기욤에 대한 한탄Li Regret Guillaume, comte de Hainaut」(1339)을 쓴 장 드 르 모트의 경우에도 역시 마찬가지이다. 한 해 뒤, 장 드 르 모트는 파리의 유력한 부르주아이자 프랑스 국왕의 보석세공사였던 시몽 드 릴Simon de Lille을 새로운 보호자로 삼는다. 같은 해인 1340년, 그는 시몽 드 릴을 위해 두 편의 작품, 『공작새의 완벽함*Le Parfait du Paon*』, 『천국과 지옥의 길*La Voie d'Enfer et de Paradis*』을 쓴다. 『공작새의 완벽함』이란 제목은 자크 드 롱기용Jacques de Longuyon에 의해 시작된 이야기인 『공작새를 걸고 한 맹세*Les Voeux du Paon*』와 일명 '브리즈바르'로 불리는 장 르 쿠르가 알렉산드로스 왕에 관한 전설을 이야기한 『공작새의 복원*Restor du Paon*』에서 후일 계속 이어나간 이야기를 '완성'한다는, 다시 말해 '완결'시킨다는 뜻을 담고 있다. 장 드 르 모트의 이야기에서 알렉산드로스 왕은 신의 휴전기를 맞아 발라드를 쓰는 시 경연에 참가하며, 어느 귀부인, 즉 멜리드Mélide 왕의 딸이자 이 이야기의 여주인공인 클라르테Clarete에 이어 2등상을 받는다. 14세기의 경우 이런 식으로 서사시를 북부의 여러 '시연장'에서 보게 된다. 이 이야기에서 문학생활의 재현은 전쟁보다 우위에 놓인다. 바로 이 작품에서 장 드 르 모트는 자신의 보호자를 여러 차례 거명하며 자기 신분을 다음과 같은 말로 소개한다.

> 선한 시몽 드 릴, 신이여 굽어 살피소서!
> 그는 내가 거론했던 앞선 조롱꾼들과 같지 않았으니.
> 반대로, 그는 시를 사랑했으니, 잘 알 수 있구나.
> 아름다운 시를 쓸 수 있도록, 글을 아는 필생을 붙여주고
> 거처와 음식을 마련해주었으니. 나 그를 이렇게 섬겼도다.[46]

장 드 르 모트의 긍지는 보다 특별한 자신의 소임에서 비롯한다. 그는 자신이 직접 필사筆寫하지 않았으며, 글을 쓰고 만들었을 뿐이라고 말한다. 그는 '지은이(만드는 자)faiseur'이며, 질 리 뮈지는 그의 『명상*Méditations*』에서 장 드 르 모트를 "지극히 훌륭한 지은이들 가운데 한 명et des milleurs faiseurs tenus"으로 여긴다. 그런데 장 드 르 모트는 천상의 아버지이신 신과 자신이 접해본 지상의 아버지인 시몽 드 릴이라는 두 명의 아버지가 있음을 고백한다. 『천국과 지옥의 길』은 이렇게 시작한다.

> 우선, 천상의 왕의 이름으로
> 이 책을 시작하니……
> 그런 다음, 지상의 삶에 대한 것들을 위해
> 이 책을 쓰니, 그렇게 하고픈 욕구가 내게 있기 때문이라,
> 자애롭고 존경받을 만한 부르주아
> 사람들이 무엇이라 하건 간에, 내가 모시는 분
> 시몽 드 릴의
> 명예와 정중함을 기리기 위해.[47]

생계 유지라는 측면에서는 장 드 르 모트도 음유시인의 위치에서 벗어나지 못한다. 그는 생계를 보장해주는 시몽 드 릴의 집에 기거하고 있었다. 반면 그의 특별한 역할과 움트기 시작하는 긍지라는 면에서, 장 드 르 모트는 시인의 위상을 얻게 된다. '시인poète'이라는 말을 프랑스어로 글을 쓰는 작가에게 적용한 최초의 인물은 외스타슈 데샹인 것으로 여겨진다. 데샹은 이렇게 자신의 스승, 자신의 상

징적 아버지인 기욤 드 마쇼를 지칭한다. '시인'이라는 말의 특별한 용법을 알리는 동의어이기도 한 이중어 '지은이faiseur'라는 말에 대해 풀이가 필요하다는 점에 유의해야 한다.

> 고귀한 시인이며 명성 높은 작가,
> 오비디우스보다 더, 진정한 사랑의 묘약[48]으로
> 나를 기르고, 내게 많은 호의를 베풀었던 그.[49]

작시법 규칙들을 알려주는 『작자 미상의 제2의 수사학 규칙들*Les Règles anonymes de la Seconde Rhétorique*』에서 외스타슈 모렐Eustache Morel, 즉 외스타슈 데샹은 실제로 "대가 기욤 드 마쇼의 조카nepveux de maistre Guillaume de Machault"로 소개된다. 그러나 '조카'라는 말이 라틴어뿐만 아니라 고프랑스어에서 광범위한 의미장을 갖는다는 점은 주지의 사실이기도 하다.[50] 이 책에서 표명된 '조카'라는 말은 친족관계라기보다 상징적인 혈통을 의미한다. 마쇼는 14세기 후반의 사반세기 동안 글을 썼던 세대에게 시의 스승이었고, 그 자신도 그렇게 되고자 했다. 시의 모범을 보이고자 했던 마쇼의 『운명의 치유약*Le Remede de Fortune*』은 다양한 서정시의 형식을 보여주는 매우 특징적인 본보기에 해당한다. 곡을 붙인 일곱 편의 작품은, 한 주의 일곱 날처럼, 혹은 일곱 행성들처럼, '조화'를 의미하는 숫자인 7을 사용하고 있으며, 지극히 정교한 시 형식을 가진 레에서 외형상으로 볼 때 가장 단순한 롱도에 이르기까지 다양하게 구성되어 있다. 선택된 작품은 순환적인 형태 안에서 시작되고 끝을 맺는다. 레의 경우 첫번째와 마지막 시절은 동일한 각운 체계와 같은 율격으로 구성되어 있으며, 롱도의 경우 처음의 후렴구가 원을 그리며 마지막에 다시 나온다. 이는 '조화'의 새로운 이미지에 해당하는 것이었다. 마쇼는 사랑노래 안에 자신의 교훈을 교묘히 감추면서 작품을 제시한다. 기욤 드 마쇼는 자신의 생각을 글로 옮기는 데 대해 숙고했으며, 『진실한 이야기』와 같은 작품이 그 증거가 된다. 시인 마쇼는 자신의 작품 전집 앞에 둔 프롤로그에서 하나의 교의집을 주니, 이것이 프랑스어로 이야기된 최초의 시학이라 할 수 있다. 그는 작품집의 배열을 직접 구성했다. 이는 파리 국립도서관에 소장된 필사본(fonds français 1584)의 첫 장에 보이는 유명한 문구에서 확인된다. "이것이 기욤 드 마쇼가 자신의 책에 유지되기를 원했던 순서이다.Vesci l'ordenance que Guillaume de machaut wet qu'il ait en son livre."

외스타슈 데샹이 기욤 드 마쇼에게서 스승의, 본보기가 되는 아버지의, 또 권위의 모습을 받아들였다는 것은 다음의 두 표지에서 짐작된다. 데샹은 마쇼에게 영광의 호칭인 '시인'이라는 말을 부여하며 그의 죽음을 한탄하는 데 바쳐진 이중의 발라드의 경우, 두 작품에서 모두 후렴구에 "고귀한 수사가 마쇼의 죽음La mort Machaut, le noble rethorique"(발라드 123~124)이라는 말을 쓴다. 14세기까지 일반적으로 시에서 조가는 귀족, 영웅전사, 대영주를 대상으로 하는 것이었다. 남프랑스의 프로방스에서는 아마도 지로 드 보르넬Giraut de Bornelh[51]이 랭보 도랑주Raimbaut d'Orange[52]에게 바친 '한탄planh' 정도가 예외에 해당할 것이다.(작품 76) 하지만 랭보 도랑주는 왕후王侯이자 시인인 인물이었다. 따라서 이 점에 있어서도 외스타슈 데샹은 재차 새로운 것을 가져온다. 프랑스어에서 최초로 시인이 행하는 한 시인에 대한 애도가 데샹의 손에서 이루어진다. 아닌 게 아니라, 한 예술가가 다른 예술가에 대해 조가를 만드는 것이 하나의 장르처럼 성행되기 위해서는 시몽 그레방Simon Gréban[53]이 「트로이아의 파멸을 지은 거장 자크 미예의 죽음에 대한 한탄Complaincte de la mort de maistre Jacques Millet qui composa la Destruction de Troye」을 쓰게 되는 1466년까지 기다려야만 한다. 이러한 일련의 특징들은 의미심장한 것이 아닐 수 없다.

음유시인에서 시인—아닌 게 아니라 자손들, 즉 후대의 인정을 통해서만 이르게 되는 지위로서의 시인—으로 확장되는 공간 속에서 저자의 사회적인 위치는 어떠했을까? '저자'를 지칭하는 말은 '단순히 불러주는 자가 아니라 직접 구술口述하는 자dicteur', '작자acteur', '만드는 자facteur', '시인faitistre', '편자collecteur', '작시가versifieur', '낭송자reciteur' 등 여럿이었고, 그 직위 또한 왕후의 서기관, 왕가의 관료, 성직자 등으로 다양했다. 이렇듯 다양한 저자의 모습을 쉽고 편하게 이야기하기 위해, 후대는 '식자-작가clerc-écrivain'이라는 말을 쓰게 된다. '식자'와 '음유시인' 사이의 차이는 두 가지 근본적인 분야에서 생겨난다. 이전에는 책과 맺은 관계에서, 그리고 뒤이어서는 보호자와의 종속관계 안에서 책을 읽고 쓰는 것에서.

음유시인과 달리, '식자-작가'는 자신의 생계를 단 한 명의 유일한 보호자에게만 의존하지 않는다. 그는 소임을 갖고 있었다. 외스타슈 데샹은 법관이었고, 기욤 드 마쇼와 장 프루아사르는 성당 참사위원이었다. 식자-작가는 여러 보호자들을 만들며, 이는 단순히 통시적으로 한 명이 죽은 다른 사람을 대신하는 것이 아니라, 동시적으로 이루어진다. 『진실한 이야기』에서 자신의 귀부인에게 편지를 보내는 기욤 드 마쇼는 자신의 '책', 즉 자신의 작품 모음집에 대해 말하면서 이렇게 쓴다.

> 그러나 스무 편이 더 있으니, 이는 내 영주들 가운데 한 분을 위해 그것을 만들었기 때문입니다.[54]

귀부인을 자신의 주군으로 삼음으로써 마쇼가 물리쳤던 사랑에 빠진 식자-시인 특유의 충성에 대한 갈등은, 작품의 제2부에서 이러한 사랑이 대귀족들의 눈길 아래에서는 불가능한 것임을 알리며 강하게 되돌아온다. 크리스틴 드 피장 역시 보호자들의 수를 많이 늘려나갔고, 이러한 전략을 통해 그녀는 정치적인 자유와 경제적인 면의 가치 상승을 구한다. 작가가 여러 방면에서 관심을 끌게 되면, 작품의 값어치 또한 높아진다. 따라서 크리스틴 드 피장은 그녀가 영국과 이탈리아에서 받았던 모든 제안들을 강조한다. 점차 식자-작가는 상거래를 하듯 자신이 만든 작품을 관리하게 된다. 이러한 면모는 여러 작가들에게서 나타나며, 특히 장 프루아사르의 경우 확연히 드러난다. 주문에 즉시 응할 수 있으려면, 시 작품들을 "갖추어 구비하고pourveü" 있어야만 한다. 『사랑의 감옥』에서 플로Flos라는 이름 아래 상징적으로 지칭되는 시인은, 텍스트 안에서 '장미Rose'로 지칭되는 자신의 보호자 뱅스라스 드 브라방에게 글을 쓴다.

> 장미여, 지극히 경애하는 동료이며 더할 나위 없는 벗이여, 새로 구상하여 만든 작품을 당신에게 보내줄 수 있는지를 내게 글로 물어보셨지요. 당신의 편지가 내게 도착했던 날, 내 수중에 가진 것이라고는 아무 작품도 없었음을 알려드리지요.[55]

또 계속해서 이렇게 말을 잇는다.

> 나 당신께 갓 만든 새로운 발라드 세 편을 보냅니다. 레가 없었기에 그리한 것이니, 이는 지금 당장에는 마련되어 구비한 작품이 없어서입니다.[56]

발화된 말을 보존하는 데 있어 구술보다 우위를 점하는 쓰기는 여러 시인들이 자신의 미학과 사회적인 처지 사이의 갈등에서 생겨난 장애들 가운데 하나를 해결할 수 있도록 도와준다. 이들 작가들은 사실 이런저런 요구에 부응하면서 더불어 '감응sentement'을 따라, 즉 어떤 경험, 느꼈던 것과 일치시켜 글을 쓰고자 했다. 오직 쓰기 그리고 쓰기가 허용하는 지연을 수반하는 작용만이 작가들로 하여금 이러한 이중의 강제를 지킬 수 있게 한다. 따라서 작가들이 눈물 흘리고 싶을 때 노래해야만 되는 모순에 직면할 때, 이들은 그 처지를 알리기 위해 음유시인의 이미지를 빌린다. 『진실한 이야기』에서 기욤 드 마쇼는 두 차례에 걸쳐 속담을 차용한다.

> 간혹 음유시인은 노래 부른다, 세상 사람들 가운데 자신이 가장 불행할 때에도.[57]

자신이 사랑하는 귀부인의 사랑에서 더는 자양분을 얻지 못해 그 긴장이 소멸하기 전에 자신의 글쓰기를 지배하는 긴장을 드러내 알리기 위해, 시인은 귀부인에게 글을 쓴다.

……또 사람들 앞에서 노래하는 음유시인을 닮았으니, 그보다 더 불행한 자 없는데도.[58]

기욤 드 마쇼는 서른다섯번째 서한에서도 이와 같은 이미지를 활용한다.

하지만 나 광장에서 그와 같은 충실함을 노래하는, 그런데 그보다 더 고통스러운 이 없는 음유시인을 닮아 있어라.[59]

이러한 문제를 장 프루아사르가 어떻게 해결하는지는 이미 보았다. 그는 경험의 순간 "열기를 잃지 않고à chaud" 작품을 쓰면서 비축하며, 이후에 이를 되살린다. 그는 『사랑의 감옥』에서 다음과 같이 쓴다.

이제까지, 세 편을,
당시 내가 깊이 느꼈던
제재와 감흥에 부합하는
발라드를 만들었으니.[60]

시인은 이 발라드들을 안전하게 함函 속에 보관한다.

이것은, 내가 이 발라드들을
보내거나, 주거나, 혹은 약속하고자 할 때,
빨리 손댈 수 있도록 하기 위해서이니.[61]

프루아사르는 발라드가 아닌 레의 경우에도 마찬가지 행동을 보인다.

나 또한 만들기 시작했으니
레 한 편을, 완성 여부에 상관 없이,
내가 그때 느꼈던 그대로의
제재와 순간에 따라.[62]

크리스틴 드 피장은 이러한 긴장을, 스스로가 '자율 부과l'amende volontaire'라고 부르는 것, 즉 강제에 대한 자유 동의를 통해 해결한다. 그녀의 모음집인 『연인과 귀부인의 백 편의 발라드*Cent Ballades d'Amant et de Dame*』를 여는 프롤로그 격인 발라드는 아래와 같은 발구跋句envoi[63]로 끝을 맺는다.

왕후여, 마음대로 이야기하지 못하는 것보다는
침묵을 지키는 것이 더 나으리라는 것을 저도 잘 압니다.
바로 이것이 자율 부과를 통해 그 대가로
사랑의 감정에 대한 백 편의 발라드를 써야 했던 이유입니다.[64]

이들 작가들 모두가 느꼈던 '눈물 속의 웃음'[65]은, 그들 스스로에 의해 마치 유랑예인의 특질, 저마다 벗어나기를 꿈꾸는 종속된 처지의 표상처럼 경험된다.

……웃을 때가 있고, 눈물지을 때도 있다. 이렇게 행동하지 못하는

자는 자유로운 성인이 아니라 유랑예인처럼 처신하는 것이다.[66]

알랭 샤르티에Alain Chartier[67]는 라틴어로 쓴 『프랑스의 재앙들에 대해 통탄하는 벗과 동료의 일상 대화*Dialogus familiaris Amici et Sodalis super deploracione gallice calamitatis*』에서 위와 같이 확언한다.

당시 이루어진 이 대목의 프랑스어 번역은 다음과 같다.

> 때로는 웃을 때가 있고, 때로는 눈물을 흘릴 때가 있기 때문이니, 이와 달리 행동하는 자는 여흥꾼이라기보다는 사기꾼이라 불러 마땅하리라.[68]

이제는 유희가 아니라 속임수를 가리킨다는 점에서 이와 같은 변형은 의미심장하다. 눈물 속의 웃음이 단순히 어떤 처지나 속이고자 하는 욕구의 지표이기를 그치고, 조각난 개성의 표현으로 여겨지게 되려면, 탁월한 유랑예인인 프랑수아 비용François Villon[69]이 올 때까지 기다려야만 한다.[70]

지연을 수반한 제약을 피해가는 가능한 하나의 방법이 바로 책이 거둔 성과 가운데 하나였다. 이러한 방식은 식자-작가와 그의 활동 사이의 관계를 깊이 변화시켰다. 물론 보상의 문제가 민감한 당면 과제로 남아 있었지만, 그렇다고 해서 이로 말미암아 시인들이 반드시 여흥꾼의 역할로 되돌아간 것은 아니었다. 따라서 외스타슈 데샹은 국왕에게 4년 전에 이야기되었던 200프랑의 은급 약속을 상기시킨다.

그리고 그에 관해 으뜸가는 명을 내리소서
그가 200프랑을 받을 수 있도록,
그렇지 않으면 그는 목동牧童이 되어야만 하며
들판에서 양떼들을 지켜야만 됩니다
그는 더이상 노래와 책, 시를 쓸 수 없을 것이며
따라서 목동의 피리를 불게 될 것입니다.[71]

남은 포도주를 위한 읽기

시인은 음유시인이라는 말로 지칭하곤 했던 그런 의미의 악기 연주자가 아니다. 시인은 여흥꾼이 아니라 오히려 왕후의 조언자나 현자가 되고자 한다. 기욤 드 마쇼가 『벗의 조력』에서, 또 외스타슈 데샹이 「눈물의 레」[72]와 「국왕에 대한 레Le Lay du Roy」 그리고 여러 발라드들에서 취하는 입장이 바로 그러하다. 마지막으로 크리스틴 드 피장이 취하는 것도 동일한 태도이다. 식자-작가가 만들어내는 것은 공연거리가 아닌 책들이다. 여기서 다시 한번 장 프루아사르의 경우가 전형적인 것이 된다. 「플로린 금화 이야기」에서 이야기되는 저 일화는 이 점을 잘 보여준다. 시인은 미리 준비한 책인 『멜리아도르』를 가지고 가스통 푀뷔스의 궁정인 오르테Orthez 궁에 도착한다. "황금 태양의 기사chevalier au soleil d'or"(296행)에 대한 이 이야기는 이 작품이 완성되는 것을 보기 전에 사망한 뱅스라스 드 브라방의 명에 의해 만들어진 것이었다.

그분께서 내게 이 책을 만들도록 하셨고,
대단한 관심을 보여주셨다,
비록 이 책을 보실 수는 없었지만.[73]

뱅스라스는 요컨대 시인에게 보수를 지불할 수 없었다. 프루아사르는 거의 석 달 동안 매일 저녁부터 자정까지 『멜리아도르』를 일곱 장씩 가스통 푀뷔스에게 읽어준다.

내가 그분을 기쁘게 하기 위해
일곱 장가량을 읽곤 했을 때
영주께서는 내게 허락하셨도다.
악기와도 같은 목소리로, 이는 거짓이 아니니,
순금 그릇에 담겨 나온
그분의 포도주 남은 것을
마시도록.[74]

프루아사르가 작품 전체를 읽는 것을 마쳤을 때, 가스통 푀뷔스는 시인에게 상급을 내린다. 그는 여흥에 보상을 내리지만 책을 사지는 않는다. 프루아사르는 실망하며, 다음과 같은 부차적인 언급이 이 점을 드러내보인다.

그리고 그분이 내게 남겨둔 내 책을
(즐거운 마음이었는지는 알지 못하지만)
무사히 아비뇽으로 가지고 왔다.[75]

그에게 내려준 남은 포도주, 가스통 푀뷔스가 상급을 내린 여흥 공연은 시인을 음유시인의 신분으로 환원시킨다. 가스통 푀뷔스는 프루아사르의 책을, 소유할 만한 값어치를 지닌 물건으로 여기지 않았다. 가스통 푀뷔스는 이 점에서 현대적인 군주가 아니었다. 그는 무엇보다도 문헌으로 보존된 기록들이 증거하듯, 인색한 군주였다.

그러나 책을 사주는 군주들도 있었다. 이들은 책을 아름다운 물건처럼 수집했고, 혹은 시인들에게는 더욱 다행스럽게도, 책을 텍스트로 받아들이는 이들도 있었다. 장 드 베리Jean de Berry, 루이 당주Louis d'Anjou, 루이 도를레앙Louis d'Orléans은 아름다운 책들의 애호가였다. 샤를 5세는 좋은 텍스트들, 통치에 유용한 텍스트들을 좋아했다. 발루아Valois 왕가를 비롯한 당시의 모든 왕족 가문 사람들이 전반적으로 책을 높이 평가하는 성향을 보였다. 『보헤미아 왕의 판결』에서 기욤 드 마쇼는, 오늘날의 벨기에 지역인 뤽상부르Luxembourg에 있는 뒤르뷔Durbuy 성에서 장 드 뤽상부르가 '트로이아 전쟁la bataille de Troie 이야기'를 읽게 하는 모습을 다음과 같이 보여준다.

> 매우 커다란 기쁨 속에
> 그분은 비단 융단 위에 앉아계셨고
> 내가 이름을 알지 못하는 한 독관讀官이
> 트로이아 전쟁 이야기를 그분께 읽어드리고 있었다.[76]

기욤 드 마쇼는 장 드 뤽상부르에 대해 보다 상세히 말한다.

…… 그리고 사랑의 신에 관한 한,
그분께서는 모든 공격, 모든 전투,
행복과 불행, 한탄과 눈물을
사랑의 모든 기교를 알았던 오비디우스보다 더 잘 알고 계셨다.[77]

사랑의 궁정

궁정생활은 문학적인 향취를 지닌다. 다른 군주들은 한 걸음 더 나아가 시인의 모습을 취하기도 한다. 그러나 이러한 태도가 이전의 문학에 없었던 것은 아니다. 기욤 9세Guillaume IX[78]나 티보 드 샹파뉴Thibaut de Champagne[79]를 생각해보라. 이러한 태도는 14세기와 15세기에 유행하게 되며, 장 드 가랑시에르Jean de Garencières나 오통 드 그랑송Oton de Grandson 같은 기사-시인들, 루이 도를레앙의 주위에 모여 『백 편의 발라드집*Le Livre des Cent Balades*』과 그에 대한 응답들을 만들었던 문학 모임, 혹은 뱅스라스 드 브라방같이 막강한 영향력을 가진 영주들의 관심을 사로잡는다. 다음 세기가 되면, 당대의 독보적인 인물인 샤를 도를레앙이나 흥미로운 인물인 르네 당주René d'Anjou[80]와 같은 사람들이 나타나게 된다.

이런 경향을 증거하는 하나의 체제가 바로 샤를 6세에 의해 창시된 '사랑의 궁정la Cour amoureuse'이다. 1400년 1월 6일 공현절에 설립된 사랑의 궁정 헌장은 그해 성 발렌티누스 축일에 파리에 있던 부르고뉴 공작의 거처 아르투아Artois 궁에서 텍스트가 문자 그대로 지칭하듯 —"여러 사람들 앞에서 낭독lue en public"— '공표'된다. 사랑의 궁정이라는 체제는 바로 부르고뉴 공작 대담한 필리프와 부르봉 공작 루이의 발의에 의해, 샤를 6세에 의해 확립된다. 사랑의 궁정은 "모든 귀부인들과 젊은 아가씨들에게 경의와 칭송을 표하고, 조언과 봉사를 바치기 위해à l'honneur, louange, recommandacion et service de toutes dames et damoiselles" '겸허humilité'와 '충실loyauté'이라는 두 가지 미덕의 기치를 걸고 만들어진다. 사랑의 궁정을 주재한 이는 그곳의 군주이자 헌장의 기안자인 피에르 드 오트빌Pierre de Hauteville[81]로, 그는 1376년에 태어나 1448년 10월 1일 릴Lille에서 사망한 시인이자 부르고뉴 공작의 피후견인이었다. 사랑을 숭상하는 문학적인 회합, 축제와도 같은 회합이었던 사랑의 궁정은 매달 첫번째 일요일, 그리고 상징적 의의에 따라 정해진 특정 일자, 이를테면 성 발렌티누스 축일이나 5월의 어느 날, 성모를 기리는 다섯 차례의 축제일 가운데 하루에 즐거운 축제인 "사랑의 시연장을 개최tenir joieuse feste de puy d'amours"하는 것을 목적으로 했다.

18세기에 사랑의 궁정 헌장이 수록된 필사본 하나가 발견되자, 당대의 학자들이나 다음 세기의 박학다식한 학자들은 이와 같은 체제의 모델을 찾기 위해 많은 노력을 기울였다. '음유시인들의 사랑의 궁정'을 그 모델로 봐야 할까? 아니다. 왜냐하면 이것은 사실 16세기의 유명한 점성가였던 노스트라다무스Michel de Nostredame의 형제인 장 드 노스트라다무스Jean de Nostredame가 "만들어낸inventées" 것이기 때문이다. 아니면 19세기의 프리드리히 디츠Friedrich Diez나 그의 뒤를 이은 가스통 파리스Gaston Paris가 주장하듯, '사랑의 신의 궁정'을 우의적으로 연출한 것으로 봐야 할까? 혹 후일 마르샬 도베르뉴Martial d'Auvergne[82]가 쓰게 될 작품 『사랑의 신의 판결*Arrêts d'Amour*』과 같이 당시의 방식으로 구성된 '사랑의 법정'이 그 모델이었을까? 사실, 사랑의 궁정을 편제하는 데 직접적인 모델이 된 것은 헌장이 명백히 암시하고 있는 시연장들 또는 '수사적인 법정들chambres de rhétorique'이었을 것이다. 피에르 드 오트빌은 이러한 모임들이 활발히 꽃피었던 북부 프랑스에서 온 인물이었고, 제시된 후렴구에 따라 발라드를 만드는 것, 성모를 경배하는 시serventois를 짓는 것, 만찬과 미사, "즐거이 소일하기 위한pour plaisant passetempz" 사랑에 관한 문제들에 대한 논쟁 등, 사랑의 궁정이 채택한 활동들은 분명 시연장에서 행해졌던 것들과 다르지 않았다. 하지만 사랑의 궁정은 14~15세기에 만들어져 그 수가 증가되는 기사단의 설립과 유사한, 또다른 차원을 더한 것이기도 했다. 그 규약은 사실 일련의 이름들과 구성원들의 방패휘장armoiries 목록으로 이루어졌다. 사랑의 궁정은 부르주아적이면서도 도시적인 모델(시연장)과 기사들의 모델(기사단)이 교차하는 것이었고, 이로 인해 복잡한 구조를 갖게 된다. 사랑의 궁정은 시작품을 만들고 유희를 펼치는 것일 뿐만 아니라 법률의 제정—물론 유희 방식 안에서—과 사회적인 행실—아닌 게 아니라 사랑에 관한 것이기보다는 도덕적인—을 보호하려는 것이었다. 따라서 이와 같은 체제의 탄생에서 사랑의 궁전이 지닌 양면성은 매혹적인 것이 아닐 수 없다. 진지한, 나아가 장엄한 법률어가 유희에 사용되는 한편 치밀한 체계화를 추구한 것은 여흥인 동시에 어떤 불안의 흔적이었다.

양면성은 우선 이 궁정이 설립되는 상황 자체에 존재했다. 사랑의 궁정은, 헌장에 따르면, 흑사병이 창궐하던 시기에 "보다 고아하게 많은 시간을 보내기 위해pour passer partie du tempz plus gracieusement" 만들어진 것이다. 보카치오Boccacio가 『데카메론』에서 배경으로 설정한 것도 유사한 사건들의 중압감 아래에서였으며(1348년의 페스트), 두 집단이 추구한 바 또한 '소일消日'이라는 동일한 목적이었다. 이러한 유사성은 사랑의 궁정이 지닌 또다른 특징, 즉 그 문학적 특성을 잘 보여준다. 고통스러운 상황(전반적인 배경은 백년전쟁, 사랑의 궁전 헌장에 따른 직접적인 배경은 흑사병의 창궐)에서 사람들은 삶을 문학과 닮은 것으로 만들고자 애쓴다. 현실이 궁극적으로 어떻든 간에 이들은 자신들에 대해 의지주의적이고 추상적인 정의를 내세우며 이를 체계화시키고 고정시킨다. 이러한 표명이 매우 강한 것이었던 만큼, 사람들이 꿈꾸거나 드러내고자 하는 자신의 이미지와 14세기에서 15세기로 넘어가는 전환점에 있던 왕실관리들, 부르주아 집단, 궁정사회의 실제 행동 사이의 괴리 또한 컸다. 사랑의 궁정을 통해 이들은 다양한 목적들을 추구했다. 우선 이들은 '고귀함'을 다시 규정하고자 했다. 그러나 이러한 재규정은 독창적인 것이 아니었고, 장 드 묑의 『장미 이야기』에 이미 있었던 것이다. 중요한 것은 오직 심정의 고귀함, 품행의 고귀함뿐이었다. 이 대목에서 부르주아 및 왕실관리 집단 구성원들의 영향력을 짐작할 수 있다. 따라서 새로운 체제는 사회적 신분을 자신의 고유한 틀, 다시 말해 사랑에 대한 봉사 속에서 재정의하고자 애쓴다. 그렇기에 구성원들의 이름은, 헌장이 말해주듯, 사랑의 궁정에서 이들이 맡는 소임에 따라 사랑의 궁정 등록부에 기재되었으며, 이는 "귀족 신분의 유구함, 권위, 이름난 용맹함, 현재의 힘, 또는 부유함에 대한 일말의 고려 없이sans avoir tant soit peu de regard a plus ancienne noblesse, auctorité, vaillance renommee, puissance presente ou richesse" 이루어졌다. 이와 같은 것이 겸허의 미덕이었고 그 힘의 지배 아래 사랑의 궁정이 자리잡고 있었다. 여기서 본질적인 의미를 지닌 '명사名士notables'의 탄생, 사랑의 궁정 등록부에서 주목을 받아 마땅한 인물들의 탄생을 목격하게 되며, 이렇게 기재된 그들의 이름은 응당 후대까지 전해져야 했다. 명망을 얻은 자는 태생에 의한 귀족을 대신할 수 있게 된다. 사람들은 명성이 이름을 능가하기를 희구한다.

이러한 바람과 사회적 계층의 무거운 중압감, 나아가 분열된 왕국에서 여러 파벌들의 영향 사이에 어느 정도의 격차가 있는지를 가늠해보는 것은 별로 어렵지 않다. 사랑의 군주는 우선 사랑의 궁정의 대보호자들과 보호자들에게 으뜸가는 지위를 부여하며, 이는 사회적인 위계를 고려한 순서에 의거한다. 그다음이 되어야만 사랑의 궁정 고유의 위계, 즉 군주, 조신, 법관, 고위 성직자, 영주들, 갖가지 층위의 고문관들이 뒤따른다. 게다가 사랑의 궁정에서 부르고뉴파가 지향하는 바는 명백했고, 이들은 사랑의 궁정의 이상적이고 윤리적인 정의를 굴절시킨다. 부르고뉴파가 의도한 바는 해가 갈수록 점점 더 강화된다. 따라서 크리스틴 드 피장은, 사랑의 궁정이 만들어진 지 일 년 후에, 오를레앙 공작을 위해 새로운 사랑의 기사단을 창설하게 된다. 크리스틴 드 피장은 '장미 기사단l'Ordre de la Rose'의 창설을 자신의 작품 『장미에 대한 이야기*Dit de la Rose*』[83]에서 환기시킨다. 이 작품의 중심인물이자 여신인 '충실Loyauté'은 '고귀함'에 대해 다음과 같은 정의를 유념하도록 당부한다.

> 내가 말하는 무뢰배는 태생이 미천한 자가 아닌
> 심정이 저열한 자이다.[84]

장미 기사단이나 사랑의 궁정이나 모두 강조하는 이상은 다르지 않았으나, 지지하는 정치적 당파에서는 서로 차이를 보인다.

사랑의 궁정이 자신의 문장emblême으로 삼은 또다른 미덕vertu이자 크리스틴 드 피장이 장미 기사단의 전면에 내세운 것도 바로 이 '충실'이다. 그런데 체제 특유의 전위에 의해, '충실'은 이제 전쟁과 무력의 영역에서 벗어나 사랑의 봉사에 중심을 둔 것이 된다. 여기서 재차 문제로 대두되는 것이 당대의 상황과 고통스러운 현실이다. 사랑의 궁정이라는 체제는 '『장미 이야기』 논쟁'의 한복판에 자리 잡는다. 이 논쟁은 '여성 논쟁Querelle des Femmes'이라는 이름으로 16세기까지 도덕적인 차원과 문학적인 차원에서 동시에 계속되었다. 그 발단은 크리스틴 드 피장이 쓴 작품인 『사랑의 신의 서한*Epistre au Dieu d'Amours*』[85]이었다. 크리스틴 드 피장은 『장미 이야기』의 저자 장 드 묑이 여성들에게 험담을 퍼부은 데 대해 비난을 던진다. 그러자 사랑의 궁정의 구성원들 가운데 몇 명, 즉 '국왕의 공증인이자 비서관'이었던 공티에 콜Gontier Col과 '파리와 투르네의 성당 참사위원'이자 공티에 콜의 형제였던 피에르 콜Pierre Col 그리고 '릴의 성 베드로 성당 고위 성직자'였던 장 드 몽트뢰유Jean de Montreuil가 장 드 묑과 같은 입장을 취하면서, 크리스틴 드 피장에 반대하는 후속 논쟁에서 여성들을 공격한다. 마찬가지로 귀부인들의 명예를 기리기 위해 만들어진 사랑의 궁정 체제의 구성원 목록 가운데는 심지어 여성의 유괴 및 납치를 시도했던 것으로 알려진 인물들도 들어 있었다. 이러한 역설은 매우 의미심장하다. 사랑의 충실성 문제는 세기 전체를 관통한다. 이 문제는 이미 장 르 세네샬Jean le Sénéchal과 그 벗들의 『백 편의 발라드*Les Cent Ballades*』에서 숨김없이 제기된 바 있었다. 1389년에 만들어진 이 모음집의 주제는 "사랑에 있어 충실한 것이 나은가, 아니면 그렇지 않은 것이 좋은가?Vaut-il mieux en amour être loyal ou non?" 라는 물음을 두고 나누어서 편을 드는 것이었다. 몇몇 답변들에서 남의 눈을 꺼리지 않는 태도가 나타난다. 일례로 후일 사랑의 궁정의 일원이 되는 장 드 베리, 즉 베리의 공작 장은 자신의 발라드 후렴구에서 이렇게 선언한다. "이것이라 말할 수 있으나, 다른 것을 해야만 한다.On peut l'un dire et l'autre doit on faire." 말은 이제 맹세이기를 그치며 기호들은 뒤틀린다. 사랑의 궁정과 같은 체제에 쏟아진 무수한 관심은 이러한 말(말한 것)과 말하지 않은 것 사이의 간극에서 빚어지는 유희에 기반한다. 사랑의 궁정은 그들의 태도와 모순되는 하나의 윤리를 내세움으로써, 자체의 변화를 은폐하는 데 골몰하는 한 사회의 불편함들을 드러내보인다.

사랑의 궁정은 실상 역할 유희이며, 그 원칙은 칭송과 명성을 얻는 것이다. 이 유희는 선조들, 아버지들, 놀이의 규칙과 심판을 맡은 권위자들의 눈길 아래 행해졌다. 사실 사랑에 대한 이론이 이와 같은 체제의 토대가 되었다. 사랑의 이론은 음유시인들의 서정시와 12세기 기사 이야기들에서 표현되고 칭송되었던, 또 안드레아스 카펠라누스André le Chapelain[86]의 『사랑에 대하여*De Amore*』(1185년경)에서 체계화된 궁정풍 윤리에 속하는 것이었다.[87] 사랑은 모든 미덕의 원천이다. 한 귀부인, 유일한 여인에 대한 사랑을 통해—"한 여인에 대한 사랑을 위해pour l'amour d'une"가 공인된 표현이다—모든 여인들에게 경의를 바치게 된다. 따라서 사랑하지 않는 자는 그 누구도 가치를 갖지 못한다. 사랑은 스스로를 뛰어넘게 해준다. 사랑은 모든 분야에서 위대한 행동을 보일 수 있도록 밀어준다. 그러므로 사랑하고 있다고 말하는 것은 그 사람의 미덕을 입증하는 것이 된다.

사랑의 궁정이 실제 현실에서는 조락 일로를 보이던 가치들을 부여잡고자 했다는 점은 분명하다. 물론 이러한 가치들 가운데 으뜸이 되는 것이 '충실'이었으나, 그 의미는 텍스트와 실제 행동에서 나타나는 수많은 예들에서 드러나듯, 이중적인 말의 사용을 통해 부지불식간에 손상된다. 또다른 조락하는 가치가 '즐거움'이었다. 사랑의 궁정은 "새로운 즐거움의 각성을 찾을trouver esveil de nouvelle joye" 수 있게 해주어야 했다. 그에 따라 사랑의 궁정을 창설한 행동은, 위기에 처한 한 사회를 삶과 미학 양면에서 지배적인 감정이 되어가던 멜랑콜리에서 벗어날 수 있게 해주는 일종의 치료법처럼 구상되었다. 끝으로, 마지막 가치는 '안정'이었다. 사랑의 궁정 헌장은 운명의 여신과 그녀가 돌리는 수레바퀴의 영향에서 벗어난 체계 설립을 목표로 했다. 이러한 통치 안정성 추구가, 다량의 수치화된 세목들에서 드러나는 거의 편집적인 체제 수립의 주도면밀함을 파생시킨 이유였다는 점에는 의문의 여지가 없다. 그 여파로 주도면밀함은 아이러니컬한 것이 된다. 부르주아식으로 확립된 이와 같은 설명이 오래된 가치들, 즉 명예, 후의, 즐거운 소비와 탕진 등에 대응 적용된다. 헌장은 발라드들을 기록하는 필경사의 보수를 열거하고 산정하듯, 시 경연의 승자에게 수여하는 은제 왕관의 무게를 상세히 설명하며, 종이 대금을 지불할 사람을 명시한다.

이는 사랑의 궁정이라는 체제 안에서 행해진 일들의 자취를 보존해야만 했기 때문이다. 중요한 것은 사랑의 궁정이라는 이름의 명성과 다음에 오게 될 세대를 위한 고유한 상像의 건립이었다. 사랑의 유희는 더이상 귀부인의 방에서 행해지지 않으며(귀부인들은 침묵을 지키며 그들의 '판결jugements'은 보존되지 않는다), 그 대신 드러난 회랑에서 이루어진다. 사랑의 유희는 연출된 재현이 된다. 사랑은 사랑한다고 말하는 것보다 중요하지 않게 되며, 자신의 고통을 노래하는 것이 죽음보다 값진 것이 된다. 크리스틴 드 피장은 연인들의 한탄이 가지는 이러한 문학적 의미를 지극히 분명하게 인식하고 있었다. 『두 연인의 논쟁*Le Debat de deux amans*』[88]에서 한 귀부인은 다음과 같이 말한다.[89] 그러한 태도는 "관례usage"일 따름이며, 사람들은 "오락rigolage"으로, 즉 농담삼아 "소일passer temps"하기 위해 사랑에 대해 말한다는 것을. 이 사회는 여흥을 추구하고 있었다. 크리스틴 드 피장은 신중한 접근을 통해 자신의 분석을 계속 이어나간다. 아마도 "지난날jadis", "오래전에는en l'ancien temps" 귀부인에 대한 사랑 때문에 죽음에 이른 진정한 연인들이 있었을 것이라고. 그러나 이는 오늘날에는, 즉 크리스틴 드 피장의 시대에는 더이상 해당되지 않는 경우이며, '어제'의 일 또한 아니다. '어제'는 다름 아닌 백년 전이다. 연인들은 가상의 행실들을 되풀이한다. 그들의 고통들은 여러 이야기들에 적혀 있는 것으로, 크리스틴 드 피장이 인용한 『장미 이야기』에 따르자면 "긴 산문에 잘 기술되어 있다."[90]

사랑의 궁정이라는 체제에서 주목을 끈 것은, 사랑의 궁정이 추구하고 권장했던 행실들의 본보기들과 여기서 만들어졌던 작품들에서 드러나는 문학적인 의미이다. 가치를 얻기 위해서는 실제로 사랑해야만 한다. 또 사랑한다는 것은, 이 사랑의 이론에서는, 노래하는 것을 뜻한다. 그런데 사랑의 궁정 현장에서 놀라움을 주는 것, 또 14~15세기의 문학 및 윤리 문제에 깊이 뿌리내린 것은 바로 노래와 시 작품이 오직 기록되는 것, 다시 말해 글로 만들어지는 것으로만 구상되었다는 점이다. 새로운 기억은 종이로 이루어진다. 따라서 사랑의 군주는 "이 왕국의 공간lieu de ce royaume"에 마음을 쓴다. "문장들의 등록부, 발라드 및 그 외의 수사적 산물들을 적은 종이들은 쓰여지는 즉시 보존될 것이었다. 그것을 청하고 바랄 사람들을 기쁘게 해줄 수 있을 때, 그들이 그것을 볼 수 있도록.seront mis en garde le registre des armes, les papiers des balades et autres fais de rethorique, sy tost que plains seront d'escripture, pour les monstrer en temps a venir quant il plaira a ceulz qui le requerront et vaurront." 발라드들을 적어두는 것은 그 문학적인 감상에도 영향을 미친다. 사람들은 발라드에서 "잘못된 운의 결점vice de fausse rime"이나 "지나치게 장황한 반복 혹은 지나치게 짧은 시행reditte trop longue ou trop contre ligne"을 세밀히 검토하게 된다. 왜냐하면 사랑의 군주가 명시하고 있듯이, 왕관을 수여받은 발라드들은 "우리 사랑의 궁정 등록부에 기록되어enregistrées en noz amoureux registres" 결점이 있다면 분명하게 보일 것이었기 때문이다. 따라서 문학작품을 평가하는 데는 "왕후나 귀족의 높은 신분을 고려하거나 편들지 않는sans avoir regard par faveur a hautesse de prince ou noblesse" 윤리적인 충실성에 따른 기준뿐만 아니라, 수사학 교본들이 지적하는 각운과 운율의 정확함, 중언부언의 방지 같은 형식적인 적합성에 따른 기준이 필요하게 된다. 13세기 중반의 아라스Arras 출신 음유시인인 장 드 랑티Jean de Renti[91]는 아라스에서 열린 시연을 비난한다. 이곳에서 심판자들이 인척관계 혹은 사회적인 위엄 등의 이유에 영향을 받아, 당나귀들에게 왕관을 수여했다고 말이다. 사랑의 궁정은 스스로를 특혜와 무지로부터 지키고자 했다. 사랑의 궁정은 흠 없는 증거들을 남기고자 애썼다. 마찬가지로 사랑의 궁정에 맡겨지는 사랑에 관한 질문들은 항상 서면으로 제출되어야 했다. 의뢰자와 옹호자는 저마다 검은색을 제외한 한 가지 색의 잉크를 선택하여 이후 계속 같은 색깔로 글을 써야 했다. 이와 같이 극도로 명기된 물질적인 형식 안에서, 사랑에 관한 송사 질의들이 판관들에게 맡겨지게 되며, 판결은 성 발렌티누스 축일에 내려지게 된다. 마지막으로 사랑의 궁정의 규칙들을 어기는 자들, 또 지금 혹은 과거의 귀부인들을 중상하는 비방문을 쓰거나 쓰게 만드는 자들의 경우, 사랑의 궁정 기록부에 있는 그들의 방패휘장은 잿빛으로 칠해지게 될 터였다. "또한 그에 더해, 그의 이름과 성은 잿빛으로 칠해진 채로 방패에 그대로 남을 것이니, 그리하여 그의 명성이 누렸던 영광이 이제 사라져버렸음이, 또 온 나라에서 널리 멸시받게 되었다는 것이 보는 이들에게 드러나리라. Et nientmains, son nom et seurnom demorroient escripz sur icellui son escu, paint de couleur de cendres, affin que la gloire de sa renommeee apparust aux regardans estre estainte et mauditte generamment par toutes terres." 수치마저도, 그 흔적을 남겨야만 한다.

사랑의 궁정은 하나의 유행 그리고 하나의 필요에 부합하는 것이었다. 그 얼마 앞서, 즉 1399년 미망인들을 보호하기 위해 장 르 맹그르 2세Jean II le Meingre, 일명 '부시코Boucicaut' 원수元帥에 의해 만들어진 '푸른 방패휘장의 흰 귀부인 기사단l'Ordre de la Dmae blanche à l'écu vert' 창설이 사랑의 궁정으로 이어지며, 부시코에 의해 임명된 모임의 구성원들도 사랑의 궁정에서 다시 발견된다. 그리고 이듬해, 장미 기사단의 창설이 뒤따른다. 이러한 회합들은 숱한 시연장들, 수사적인 법정들, 여러 기사단들이 만들어지는 저 거대한 움직임에 포함되는 체제였다. 사랑의 궁정은 결코 체제들 중 가장 대규모가 아니었다. 프랑스 국립도서관의 한 필사본(français 5233)의 경우, 명단이 작성되던 시점에 사랑의 궁정 등록부에는 이미 육백여 명 이상의 이름들이 기록되어 있었다. 이러한 유행은 패러디를 드러내보이기도 한다. 그렇기에 외스타슈 데샹은 아이러니컬하게 1400년 10월 16~17일, 5월 축제를 위해 에페르네Epernay에서 의회를 개최할 것을 포고하며, 이는 다음과 같은 '이야기 시dit'에서 상세히 이야기된다. 「새로운 허풍과 거짓말을 상상하는 자들에 대한 훌륭한 이야기 시D'un beau dit de ceuls qui contreuvent nouvelles bourdes et mensonges」.[92] 데샹은 매년 5월마다 아르투아의 랭스Lens에서 의회를 소집하는 것을 상상하는, "그 허풍을 풀이하기 위해pour compte de ses bourdes rendre"라는 후렴구를 가진 한 편의 발라드도 쓴다.[93] 그도 그럴 것이, 사랑의 궁정이 옹호하던 가치들은 이미 1400년 무렵에는 배신과 조롱으로 그 가치가 약화되어 있었다. 외스타슈 데샹과 크리스틴 드 피장은, 여러 규례〔법칙〕code들, 숫자들, 그리고 법률 지상주의가 감추고자 했던 도려낸 부분, 이러한 공동空洞creux의 정도를 평가한다. 후대의 텍스트들은 사랑의 궁정이 근간으로 삼았던 교의의 본체가 붕괴되는 것을 명확히 보여주게 될 것이다. 따라서 안드레아스 카펠라누스의 『사랑에 대하여』에 등장하는 12번째 판결(2권 7장)이 환기시키듯, "세상의 칭송을 받고자 원하는 모든 여성은 사랑에 전념해야 할 의무를toute femme qui souhaite avoir les louanges du monde est tenue de s'adonner à l'amour" 지니지만, 1424년에 쓰인 알랭 샤르티에의 작품 『무정한 미녀*La Belle Dame sans mercy*』에서 여인은 사랑하는 것을 거부하고 심지어 사랑받는 경의마저도 거부한다. 샤르티에의 작품이 스캔들을 초래한 것은 납득 가능한 일이었으며, 무정한 미녀에 대한 수많은 답변들이 쏟아진 이 스캔들에서 상당수의 답변들은 사랑의 궁정을 이끌던 군주 피에르 드 오트빌의 거처였던 투르네에서 작성된 것이었다. 궁정풍 사랑의 논리는 더는 통용될 수 없었다. 다른 관점에서 앙투안 드 라 살의 작품 『장 드 생트레*Jehan de Saintré*』가 이야기하는 것도 바로 이 점이다. 벨 쿠진 부인Dame des Belles Cousines의 배신, 무구武具의 세계를 조롱하는 뚱보 수도원장을 택해 젊은 기사의 사랑을 내던지는 이 여인의 불충함은 한 신화의 붕괴에 최후의 일격을 가한다.

사랑의 궁정은 의례에 가장 중요한 자리를 부여하는 하나의 체제를 통해 사회적인 통일을 꾀하는 한편, 정치·사회·이데올로기 등의 갖가지 차원에서 벗어나려는 힘들이 위협하던 교의적인 통일성을 유지하고자 했다. 삶과 문학을 동일시함으로써, 또 하위징아의 표현을 다시 빌린다면 "사랑에 하나의 양식을un style à l'amour" 부여함으로써 이러한 도박을 감행하는 것, 이는 살아남기 위해 스스로에 대해 쓰고자 애썼던 한 시대의 표식이었다. 책에 대한 사랑, 문학에 대한 사랑.

"이미 이야기되었다는" 슬픔

14세기는 문학적인 제재 면에서 위기를 겪고 있다는 점을 예민하게 의식하고 있었다. 사실 이러한 위기는 13세기에 나타나 약간의 시간차를 두고 당대 프랑스어에서 두 개의 커다란 전통을 형성하던 서정시와 기사 이야기roman[1]에서 명확히 표명된다.

13세기가 시작된 지 별로 되지 않아, 기 뒤셀Gui d'Ussel[2]은 서정시의 제재에 대해 동일한 사실을 이야기한다.

> 하지만 나, 이미 이야기되지 않은 것은 어느 것도 찾을 수 없구나.[3]

위옹 드 메리Huon de Méry[4]는 『적그리스도와의 마상전투*Li Tournoiemenz Antecrist*』에서 보다 특별하게 크레티앵 드 트루아Chrétien de Troyes[5]를 염두에 두고, 이 문제를 기사 이야기의 제재로 바꿔 말한다.

훌륭히 글을 쓰는 자는 슬픔이 가득하니
그가 아무런 제재도 갖고 있지 못할 때.
즐거움은 내 마음에 명해, 아름다운 이야기를 말하라 재촉하나,
나는 가진 것이 없구나.
왜냐하면 모든 것이 이야기되었기에,
새로 일어나는 것이 아니고서는.[6]

그럼에도 불구하고 13세기는 『장미 이야기』 덕에 제재의 깊이 있는 쇄신을 경험했다. 『장미 이야기』는 새로운 장르를 마련하는 만든다는 점을 인식하고, 이를 낙관적인 방식으로 알린다.

이 이야기의 주제는 새롭고도 아름다운 것입니다.[7]

기욤 드 로리스는 이렇게 공언한다. 마찬가지로 장 르나르Jean Renart[8]도 자신의 『장미 이야기』(일명 『기욤 드 돌*Guillaume de Dole*』)에서 이 작품은 "새로운 것이다est une novele chose"라고 확언하며, 장 보델Jean Bodel[9]은 『작센족의 노래*Chanson des Saisnes*』에서 자기 이름인 "Jehans Bodiaus"와 각운을 맞춘 "새롭고 풍성한 시구riches vers nouviaus"라는 찬사조의 수식어를 붙여 자신의 작품을 뽐낸다.

14세기는 이중의 계승자였다. 14세기는, 앞선 13세기가 이미 고갈되었음을 의식하고 있었던 서정시와 서사적 제재를 이어받았으며, 다른 한편으로는 『장미 이야기』의 계승자였다. 우리가 관심을 기울이는 시대인 14세기에 『장미 이야기』의 근본적인 중요성이 어떠했는지는 피에르이브 바델Pierre-Yves Badel의 뛰어난 저서인 『14세기

의 장미 이야기*Le Roman de la Rose au XIVe siècle*』(1980)에서 훌륭히 분석된 바 있다. 사실 14세기는 '장미Rose'에 대한 사랑을 『장미 이야기』에 대한 사랑으로 바꾸어놓는다. 14세기는 문학적인 반영反影의 세기, 책들에 대한, 또 특히 그들의 눈에 비추어진 바, 『장미 이야기』가 이루는 '한 권의 책'에 대한 사랑의 세기였으며, 부차적인 단계에 있는 문학의 시대였다. 피에르이브 바델이 표현한 것에 따르자면, "프랑스 문학의 자연발생적인 상태d'un état spontané de la littérature française"는 "반영의 상태état réflexif"로 이행된다.

주제의 고갈이라는 위기를 말하는 저 고통스러운 확인은 도처에서 발견된다. 외스타슈 데샹은 이렇게 말한다.

> 슬픈지고! 사람들 말하길 이제 나 어떤 것도 할 수 없다 하네,
> 지난날 수없이 많은 새로운 것을 만들었던 내가.
> 그 이유인즉, 아름답고 훌륭한 것을 만들 수 있을
> 재료를 나 갖고 있지 않기 때문이라네.[10]

프루아사르의 경우, 그는 『젊음의 아름다운 관목*Le Joli Buisson de Jonece*』에서 비명을 지른다.

> 무엇을 내가 새로 말할 수 있는가?[11]

이러한 위기는 1440~1442년 사이에 쓰인 마르탱 르 프랑Martin Le Franc[12]의 작품 『귀부인들의 옹호자*Le Champion des Dames*』에서 다시금 분석된다. 그는 위기 해결책 중 하나를 어렴풋하게 느낀다.[13]

또한, 사람들 그리도 많은 것을 만들었기에
이제 무엇으로 즐길지를 알지 못한다.
그들은 작품을 썼으니, 이제는
주해註解를 만드는 데 시간을 보내야만 하리.[14]

찌르는 듯 가슴 아픈 이미지가 이런 사실을 이야기한다. 14세기 사람들에게 고통스러운 것은 찬란한 이전 세기 다음에 왔다는 점이며, 이것이 이삭줍기의 모습이다. 성서의 룻기에서 가져온 이 이미지를, 성 베르나르도는 수도사들에게 겸허함을 권하기 위해 사용한 바 있다. "위대한 수확자들은 성 아우구스티누스, 성 히에로니무스, 성 그레고리우스였다. 그들 다음에 오는 자는 응당 가난한 자들 그리고 섬기는 자들처럼 있어야 한다."[15] 이 이미지가 13세기의 세속 영역에서는 주제의 쇄신에 대한 난점을 토로하는 것으로 옮겨진다. 이 이미지는 위옹 드 메리의 『적그리스도와의 마상전투』에서도 찾아볼 수 있다. 앞선 수확자들 중 위옹 드 메리가 특별히 이름을 지칭하는 이는 크레티앵 드 트루아와 라울 드 우당Raoul de Houdenc[16]이다. 위옹 드 메리는 다음과 같은 말로 작품을 결론짓는다.

혹 내가 수확자들의 손에서 떨어진
조금의 이삭을 발견했다면,
나 매우 기꺼이 그것을 주웠으련만.[17]

마찬가지로 『아비오네』의 에필로그에서도, 저자는 자신의 작업 방법을 설명한다. "모든 것을 자신의 머리로 만든 것이fait tout de [sa] teste" (12행) 아니며, 다른 이들의 것을 가져와 모았다고.

모든 사람들 가운데 가장 못한 나,
수확 다음에, 이삭을 줍는 나,
사려 깊은 롯이 그러했던 것처럼.[18]

이 이미지는 장 드 콩데의 경우에도 다시 나타난다. 우리가 앞서 보았듯, 장 드 콩데는 엄밀한 의미의 후예이기에, 그의 경우는 전형적인 것에 해당한다. 음유시인 보두앵 드 콩데의 아들인 그는 이러한 계통에 대해 숙고하며 「사냥개 이야기」에서 이렇게 적는다.

8월에 밀을 거둔 이들 다음에는,
앞선 이들의 손에서 떨어진 것을
다시 거두어 한데 모으는 이들이 온다.
이러한 수확자들 나를 닮았으니,
이는 남겨진 거두어야 할 것을 모으기 위해
내가 아버지 뒤에 가기 때문이다.[19]

또다른 계승자인 크리스틴 드 피장도 자신과 아버지의 관계를 따져보기 위해 같은 이미지를 활용한다. 『오테아의 서한*L'Epistre Othea*』의 프롤로그에서 '겸허의 표명'이라는 토포스를 통해 그녀는 말한다.

나 이성에 기초한 감각을 갖지 못했으니……
이 점에 있어 내 훌륭한 아버지를 닮지 않았다.

수확기에 밀이삭을 거둘 때,
들판을 가로질러, 관목 옆에서
밀이삭을 훔치는 방식이 아니라면 말이다.[20]

마찬가지로 14세기의 위대한 시인인 제프리 초서Geoffrey Chaucer[21] 또한 1386년에 쓴 『훌륭한 여인 열전*Legend of Good Women*』 프롤로그의 한 이본(이본 F)에서 이렇게 말한다.

또 나 뒤에 왔으니, 여기저기서 주워 모으며.[22]

'이삭줍기'라는 이미지는 논쟁적인 방식으로 활용될 수도 있었다. 그렇기에 이 이미지를 통해 기욤 드 디귈빌Guillaume de Digulleville은 "그 주제는 새롭고도 아름다운 것"이라는 『장미 이야기』 서두의 확언을 반박한다. 이 시토 수도회의 수도사가 보기에, 『장미 이야기』의 주제는 새로운 것도 아름다운 것도 아니었다. 아름답지 않은 것은 사랑에 대해 이야기하는 모든 부분이 늙은 비너스의 입을 통해 구술되었기 때문이고, 새롭지 않은 이유는 미완으로 남겨진 부분만을 장 드 묑이 썼기 때문이다.

그는 다른 사람의 들판에서 그것을 훔쳐왔다.[23]

『인간 삶의 순례』의 두번째 집필에서(1355년 무렵) 기욤 드 디귈빌은 그렇게 말한다.

이삭줍기의 이미지는 15세기 내내 이어진다. 조르주 샤틀랭Georges

Chastelain[24]이 보기에, 사람들이 훔친 수확은 보카치오의 것이었다.

> 보잘것없는 지식과 둔한 정신의 소유자인 나 또한, 내 낫을 저 유명한 인물이 손대었던 수확에 던질 수밖에 없으니……[25]

에브뢰Evreux 교구 리르Lyre 수도원의 수도사였으며 15세기 후반에 글을 썼던 기욤 알렉시Guillaume Alexis[26]의 경우, 들판의 주인은 알랭 샤르티에와 미쇼 타유방Michault Taillevent[27]이었다.

> 나는 그들 뒤에 가며,
> 고귀해진 들판에서 이삭들을 모은다.[28]

장 르메르 드 벨주Jean Lemaire de Belges는 다음과 같은 표현을 통해 자신의 역사서를 따져본다.

> 어떤 경우이건 간에, 나는 프랑스라는 나라의 지극한 영예를 위해, 프랑스와 다른 곳의 잘 알려진 사가들이 후대에 남긴 모든 것을 충실히 수집하려고 마음먹었다. 그런데 이 일에서 나는, 여러 수확자들 다음에 와, 보잘것없는 밀이삭을 그러모으는 이들처럼 행동하고 있다는 느낌을 받았다. 또는 포도 수확자들이 뒤에 남겨두었던 포도송이들, 하느님의 법과 인간의 법이 모든 사람에게 허용하는 그것을 없애버리지 않도록 지키는 자들과 같다는 인상을 받았다.[29]

마튀랭 레니에Mathurin Régnier[30]는 세번째 풍자시에서 이 이미지를 재차 이용한다.

> 후작이여, 이 불확실함 속에서 내가 무엇을 해야 한단 말이오?
> 경주에 지친 나, 학업으로 되돌아가야만 하오?
> 호메로스를 읽고, 아리스토텔레스를, 또 새로운 문하생으로
> 그리스인들이 풍성하고 아름답게 갖고 있던 것을 주워야 하오?
> 롱사르와 데포르트가
> 그들의 강한 어깨로 들판에서 가져왔던 것,
> 과거의 영예와 그들의 영예를 같은 것으로 여기며
> 그들이 곳간에 자신의 것으로 쌓아두었던 수확의 나머지를?[31]

이삭줍기의 이미지가 그 사용 빈도 면에서 단연 으뜸가는 것은 아니었고, 다른 은유들의 도움을 빌릴 수도 있었다. 『운명의 변전에 관한 책』에서 크리스틴 드 피장은 자신이 아버지의 보고寶庫에서 "지푸라기paillettes"만을 쥐었음을 한탄하며(1권, 1장), 『오테아의 서한』에서는 "성찬이 차려진 탁자에서 떨어진 부스러기mietes cheans de haulte table" (프롤로그 18행)만을 취했음을 이야기한다. 마찬가지로 성서에서 가져온 후자의 이미지는 이 텍스트에서 이삭줍기의 이미지를 뒤따른다. 은유는 명시적으로 요리에 대한 것이 될 수도 있었다. 일례로 기욤 드 마쇼는, 동료와 이중의 발라드를 만드는 것을 경쟁하는 자기 모습을 『진실한 이야기』에서 보여준다.

> T를 쓰고 나서 그는 더는 쓸 수 없었네.
> 그가 할 수 있는 최선의, 최상의 일은

단지의 기름을 걷는 것이었네.
이리하여 그는, 실제로 수프를 더 나은 것이 되게 할
이로움을 얻을 수 있었네.[32]

이러한 의식은 글쓰는 행위 자체에 대한 것뿐만 아니라, 이렇듯 궁핍한 상황에서 글쓰기가 갖추어야 할 모습들에 대해서도 숙고하게 만든다. 실제로 축적과 재활용이라는 미학이 주제의 부족에 화답하게 된다.

축적의 미학은 함函의 이미지로 구체화된다. 기욤 드 마쇼의 『진실한 이야기』의 경우, 그는 자신의 창작의 원천 자체이자 그 상실이 한탄스러운 여인의 초상화들을 함 속에 넣어둔다. 장 프루아사르의 경우, 그는 『사랑의 감옥』에서 완성된 작품들, 시들을 함 속에 보관한다. 『사랑의 감옥』에서 시인은 함을 만드는 것에 자신이 애착을 기울인다는 점을 강조한다.

이는 내가 아주 기꺼이 전념했기 때문이니,
그와 같은 것들에 시간을 보내는 것에.[33]

이러한 수작업은 프루아사르의 시작법 자체의 이미지로 제시된다. 게다가 저자는 시 작품들을 그 함 속에 넣는 모습을 보여준다.

비를레 한 편을 작은 상자 안에 두었으니,
내가 손수 만든 그 상자는
덴마크산 목재를 잘 닦아 만든 것이다.[34]

마찬가지로 발라드들에 대해서는 아래와 같이 적는다.

> 당시 갖고 있었으니, 끓는 물로 무두질한 가죽으로 만든
> 아름답고 잘 다듬은 상자 하나,
> 상당히 길고 폭이 좁은 것을,
> 거기에 발라드 세 편을 넣어두었으니
> 내가 평소 행했던 것처럼.[35]

시를 함 속에 넣어두는 것은 동시에 '지연'과 '위임'을 노린 것이다. 시는 더이상 즉각적으로 면전에서 행해지는 것이 아닌, 거리를 두고 작용하는 것이 된다. 이러한 방식은 기욤 드 마쇼에게서 초벌 윤곽이 잡힌다. 『사랑의 샘』에서 시인은 어느 사랑에 빠진 이의 시적인 한탄을 벽 너머에서 무심코 듣게 된다. 마쇼의 반사적인 행동, 14세기에 자리를 잡기 시작하게 되는 전형적인 반응은 이 "고통스러운 애가dolereuse complainte"(214행)를 기록하고 보존하는 것이다. 시인은 이러한 기록 행위를 강조한다.

> 그리하여 나는 상아로 장식된
> 나의 서판을
> 그리고 내 모든 필기구들을 들었으니
> 그가 이야기하고자 하는 애가를 받아적기 위해서.[36]

따라서 그런 연후에 그의 고통에 대해 "한 편의 레 혹은 애가를ou lay ou complainte"(1504행) 쓸 것을 청하는 군주에게, 시인은 즉시 지난

밤 자신이 기록해두었던 군주 자신의 작품을 건네줄 수 있게 된다.

> 나는 손을 가지고 다니는 행낭에 넣었고
> 그의 애가 전체를 꺼내고는
> 말했다. "폐하, 당신이 청하신 것을,
> 받으소서. 이미 만들어둔 이것을."[37]

행랑은 본래 함의 대용품이다. 그러나 이 물건은 수렵을 간접적으로 암시함으로써 여전히 기사들 특유의 가치들을 가리킨다. 게다가 기욤 드 마쇼는 이러한 장면을 연출해 선물과 선물이 아닌 것에 대한 생각을 강조한다. 그의 기록, 그의 시적 축적은 심사숙고의 산물이 아니며 우연의 산물이다. 시인은 본디 군주의 것인 것을 군주에게 줄 뿐이다. 바로 '시'를! 그 이유는 이러한 세계관 안에서, 또 상이한 위계들의 역할을 나누는 시각 속에서는 군주야말로 가장 중요한 연인이기 때문이다. 기욤 드 마쇼는 『사랑의 샘』에서 기사와 작가 각각이 맡게 되는 이러한 역할을 강조한다.

> 나 증언하고 또 말하고자 하니
> 비겁한 기사와
> 용맹하기를 바라는 작가는
> 무기를 쓰는 일이나 전투에서
> 지푸라기 한 줌의 값어치도 갖지 못한다
> 이는 저마다, 온당한 것에 반하는 행동을 하기 때문이며,
> 설령 그가 제대로 처신한다 한들, 이는 요행일 뿐.[38]

시인과 군주 사이의 교환 조건들은 기욤 드 마쇼에서 장 프루아사르에 이르는 동안 변화한다. 마쇼는 『사랑의 샘』에서 장 드 베리, 즉 베리의 공작 장이라는 인물을 통해 베풀 줄 아는, 또 군주의 소임이 그러하듯, 재보를 손에서 손으로 전할 줄 아는 한 군주를 그려낸다. 이 작품의 도입부에 나오는 한 편의 시는 이 점을 명백히 말해준다. 자신의 측근들 가운데 한 사람이 여성용 말 한 필과 새매 한 마리, 작은 개 한 마리를 군주에게 바친다.

> 그는 선물을 매우 높이 평가했고,
> 매우 정중히 이를 받았다.
> "참으로 호화로운 그런 선물이구나.
> 그대는 진정 보상을 받을 만하도다"라고 말하면서.[39]

군주는 사자使者에게 감사를 표하고, 그에게 15플로린을 준다. 그러고는 "곧장tout en l'eure"(1148행) "작은 개, 새매, 말 한 필"을 어느 귀부인에게 보낸다. 장 프루아사르는 『사랑의 감옥』의 서두에서 너그러움에 대한 찬사를 되풀이한다.

> 분명 훌륭한 자질이니
> 대영주가 자기 재물에 대해
> 너그러울 수 있다는 것은.[40]

'선물dons'과 '보상guerredons'이라는 말이 이 글의 77~78행에서 재차 나타난다. 프루아사르가 본보기로 삼은 군주는 전통적인 기사의 미덕을 체현한 군주, 바로 장 드 뤽상부르였다. 하지만 장 드 뤽상부르가 기욤 드 마쇼의 후원자였던 데 비해, 이 군주가 크레시 전투에서 죽음을 맞이했을 당시 불과 아홉 살이었던 프루아사르는 그의 보호를 받을 수 없었다. 보헤미아 왕에 의해 구현된 '후의'는 프루아사르의 경우 하나의 추억이었다. 프루아사르가 군주 장 드 뤽상부르에게 부여하는 말들은 의미가 없지 않다.

> 함들과 커다란 궤 속에 감추어진,
> 브뤼즈에 있는 모든 재보는
> 내게 사과 하나 만큼의 값어치도 없었으리
> 내가 필요로 했을 때
> 나를 도와주었던 사람들이 없었던들.[41]

그런데 돈이 함들에서 나와야만 하는데, 무엇 때문에 시 작품은 함에 들어가야만 할까? 그것은 시대가 분명 축적을 요했기 때문이다. 사람들이 너그러움을 칭송한 것은, 너그러움이 더는 명예로울 만한 것이 아니었기 때문이다. 풍자적인 작품들이 이 점을 앞다투어 반복해 말한다. 외스타슈 데샹의 목소리를 듣는 것으로 족할 것이다. 만약 영주들, 고위 성직자들 같은 큰사람들이 재물을 아꼈다면, 시인은 무엇을 모을 수 있을까? 돈일까? 프루아사르의 경우, 분명 돈은 아니다. 프루아사르는 「플로린 금화 이야기」에서 이와 같은 무력함을 떠올린다. 이 작품에서 감옥의 이미지는 그를 끈질기게 따라다닌다. 제아무리 잘 "구비된들pourveüe"(105행), 지갑-감옥은 사실 돈을 붙잡아둘 수 없다.

바로 그날, 나는 샀으니
3드니에를 주고 작은 지갑 하나를,
그리고 거기에, 내 수인囚人들로
40프랑을 넣어두었고
……
저녁 무렵, 내가 가진 것과 작은 지갑을
더 큰 다른 지갑 속에 넣어두었지
내 프랑 주화鑄貨들을 찾으려 마음먹었을 때,
분명 어떤 것도 찾지 못했다네.[42]

지갑을 지갑 속에 끝없이 넣어두는 것은 손실을 피하게 해주지 못한다. 같은 작품의 초입(1~3행)에서 스스로 이야기하듯, 프루아사르는 "돈을 없앨 줄은argent desfaire" 알았지만, 돈을 "다시 모으고" "조금씩 함께 모아둘 줄"은 알지 못했다. 그런데 다시 모으기, 되갚기, 함께 모아두기, 이는 분명 글쓰기가 행하는 것이다. 선물과 '선물이 아닌 것spartio', 후의가 사라진 만큼, 시인이 축적하는 것 그리고 그가 필요로 할 때 상거래에 다시 내밀게 되는 것은, 바로 시이다.

12세기의 함들, 온기를 잃지 않은 또 여전히 고동치는 몸을 담은 함들(생생한 목소리의 상징적인 매장인 마리 드 프랑스의 단시 「밤꾀꼬리Laustic」에 나오는 나이팅게일, 또는 크레티앵 드 트루아의 작품 『클리제스*Cligès*』에 나오는 산 채로 묻힌 어느 귀부인)로부터 '시'라는 몸(적당한 때가 되면 시인이 소생시킬 발라드들)을 넣어두는 14세기의 저 '작은 궤들coffins'로의 이행에서 일어난 변화의 정도를 가늠해볼 수 있다.

재보의 축적은 사실 다시 사용하기 이론을 함축하는 것이다. 크리스틴 드 피장은『샤를 5세의 여러 행적과 미풍양속에 대한 책』에서 매우 의식적인 방식으로 이 점을 분명히 밝힌다. 크리스틴 드 피장은 자신에게 가해질지 모를 비판들에 이렇게 답한다.

> 사람들은 이렇게 말할 수도 있을 것이다. "이 여인은 자신의 책에서 이야기되는 것을 그녀 자신으로부터 끌어내지 않았다. 아니, 오히려 문자 그대로 다른 작가들이 말한 것을 따라 자기 개론을 만들었다." 이러한 말들에 대해, 나는 그들에게 이렇게 대답할 수 있다. 건축 일을 하는 일꾼이나 석공이 그가 완성하고자 애쓰는, 또 그가 일하는 목적이기도 한, 성이나 저택을 쌓고 세우기 위해, 필요한 석재나 다른 자재들을 만들지는 않지만, 그럼에도 불구하고 여러 자재들을 모으고 각각을 정해둔 목적에 따라 필요한 자리에 두듯이, 제각기 섬세한 상상력에 따라 갖가지 도안들을 만드는 자수刺繡 놓는 이가 비단실, 황금, 그 밖의 재료들을 만드는 것은 결코 아니듯이, 또한 다른 무수한 작업들의 경우에도 마찬가지인 것처럼, 사실 나 역시 내가 모아 만든 개론을 구성하는 모든 재료들을 직접 만들지는 않았다. 나로서는 내가 목적한 바에 소용이 되도록, 적재적소에 재료들을 적용할 줄만 알면 그만이었다.[43]

앞선 작가들에게서 발췌를 해냈건, 아니면 명시적인 방식으로 자신이 쓴 작품들을 되풀이하는 새로운 행동을 했건 간에, 차용은 창작 기법의 하나가 된다. 비난의 대상이 된 것은 차용이 아니었으며, 이러한 행위를 감추는 것이야말로 비난받을 만한 것이었다. 이러한 창조적인 작품 제작이론과 모방이론 사이의 간극을 크리스틴 드 피장과 프란체스코 페트라르카의 경우에서 가늠해볼 수 있다. 페트라르카는 보카치오에게 보낸 서한에서 가족 간의 유사성을 나타내는 용어들, 즉 가족의 모습으로 이 점을 설명한다.

> 이러한 닮음이, 비슷하다는 인상을 줄수록 예술가에게 더 영예를 가져다주는 본모습과 초상화의 유사함 같을 필요는 없다. 그보다는 아버지와 아들 사이의 유사성이 되어야 ……따라서 다른 이의 재능과 색채들을 사용할 수 있다. 〔그러나〕 다른 이의 표현들을 그대로 가져오는 것은 피해야만 한다.[44]

이것은 창작이론이라기보다는 오히려 창조적인 변용이론에 해당한다. 페트라르카의 경우 주안점은 형식보다는 문체에 놓인다. 책들에 대한 동일한 취향에서 출발했건만, 프란체스코 페트라르카는 벌써 또다른 미학 속에 자리잡는다.

소재에 대한 위기감은 문학적인 소재의 산출 자체에 대한 성찰과 작품의 탄생에 대한 그것을 낳게 된다. 이에 대한 탐색은 다양한 측면에서, 즉 존재론적 차원, 현상학적 차원, 신화적 차원 그리고 역사적 차원에서 전개된다.

근원들의 카오스와 그 숲들

그 말을 들어보면 알 수 있듯이, 소재라는 뜻의 'matière'는 어머니를 의미하는 'mère'와 관련성을 갖는다. 이시도르 드 세비야Isidore de Sèville(세비야의 주교 이시도르)는 이 점을 떠올린다.

> '어머니'라는 말은 한 여성으로부터 어떤 것이 태어난 것에서 나온다. 어머니는 사실 물질과 같다. 왜냐하면 원인이 되는 것이 바로 아버지이기 때문이다.[45]

성찰은 사물과 원인 사이, '물질/어머니materia/mère'와 아버지의 형태인 '원인causa' 사이에서 흔들린다. 『크리스틴의 환상幻像*L'Avision Christine*』에서 크리스틴 드 피장과 대화를 나누는 그림자 같은 존재인 "사고思考 부인Dame Opinion"[46]은 아리스토텔레스적인 용어들로 이를 가르친다.

> 그렇지만 각 사물은, 처음에는 그 근원이 되는 질료로부터 만들어지니, 이는 질료가 〔사물의〕 형성fourmacion에 앞서기 때문이다. 또한 질료는, 우발적인 것이 아닌 주된 방식으로, 형태들fourmes의 매개체가 되며, 이를 통해 진정한 근원적 특성이 다시금 나타나게 된다. 따라서 질료는 사물의 근원이다.[47]

중세의 질료에 대한 상상계는 어떠했을까? 질료는 크리스틴 드 피장이 『크리스틴의 환상』의 서두에서 제시하듯, 근원적인 통일체, 최초의 카오스, 최초의 비분할 상태였다.

이 책의 도입부에서 이야기되는 거대한 상像은 세계의 총합, 즉 하늘과 대지 그리고 심연으로 간주될 수 있다. 이 상이 지닌 이름인 '카오스chaos'는 그 이마에 쓰여 있으며, 그 의미는 다음과 같이 이해될 수 있다. 세계가 만들어지던 시초에, 옛 시인들이 신이 형성하신 총체에 카오스라는 이름을 붙였고, 거기서 하늘과 대지 그리고 다른 모든 것들이 끌어내어졌다. 카오스란 다시 말해 '혼돈'을 의미하며, 분명 이 세상 안에 여전히 존재하는 것이기도 하다. 이 상의 두 줄기 길, 자양과 정화를 담당하는 이 길을 통해, 육신을 지닌 모든 사물들의 탄생을 이해할 수 있으며, 아울러 모든 살아 있는 피조물들의 죽음 또한 이해할 수 있다.[48]

이 카오스는 마치 숲처럼, 다시 말해 그리스인들의 '질료hyle'인 '최초의 질료materia prima'로 간주될 수 있다. 이것은 『신곡』의 초입에서 단테가 머물고 있는 어두운 숲이며("말하기 힘든 것, 야생의, 모질고 거친", 「지옥」, 제1곡, 4~5행), 크리스틴 드 피장이 『오랜 학문의 길』(1131행)에서 환기시키는, 유년에 값하는 형태 없는 어두운 깊이인 저 "숲silve"이다. 근원으로서의 질료는 기본 요소를 가리키며, 숲은 상징적인 의미에서 그 패러다임을 형성한다. 질료는 실상 그 하나에 해당하는 모습인 대지처럼, 원시적인, 세련되지 않은, 투박한 것에 속하며, 이 점에 있어서 다듬어진 것, 문명화된 것(영어의 '무례rude'라는 단어를 생각해보라), 예술의 정묘함, 다시 말해 '이차적인 것'과 대비된다. 『교화판 오비디우스*Ovide Moralisé*』[49]는 오비디우스를 좇아 카오스를 다음과 같이 정의한다.

이것은 기교도 구분도 형태도 없는

형태의 무더기일 따름,[50]
모든 사물들의 씨앗이
무질서하게 자리잡은 곳.[51]

'부조화 속의 조화로움Concordia discors'이 아닐 수 없다. 하지만 어머니로서, 질료는 아무리 거칠다 해도 원형을 이룬다. 비록 세련되지 못하고 매끄럽지는 않지만 질료는 부드럽고 따뜻하다. 질료는 분할, 지표의 생성에 앞서는 것인 만큼, 모순적이지 않다. 마지막으로 어머니는, 숲이 그런 것처럼, 두렵게 만들고 아연케 만든다. 어머니는 두려움을 주고 삼켜버리지만 고통을 가라앉히고 달래주며 진정시킨다.

중세 문학의 질료는 바로 이러한 'mesrien',[52]저 숲의 목재였으며, 시인들은 이와 같은 건축 자재에 대해 숙고를 거듭한다. 장 드 뷔에유Jean de Bueil[53]의 작품 『주방셀*Le Jouvencel*』에서 발견되는 한 속담은 "낡은 나무로 만든 새로운 집De vieil mesrien neufve maison"이라 말한다. 이 속담은 『사랑의 수수께끼 문답*Adevineaux amoureux*』에서는 난제難題의 형태로 나타난다.

〔질문〕 어떻게 세 개의 낡은 것[54]을 두 개의 새것으로 만들 수 있을 것인가?
〔답변〕 어느 계절에나, 사람들이 낡은 목재로 새 집을 짓는 것과 마찬가지로, 상용되는 바에 따르면, 낡은 두 개의 엉덩이를 새로이 결혼시킬 수 있다.[55]

중세는 이 속담을 긍정적인 방식으로, 다름 아닌 '다시 쓰기'의 이미지로 사용하며, 알랭 샤르티에의 롱도 한 편을 다시 쓴 장 레니에 Jean Régnier[56]의 작품 『운명과 역경*Fortunes et Adversitez*』에서 그 용례 가운데 하나를 찾게 된다.

> 나는 기예가 능란한 목수
> 아니면 석공이 되고 싶다.
> 종종 그들의 지혜를 사용하여
> 낡은 재료로 새 집을 만드는 그런 이가![57]

이 속담의 사용은 젊음의, 새로운 것의 취약함을 보여준다는 것으로 인해 비관적일 수도 있었다. 이러한 경우, 각운을 맞추어 울리는 말은 "어떤 것rien"이 된다. 이런 식으로 필리프 르 봉(브르고뉴 공작 선한 필리프)을 섬겼던 미쇼 타유방은 『지나간 세월*Le Passe Temps*』에서 말한다.[58]

> 그리고 그 당시, 내 생각으로는
> 어떤 것도 부족하지 않은 듯했다,
> 새집에는 낡은 재료들이니.[59]

문학뿐만 아니라 혼례의 건축용 목재인 'merrien'은, 외스타슈 데샹의 경우에서 보듯, 부족할 수 있었다. 어떤 것, 즉 '어떤 사물'을 반향하거나 혹은 부정문에서 '없음' 곧 '무'를 반향하는 이 단어는 양면성과 비분할성을 가진 중세 문학의 질료 자체였다. 이는 숲과 그 메아리였고, 그 안은 자기 정체성의 문제, 즉 숲을 의미하는 'forest'라는 말을 거꾸로 한 울림인 'l'être fors'의 문제, 최초의 모태를 넘어서는 문제가 제기되고 해결되는, 혹은 해결되지 않는 장이었다. 모험담들에 나오는 기사들이 거쳐가는 숲에서 내면의 숲들, 이를테면 리샤르 드 푸르니발Richard de Fournival[60]의 "오랜 생각의 숲forest de Longue Pensee"이나 알랭 샤르티에의 『무정한 미녀』의 영향력 아래 쓰인 "오랜 기다림의 황량한 숲haste forest de Longue Actente" 또는 샤를 도를레앙의 "오랜 기다림의 숲forest de Longue Actente"과 "고통스러운 슬픔의 숲forest d'Ennuyeuse Tristesse"에 이르기까지, 이 길을 지나가야만 했다. 이 숲속에서 시인의 일은 나무, 막대기, 몽둥이를 구별하고, 목질을 끄집어내고, 비록 더듬어서일지언정 길의 흔적을 찾을 수 있게 해주는 곧은 요소인 선線을 끌어내는 것이었다. 마치 '나무liber'로 한 권의 책livre을 만드는 것처럼. 이리하여 "고통스러운 슬픔의 숲에서En la forest d'Ennuyeuse Tristesse"로 시작하는 샤를 도를레앙의 발라드는 다음과 같은 발구로 끝을 맺는다.

> 나는 앞을 보지 못하는 장님, 어디로 가야 하는지 알지 못하네,
> 길을 잃지 않기 위해, 내 지팡이로
> 내가 가는 길 여기저기를 두드리네,
> 어디로 가는지 알지 못하는, 길을 잃은 자여야 한다는 것
> 참으로 크나큰 슬픔이어라.[61]

오랜 학문의 길

사물과 원인, 질료와 형태, 여성적 원리와 남성적 원리 등의 철학적인 범주들이 문학의 이론에 어떻게 적용되는지를 보는 것은 흥미로운 일이다. 질료와 형태라는 쌍은 수사학의 처음 두 단계인 '착상inventio'과 '배열disposotio'을 가리키는 문학적인 미학의 이항二項이 된다. 기욤 드 마쇼는 이러한 쌍을 다음과 같은 방식으로 고려했다. 그는 용어의 순서를 뒤바꾸며, 이는 우리가 분석하게 될 문학적인 소재들에서 나타나는 저 위기감의 표지가 된다. 형태가 앞서게 되며, 이것은 '자연'이 부여하는 것이다. 질료는 '사랑'에 의해 주어진다. 이러한 입장에서는 귀부인이 어머니를 대신하게 된다. 이런 관점은 흥미로운 결과를 산출하게 된다. 실제로 전통을 준수하면서 기욤 드 마쇼가 행하는 사회적 역할들의 배분에 따르자면, 무구와 사랑은 왕후에게 속하는 것이며, 작가는 글쓰기를 담당한다. 즉 기욤 드 마쇼의 시학에 따른 표현으로는, 왕후는 소재를, 작가는 형태를 관장한다. 그런데 이러한 사실은 명을 받아 주어진 소재를 다루는 시인과 그를 후원하는 보호자 사이의 관계에 정확히 부합하는 것이기도 하다. 하지만 왕후를 소재와 결부시킴으로써, 이를 통해 기욤 드 마쇼는 남프랑스 시인들이 그들이 섬기는 귀부인을 남성형으로 지칭했던 말인 'midons'('내가 모시는 분mon seigneur'이라는 뜻)에 가까운 한 여성의 모습, 시인의 귀부인의 모습을 만들게 된다. 같은 선상에서, 기욤 드 마쇼는 시인에게 남성의 모습을 부여한다. 남성-시인은 (문학창작의 항구적인 비유에 해당하는) '생식 행위'에서 여성적인 씨앗의 모습 속에 들어 있는 소재에 형태를 주게 된다. 이러한 생각은, 중세 내내 계속해서 읽혔던 아리스토텔레스의 『생식에 관하여*De generatione*』를 통해 알게 된 의학이론들에서 나온 것이다. 이렇게 해서 『사랑의 샘』의 경우 왕후는 한탄하고 신음하고 눈물을 흘리며, 그럼으로써 시인에게 사랑에 관한 소재를 제공한다. 시인은 담장의 반대편에서, 이러한 탄식을 자신의 "상아로 만들어진 서판escriptoire,/Qui est entaillie d'ivoire"(작품집, 3권, 229~230행)에 쓰고, 다시 옮겨적으며, 새긴다.

이렇게 연출된 정경의 실재는 사실 한층 더 복잡하다. 왕후와 시인 모두 여성화된다. 따라서 왕후는 시인의 품에 안겨 잠이 든다.

> 그의 팔과 머리를 내게 기대고는
> 매우 평온하게 잠이 들었다.
> 바로 내 옷자락 품에 싸여 〔내 무릎 위에서〕[62]

이러한 태도는 『진실한 이야기』에서 시인의 귀부인이 취하는 것이다. 버찌나무 아래에서의 만남과 입술을 훔치는 것을 말하는 일화에서는 이렇게 이야기된다.

> 하지만 더없는 감미로움 지닌 미녀는
> 내 옷자락 품에 몸을 기대고는[63]

또 안락한 닫힌 공간에 있는 침상의 일화에서는, 앞선 과일나무 정원의 정경이 침실로 전환된다. 아니, 더 정확하게 말한다면, 성유골聖遺骨을 다루듯 침실로 조심스럽게 옮겨진다.

그리고 그곳에서 나의 귀부인은 잠이 들었다
팔 한쪽을 여전히 내게 두르고.[64]

외부의 닫힌 공간에서 내부의 은밀한 공간으로의 이동이 일어나는 것이다.

하지만 시인 역시 여성화되며, 그의 행동은 절반은 어머니와 같은 모습을, 절반은 처녀의 모습을 보인다. 그렇기에 『사랑의 샘』에서 시인은 자신의 외투로 왕후를 감싸준다.

그러나 먼저 내 외투로
그분을 덮어드렸으니, 그것은
바람이 가볍게 일었기 때문이었다.[65]

시인은 잠든 인물을 자신의 옷자락 품에 머물게 하며, 이러한 행동은 일각수一角獸를 사로잡기 위해 처녀가 행하는 바와 다르지 않다. 피에르 드 보베Pierre de Beauvais의 『동물 우화집*Le Bestiaire*』에서는 이를 이렇게 이야기한다.

처녀를 발견하자마자, 일각수는 처녀의 푸른 옷자락 위에서 잠이 든다. 바로 이렇게 해서, 속임수에 의해, 일각수는 사냥꾼에게 사로잡혀, 왕궁들로 끌려간다.
똑같은 방식으로, 영적인 일각수이신 우리 주 예수 그리스도는 성모의 품에 내려오셨고, 우리를 위해 인간의 육신을 취하시어, 유대인들

에게 사로잡히셨다.[66]

리샤르 드 푸르니발은 『사랑의 동물 우화집*Bestiaire d'amours*』에서 일각수를 사로잡게 되는 것이 후각 기능 때문임을 명시한다.

> 처녀의 순결함에서 흘러나오는 그윽한 향기에 잠드는 일각수처럼, 나 역시 바로 향기에 사로잡혔다. ……그래서 일각수의 성향을 아는 노련한 사냥꾼들은, 일각수가 지나는 길에 젊은 처녀 한 명을 있게 하며, 일각수는 처녀의 옷자락에 싸여 잠이 든다.[67]

처녀이자 어머니인 시인은 성모 마리아에 비견된다. 잠드는 정경은 수태고지의 정경으로 바뀌고 이교적인 수태고지가 이루어진다. 비너스 여신은 잠든 한 쌍에게 그늘을 드리우러 나타난다. 여신은 시인을 위한 신화적인 이야기로 작품을 풍성하게 만든다.

> 비너스 여신께서는 오랫동안 말씀하셨다.
> 사과沙果에 대해, 오직 내게만[68]

비너스 여신은 왕후의 마음에 사랑의 위안을 흩뿌린다. 마찬가지로 『진실한 이야기』에서 비너스 여신은 연인들에게 "하늘이자 덮개ciel et couverture"(3788~3789행)가 되었던 "어두운 구름nue obscure" 속에서 내려온다. 그들에게 '그늘을 드리워준 것'은 한 편의 '산책노래chanson baladée'(3794~3797행)를 작성하는 때에 해당한다. 시인은 자신의 연인에게 말한다.

내가 보았던 여신을

그대도 알아보셨나요?

……

그녀가 어떻게 우리를 덮어주었을까요,

부드러운 그늘 가진 구름으로[69]

세속의 버찌나무 그늘에서 이제 비너스 여신의 저 그늘로 옮겨가게 되며, 후자는 성모의 품에 내려오는 성령을 반향한다. 모든 경계들이 흐릿하고, 관능적이고, 고상하고, 종교적이다. 그러나 오직 산책노래, 시만은 사물의 표현할 수 없는 부분을 이야기할 수 있다.

이러한 창작과 구현의 시나리오는 크리스틴 드 피장의 경우 다른 모습으로 나타난다. 크리스틴 드 피장은 작품의 처음에 책을 읽는 장면을 설정한다. 그녀는 책을 넘기고 있는 모습으로 등장하며, 필사본의 채색 삽화가들이 첫 구절이 나오는 부분에 고정시키는 모습도 바로 이것이다. 『오랜 학문의 길』의 시작은 다음과 같다. "한두 권의 책을 찾던 차에.si cerchay un livre ou deux." (177행) 『귀부인들의 도성에 대한 책』의 처음은 이렇게 시작한다. "그런 생각을 하던 터라, 내 주변에 작은 책이 어디 있나 찾고 있었고.Et comme adonc en celle entente je cherchasce entour moy d'aucun petit livret." (616쪽) 이러한 정경은 우선 일차적인 차원에서 해석 가능하다. 책을 자주 찾는 것은, 크리스틴 드 피장이—『귀부인들의 도성에 대한 책』에 나오는 마테올루스Matheolus의 『한탄*Lamentations*』처럼 부정적인 선례이든, 아니면 『오랜 학문의 길』의 서두에 나오는 보이티우스의 『철학의 위안』처럼 긍정적인 선례이든 간에—그녀의 모델들과 관련지어 행하는 '이동translatio' 작업에 대한 하나의 예화처럼 보이도록 하기 위함이다. 그러나 서술의 연동장치이자 상호텍스트적인 작용을 설명하는 예화인 독서 장면은 『귀부인들의 도성에 대한 책』에서 또다른 덧창에 의해 이중성을 보이게 된다. 이 덧창은 독서 장면과 조화를 이루며, 동시에 두번째 의미인 깊이를 제공한다. 왜냐하면 크리스틴 드 피장의 논지에 따를 경우, 이와 같은 것이 시인들을 응당 어떻게 읽어야만 하는지를 나타내는 방식이 되기 때문이다. 그런데 이 장면은 수태고지의 성격을 갖기도 한다.

> 이렇듯 고통스러운 생각 속에서 내가, 수치스러워하는 그런 사람처럼, 눈에는 눈물을 가득 머금고, 뺨에 팔을 대고, 의자의 둥근 끝에 팔을 괴고는 고개를 떨구고 있을 때, 돌연 내 옷자락 위로 한 줄기 빛이 내려오는 것을 보았다. 마치 태양이 나타난 것처럼.[70]

보이티우스에게 '철학'이 현현하는 장면, 즉 기욤 드 마쇼가 『운명의 치유약』에서 '희망'이 나타날 때 다시 썼던 것을—비록 세 시인들의 고통스러워하는 태도가 같은 것이기는 하지만—크리스틴 드 피장이 단순히 재표명하는 것은 아니다. 크리스틴 드 피장은 신성함을 연기한다. 겸허한 긍지 속에서 그녀는 동정녀의 역할을 맡는다. 수태고지 장면에서 성모 역시 매우 빈번하게, 한 권의 책, 아니 오히려 '성서Le Livre'를 손에 든 모습으로 재현되곤 하듯이. 크리스틴 드 피장은 자신의 '옷자락giron'에 하늘로부터 온 한 줄기 빛을 받으며, 이 '옷자락'이라는 말은 미래의 수태를 알린다는 점에서 중요하다. 신의 딸인 '이성Raison'이—크리스틴 드 피장은 자기 생각의 정통성을 보증하기 위해 이 점을 줄곧 강조한다—'올바름Droiture'과 '정의Justice'를 거느리고 그녀에게로 내려온다. 수태고지 장면은 시인에게 일종의 영감을 일으키는 장면이 된다. 책의 탄생은 그리스도의 탄생을 대신한다. 이는 작가에 대한 새로운 견해이자 작가가 갖는 새로운 긍지이다.

『귀부인들의 도성에 대한 책』보다 한 해 앞선 작품인 『장미에 대한 이야기』는 이와 같은 장면의 예고를 보여준다.[71] 사랑의 신은 사랑과 시에 대해 일러주기 위해 그의 충실한 벗들이 모인 곳을 찾는다.(이것은 '장미 기사단'의 창설 장면이다.)

> 분명 바로 그때 나타났으니,
> 문에는 빗장이 걸려 있고
> 창은 잘 잠겨 있었음에도 불구하고
> 자신을 '충실함'이라는 귀부인이자 여신이라 밝힌
> 무척이나 고귀한 한 귀부인이.
> 그녀는 정녕 아름다웠다.
> 그녀는 찬란한 빛에 싸여 이곳으로 내려왔고
> 그리하여 온 방 안이 밝게 빛났다.[72]

이러한 두 장면의 결합, 즉 독서와 수태고지 속에서, 크리스틴 드 피장은 자신의 창작 모델(성스러운 것과 세속적인 것의 이중적 원천, 작가의 수고와 시인의 영감이라는 이중의 분극, 전통에 대한 관계와 신에 대한 관계)을 제시한다. 『장미에 대한 이야기』에 나오는 일화는 이교적인 신화와 기독교적인 상상력이 혼재되어 있다는 점에서 특징적이다. 사랑의 신은 '충실함'을 보내고, '충실함'은 님프들에게 둘러싸여 내려온다.(99행) 그런데 이 님프들은 천사와 닮아 있다.(247행) 이들은 천국에서 내려온 것처럼 보이며, 하느님의 전갈을 전하는 사자처럼 여겨진다. '충실함'은 비너스 여신이 아니며, 그녀가 가져온 장미는 파리스Pâris의 심판에 등장하는 사과[73]도 원죄의 사과도 아니다. 조화가 부조화를 대신한다. 크리스틴 드 피장의 상상계는 고대의 모델들이 접목된 기독교적 상상계이다. 문학작품은 신이 "그늘을 드리워주는aombre" 선택받은 어떤 자의 산물이다. 작품의 탄생은 자연적인 탄생의 하나이며 일종의 수태이다. 이러한 수태의 상상계는 크리스틴 드 피장에게 중요한 것이며, 그녀는 『크리스틴의 환상』에서 이러한 사실을 분명히 밝힌다. '자연'은 그녀를 섬기는 이에게 명한다.[74]

> 그대가 태중에 아이들을 가졌을 때, 그대는 출산할 때 커다란 고통을 느꼈었다. 이제 나는 그대에게서 새로운 책들이 태어나기를 바란다. 앞으로 또 영원히, 그대에 대한 기억을 세상에, 여러 왕후들 앞에, 또 모든 장소에 찬란히 줄 수 있을 책을. 그대는 이 책들을 기쁨과 즐거움에 차 그대 기억으로부터 낳을 것이다. 비록 고통스럽고 고되겠지만. 그렇기에 아이의 울음소리를 듣자마자 자신의 고통을 잊어버리는 산모와 마찬가지로, 그대 책들의 목소리를 들을 때, 그대는 수고스러운 고역의 고통을 잊게 될 것이다.[75]

크리스틴 드 피장은 성모에 대해서도 같은 감정을 내보인다. 그녀는 『성모의 열다섯 가지 즐거움*XV joyes Nostre Dame*』이라는 책에서 아래와 같이 이야기한다.

> 온유하신 귀부인이시여, 제 영혼을
> 긍휼히 여기소서, 지혜 충만하신 하느님의 아드님이
> 당신 태중에서 움직였을 때 느끼셨던
> 그와 같은 즐거움을 걸고 말입니다.[76]

크리스틴 드 피장이 겪었던 육체적인 출산 경험이 그녀 자신의 문학창작에 있어서는 일종의 낙관주의를 주게 된다. 크리스틴 드 피장은 『오테아의 서한』의 프롤로그에서, 즉 아버지의 들에서 이삭을 줍는 자로 자신을 제시하는 겸양의 토포스에 한 행 앞서 이렇게 말한다.

> 이 주제는 그런 만큼 새로운 것이니[77]

크리스틴 드 피장은 이렇게 한 세기가 지나 『장미 이야기』의 의기양양한 확언을 되풀이한다. 다만 여기에 악의가 없지는 않다.

기욤 드 마쇼에게서는 이런 경우를 찾아볼 수 없다. 작품의 출산은 어머니가 없이 이루어지는 그런 탄생이다. 『진실한 이야기』에서 시인이 펼치는 우화들—팔라스 아테나 여신에 대한 욕망에 사로잡힌 부친 헤파이스토스의 정액만으로 태어난 에리크토니오스의 탄생[78]과 어머니의 죽은 몸에서 꺼낸 아스클레피오스의 출생[79]—이 앞다투어 이 사실을 말해준다.[80]

성모 혹은 시인: 화신化身의 모델

강생降生, 이 말씀의 육화는 흠결을 나타낸다. 신의 창조사에서든 아니면 문학창작의 역사에서든 간에, 강생은 '이전'과 '이후'를 만든다. 알랭 샤르티에는 『희망의 책*Le Livre de l'Esperance*』에서 전조前兆이론에 쓰이는 중세 용어들을 사용해 이 점을 이야기한다.

> 이렇듯 감추어졌던 것이 드러났으니
> 징표가 사물에 자리를 넘긴다.[81]

중세에 문학창작의 표상이 강생을 모델로 취하는 것은 감히 세상의 창조와 같은 것을 모델로 사용할 수 없었기 때문이다. 아직까지도 시인이 신의 자리에 자신을 위치시키는 위험을 감수하는 것은 불가능했지만, 대신 성모의 위치를 받아들이거나 심지어 요구하기도 한다. 문학적인 상상력은 이제 두 층위에서 진행된다. 문학적 소재를 구체화할 수 있는 상상력, 어떤 비밀을 담는 곳이 어느 처녀의 태중이든 시인의 옷자락 속이든, 또는 한 권의 책 속 공간이든 간에(그도 그럴 것이 중세에 책은 하나의 장소이기에) 사람들은 한 권의 책 '안에서en' 읽는다. 이것이 강생의 모델이다. 모든 소재의 출현에는 어떤 사랑의 신비가 있다. 작품 자체의 산출에 대한 상상력의 경우, 그 모델이 된 것은 본뜨기, 깎기, 혹은 대장간 같은 남성적 모델로 제작의 그것이었다. 『1324년의 메츠 전투*La Guerre de Metz en 1324*』는 이렇듯 "자르는 듯한tranchants" 구절로 시작된다.

나를 종종 거스르는
멜랑콜리를 피하기 위해
여러 연들로 만들고 싶었던
어느 소재를 베어내어 썼다.[82]

이러한 상이한 모델들은 외스타슈 데샹의 『제타와 암피트리온의 계약*Le Traité de Geta et d'Amphitrion*』에서 아이러니컬한 방식으로 설명된다. 이 작품은 플라우투스Plautus[83]의 『암피트리온*Amphitryon*』에 기반하여 1150~1160년경에 비탈 드 블루아Vital de Blois[84]가 쓴 『제타*Geta*』의 'translatio이동, 옮겨 쓰기, 번역'이다. 데샹의 작품은 여러 층위의 패러디를 보여준다. 인간의 모습을 취한 제우스와 아들 아르카스Archas는 조소적인 강생인 듯 제시된다.

신들에게는 크나큰 겸허함이 있었기에
그들은 죽을 운명인 인간의 모습을 취했고
아름답거나 추한, 한 명은 영주가, 한 명은 시종이 되었다.
아들은 시종이, 아버지는 영주가 되니
소재에서 내가 찾은 것과 마찬가지로.[85]

이와 같은 강생을 이끈 사랑은 바로 저열한 사랑이며 난봉꾼의 사랑이라고 텍스트는 말한다. 제타(그는 도둑이다)의 범죄 행위가 시종을 대신한 신에 의해 다음과 같은 말로 표명될 때, 비신성화는 한층 더 진전된다.

나는 부수지 않고 궤 하나를 열었다.

시간이 별로 없었다.[86]

강생의 신비, 유리창을 부수지 않고 통과하는 빛의 신비는 술책과 복제, 위조 열쇠인 빼로 만든 열쇠sousclave를 통해 비밀스런 도둑질의 영역으로 옮겨진다. 기술의 능란함이 기적을 대신한다.

마찬가지로 『오랜 학문의 길』의 마지막 부분에서 크리스틴 드 피장의 생모가 개입하는 것 역시 조소적인 수태고지처럼 읽힐 수 있다. 매우 세속적인 '데우스 엑스 마키나Deus ex machina'[87]처럼, 어머니의 도착은 자신의 딸을 지상으로 돌아오게 하고 꿈에서 나오게 만든다.

나는 이미 내려왔다 〔시빌레Sibylle의 사다리를 타고〕

내 생각에는 그러했으니, 나를 품으셨던

어머니가 나를 불렀을 때,

내가 그렇게나 오래 침상에 누워 있는 것을 보고는 놀라,

그도 그럴 것이 늦은 때였으니, 어머니는

내 방문을 두드렸고, 나는 깨어났다.[88]

텍스트의 구조적인 면에서, 이 일화가 나오는 대목은, 딸인 크리스틴 드 피장의 눈에 비친 어머니가 학문에 걸맞지 않다는 점을, 또 그 의도가 패러디에 있다는 것을 일러준다. 이러한 어머니는 불확실하고 기존 견해를 따르며 이성과 올바름에 반대되는 점에서의 '일반적인 견해'를 표상한다. 크리스틴 드 피장은 이 점에 있어서는 아리스토텔레스와 성 토마스 아퀴나스를 따르고 있으며, 견해의

확실성은 학문의 확실성 및 신앙의 확실성과 대비된다. 올바름은 이런 견해를 내던져야 함을 표명하며, 이를 통해 이러한 견해를 화신하는 자, 다시 말해 『귀부인들의 도성에 대한 책』에 나오는 표현을 따른다면 자신의 딸이 '바느질fillasses'에 전념하기를 바라는 육신의 어머니와 거리를 두어야 한다고 말한다. 바로 이러한 점으로 인해, 크리스틴 드 피장은 『운명의 변전에 대한 책』에서 '자연Nature'을 위해 자신의 계보에서 실제 어머니를 지우게 된다.

외스타슈 데샹의 『제타와 암피트리온의 계약』에는 마지막으로 흉내내어진 거짓 탄생이 나온다. '형태'를 의미하는 제타, 이 논리의 시종은 '소재'를 의미하는 게으른 시종, 어머니의 자궁으로 칩거하려는 것처럼 동굴 속에 은신처를 구하는 '비레아Birrea'를 쇠스랑으로 끌어낸다.

> 그때 끝이 갈라진 몽둥이로, 그는 조금 두드렸다,
> 동굴의 구멍 복판을.
> 몽둥이를 앞으로 더 밀어넣는 것 같은 인상을 주며,
> 동굴 입구 앞에 모자를 두었다.[89]

성교와 출산 장면은 수렵 용어들로 이야기된다. '모자chaperon'가 수렵 용어로 '주머니 그물bourse'[90]이라 부르는 것과 동일한 기능을 수행한다는 점에 주목하게 된다. 그러나 텍스트는, 어느 장식융단의 도안들처럼, 진짜 탄생, 즉 제우스 신의 소산인 헤라클레스의 탄생을 감춘다. 알크메나Alcmena는 이렇게 말한다.

이윽고 그녀는 비단으로 침대를 장식하게 했고
황금 직물을 펴게 했다
또한, 트로이아 이야기
그리고 헤라클레스와 이아손의 용맹함과 관련된
수많은 전투와 무수한 전리품들을 그려넣은
매끄러운 벽걸이 천이 있었다.[91]

이제 태어나게 될 아들을 위한 곳으로 "사라센인들이 만든 융단"(75행)으로 장식된 침실은 벌써 그 아들의 위업들로 치장되어 있다. 여러 시대들의 아이러니컬한 격돌은, 텍스트가 제기하는 주제인 모순에 대한 이 같은 성찰의 시각적인 예증이 된다. 그도 그럴 것이 데샹의 작품은 주체로 하여금 자기 정체성을 잃게 만드는 과도한 섬세함을 그만둘 것을, 논리에서 벗어날 것을 공표하기 때문이다. 신에 의해 자기 자신을 빼앗긴, 또 목소리는 다른 사람이 된 제타의 주요 테마는 "내게 말하는 이는 바로 나다!Ce suy je qui a moy parole!"(554행), "바로 내가 내게 말하는 것이다Ce suy je qui parole a my"(598행)라는 말이다. 반향되는 분열, 거기에 한 존재는 빠져들어간다.

그러나 나는 하나가 이제 둘이 되어야 하는
이유도 권리도 알지 못한다.
왜냐하면 이는 모두가 의견을 같이하는 바이기에
존재하는 모든 것은 하나이다.
나는 하나가 아니니, 고로 나는 어떤 것도 아니다.
그런데 이런 일은 결코 일어난 적 없는 것이니,

자기 존재를 잃어버리는 것은.[92]

텍스트의 목구멍에서 말해지는 것

말은 신체기관이자 언어 전달기관인 '혀'라는 구체적인 형태 아래 표현된다. 입맞춤 장면에서 제우스가 방탕한 자임을 드러내는 것은 다름 아닌 알크메네의 입에 뛰어든 제우스의 혀이다.

그런데 이 자는, 무람한 입맞춤에 의해
낯선 방탕한 자로 여겨졌다.
그녀를 와락 껴안고 이를 부딪치고
자신의 혀를 안에 밀어넣음으로써.[93]

신체기관으로서 혀는 제우스에게서 방탕한 자의 모습을 드러낸다. 능란한 말은 알크메네가 껴안았다고 믿는 인간의 모습에서 신의 모습을 보여준다. 이 장면은 혀를 말하는 차원에서 말의 차원으로의 갑작스런 이행을 통해 마무리된다.

그런데 그것이, 마치 신처럼 여겨졌으니, 그 말은.[94]

사실상 통사 구조상 가능한 이중의 공모는 진실과 외양의 문제를 끝없이 격자 구조화한다. 가짜 암피트리온의 말은 제우스라는 그의 본질을 드러내는 것일까? 아니면 그가 사기꾼, 다시 말해 말의 신임을 알리는 것일까? 외스타슈 데샹이 말을 문제 삼는 것은, 비레아와 그녀의 주방이 보여주듯, 사물의 확실함 그리고 사물과의 직접적인 관계를 위해서이다.

> 원하는 자가 논리학자가 되게 하라,
> 왜냐하면 비레아는 인간으로 남을 것이니.
> 그들의 연구가, 하는 이들에게 만족스럽기를
> 다른 자들이 무엇이라 하건, 내 주방은 나의 것
> 단지의 기름처럼 나를 만족시키는 것
> 나는 논리에 의해 바보가 되지 않으리니.
> 논리는 이렇게 사람들을 속여넘긴다,
> 그런 학문은 너무 교묘하구나.[95]

여기서 우리는 기욤 드 마쇼가 앞서 제시한 바 있는 단지의 기름이라는 이미지를 다시 보게 된다. 이는 원초적인 감각으로의 후퇴에 해당한다. 눈과 귀를 더는 믿지 않게 되고, 대신 손길과 맛을 믿게 된다. 일각수를 사로잡는 것을 통해 형상화된 강생의 장면에서, 처녀 가까이로 일각수를 유인하는 것은 (눈도 귀도 아닌) 바로 처녀의 향기이며, 이는 일종의 성스러움의 향기이다. 제타는 그를 만짐으로써 그의 존재를 확인하고자 한다.

> 그리고 그는 자기 손으로 스스로를 만졌다.
> 나는 오늘도 내일도 믿을 수 없다.
> 그는 말했다. 붙잡을 수 있는 것이

아무것도 아닌 것이 되었으니……[96]

미각, 사물의 맛을 위해 언어는 말을 버린다. 마지막 말은 비레아의 입에서 나온다.

내가 결정한 것을 들으시오.
나는 내 주방으로 돌아가 이에 대해 웃음을 터뜨릴 것이오.
또 암피트리온은 즐거이 유희를 즐기기를
내 귀부인과 같이, 분쟁 없이.
이전에 그가 그리했던 것처럼
그리고 제타는 예전과 마찬가지로 인간이 되기를![97]

14세기 오컴의 윌리엄Guillaume d'Occam이 쓴 저작에서 드러나는 논리에 대한 열광과는 대조적으로, 여기서 우리는 질료와 사물로의 회귀를 보게 되며, 이러한 문학작품이 제공하는 끊겨진 혀, 즉 필로메나Philomena의, 고문당한 농부들의, 순교자 성인과 성녀들의 잘린 혀에서 그 모델을 읽어내야만 한다. 어떻게 제2의 품인 목구멍 속에서 말을 되찾을 수 있을까? 또 혀가 잘린 터인데, 사람들이 무엇을 들을 수 있을까? 기본적인 소리, 근원으로의 회귀에서 최초의 말더듬기는 일종의 '아바바b a ba'이다. 위스타슈 르 무안Wistace le Moine이 혀를 자르게 한, 저 시종의 경우처럼 말이다.

그러자 그는 말을 더듬기 시작했다
영주는 말했다. "젠장, 무슨 일이냐?"

그러자 혀가 잘린 자는 대답했다.

"블뤼 블뤼Belu, Belu"[98]

그러나 바로 기적에 의해, 분명한 말을 들을 수 있게 되니, 첫번째로 나오는 말은 경배와 환희의 그것이다. 야코부스 보라기누스Jacques de Voragine[99]의 『황금 전설*La Légende dorée*』에서 순교가 이야기되는 성 롱기누스Longinus의 경우, 성 레제Leger의 경우, 그리고 크리스틴 드 피장이 그늘을 드리워주는 정경의 마지막 대위법으로 이야기하는 성녀 크리스티나Christina의 기적에서 일어나는 일이 바로 이와 같다. 어두운 감옥 속에 있는 성녀 크리스티나에게는 두 번이나 수호천사들이 나타난다.

> 신의 지극히 큰 신비를 생각하며, 그녀가 그곳에 있었을 때, 매우 찬란한 빛줄기 속에서 세 명의 천사들이 그녀에게로 와 먹을것을 주었고, 또 그녀를 위로했다. ……또한 그녀가 끊임없이 예수 그리스도의 이름을 불렀기 때문에, 그는 〔세번째 재판관이었던 쥘리앵Julien〕 그녀의 혀를 자르게 했다. 하지만 예전보다 훨씬 잘, 또 더욱 분명하게, 그녀는 신성한 것들을 이야기했고, 자신에게 베푸신 자비를 감사드리며 신을 찬양했다.[100]

마지막으로 잘린 혀는, 알아들을 수 없는 소리와 기적적인 말 이외의 것, 더는 들을 수 없지만 마치 텍스트처럼 읽어내야만 할 어떤 것의 탄생을 이끌기도 한다. 필로메나의 경우가, 또 『교화판 오비디우스』에서 직조된 그녀의 작품이 바로 그러하다.

그리고 그녀는 지극한 열의를 보이며,
자신에게 맞는 작품을 시작했다.
……
그녀는 천 위에 모든 것을 기록했다.[101]

한 가지 현상에 주의를 기울일 필요가 있다. 관련되는 여러 텍스트들은 혀가 뿌리로부터 얼마나 거리를 두고 잘렸는지를 특기하는 데 마음을 쓴다. 『필로메나』의 경우는 아래와 같다.

그는 목구멍으로부터 혀를 뽑았고
거의 절반을 잘라냈다.[102]

그리고 크리스틴 드 피장의 경우는 다음과 같다.

그런데 이 소리를 들은 위선자 쥘리앵은 형리들을 벌주고는, 그들에게 크리스티나의 혀를 뿌리까지 바짝 잘라내지 않았다고 나무랐다. 또한 형리들에게, 뿌리까지 바짝 잘라내어 더이상 그녀의 주님과 이야기하지 못하게 할 것을 명했다. 형리들은 크리스티나의 혀를 잡아 뽑았고 목젖까지 잘라냈다. 그러자 그녀는 자신의 혀 조각을 고문하는 자의 얼굴에 뱉었고, 이로 인해 고문 형리의 눈 하나가 멀게 되었다. 그러고도 그녀는 예전만큼이나 자연스럽게 말한다. "내 말의 진실을 네가 알아차리지 못했으니, 내 혀가 너의 눈을 멀게 한 것은 지극히 당연하다."[103]

육체의 어둠에서 나온 신체기관이, 강생을 보지 못한 자의 눈의 빛을 없애버린 것이니, 이는 그가 그리스도를 알아보지 못했기 때문이다. 이제 그의 눈을 멀게 하는 것은, 그를 자신이 갖고 있던 무지의 진실에 이르도록 만든다. 이와 반대로 눈을 뜨게 하는 것, 이 역시 신의 권능을 동일하게 보여주기 위함인 바, 그리스도의 옆구리에서 흘러나온 피는 롱기누스의 육체적인 시각을 다시 찾게 해주며, 그를 새로운 시각과 영적인 삶으로 인도한다. 눈을 뜨게 하는 것은 과오에서 꺼내주는 것이 된다.

혀라는 기관은 다소간 뿌리 근처에서 잘라낼 수 있는 혈통관계의 이미지가 되기도 한다. 마치 잘릴 가능성이 있는 날카로운 양날의 검인 혀가 어머니와의 관계가 아닌 아버지와의 관계를 만드는 것처럼 말이다. 『필로메나』의 경우에는 부친의 언어이자 권위의 언어인 동시에 상징적인 라틴어와의 관계가, 크리스티나의 경우에는 그리스도와의 관계가 만들어진다. 품에서 목구멍으로, 이제 우리는 거친 것에서 정묘한 것으로 건너가며, 잘라내거나 이야기될 수 없는 것으로부터 명확히 이야기되는 것으로, 그늘로부터 수數와 이름으로 자리를 옮겨가게 된다.

시인들의 소재

14세기의 '시인들', 기욤 드 마쇼, 크리스틴 드 피장은 소재 탄생의 모델들에 관해 숙고했다. 그리스도를 모델로 삼는 것은 강생을 통한 탄생이며 다른 한편 사랑의 기적이었다. 적그리스도의 탄생이 주는 모델은 어머니가 없는 탄생, 달리 보면 죽은 어머니의 자궁으로부터의 단절, 도려내기, 추출에 의한 것이다. 덜 야심적인 방식으로, 이들 시인들은—이들과 더불어 다른 이들도—기존의 소재를 새롭게 하는 수단들에도 관심을 기울였다. 두 가지 노선이 동시에 탐구되었으니, 하나는 함축적인 틀의 변형이었고, 다른 하나는 이미 만들어진 주형 안에 새로운 주제를 바꿔넣는 것이었다.

둘의 대결에서 셋으로: 무구武具와 사랑 그리고 편집들

14세기에는 여러 정치적·전략적 이유에서, 다시 말해 '무구의 세계를 위해pour les armes' 프랑스어로의 번역이 시작된다. 하지만 훨씬 이전부터 사랑과 관련된 이유에서, 즉 '귀부인들을 위해pour les dames' 프랑스어로 작품을 써왔다. 단테는 『신생*La Vita Nuova*』(제25부, 6)에서 이 사실을 떠올린다. "속어로 시를 쓰기 시작한 최초의 시인이 이렇게 결심한 것은, 그가 어느 귀부인, 라틴어로 된 시구를 쉽게 이해하지 못했던 이에게 자신의 말을 전하고자 했기 때문이다.Et lo primo che cominciò a dire sì come poeta volgare, si mosse però che volle fare intendere le sue parole a donna, a la quale era malagevole d'intendere li versi latini."[1] 지난날 12세기 기사들의 태도였던 그런 태도를 영웅적으로 유지하면서, 14세기가 자리잡했던 곳이 바로 '무구와 사랑Armes et Amours'이라는 이중의 기치 아래였다. 보물의 축적과 유지, 이것이 이 시기의 라이트모티프이며 사랑의 궁정의 창설 이유이자 그 역할의 중심 동기였다.

"나는 무구와 영웅을 노래한다Arma virumque cano"라고 베르길리우스는 『아에네이스*Aeneid*』의 시작에서 선언했다. 무구와 사랑은 여전히 14세기의 여러 궁정에서 노래로 불려지곤 했던 소재였으며, 사람들은 대개의 경우 두 가지를 함께 노래로 불렀다. 장 드 콩데는 가공의 신화 이야기의 모습 아래 이러한 조화의 기원을 떠올린다. 그는 『무구와 사랑의 협정*Recors d'Armes et d'Amours*』에서 테바이와 트로이아의 포위 공격 훨씬 이전에 군신 마르스와 사랑의 여신 비너스 사이에 맺어진 협약을 상상한다.

함께 잘 어울리는
두 가지 직예職藝가 있으니, 내 생각으로는……
무엇인가 하면 무구와 사랑이라.
용감한 자로 여겨져야만 하니,
두 가지를 겸비하고자 하는 자라면, 응당,
그도 그럴 것이 두 가지는 아름답고 고귀한 것이기에.[2]

장 드 콩데가 신화적인 이야기 방식으로 소개한 이러한 조화를, 그의 동시대인이자 동향이었던 바트리크 드 쿠뱅Watriquet de Couvin은 알레고리적인 모습을 통해 그려낸다. 사실 14세기는 이야기와 이미지라는 두 가지 설명 방법을 특별히 즐겨 사용했다. 1319년 예수 승천일[3]에 작가는 꿈에서 기이한 환상을 보게 된다. 머리가 둘인, 하지만 다리는 두 개뿐인 괴물이 나타났고, 머리가 두 개인 여인은 "세이렌의 목소리로à voix de seraine" 그에게 말하며 이렇게 선언한다. "우리는 무구와 사랑이다.Nous sommes Armes et Amours." 이 샴쌍생아 자매는 무슨 일을 하는 것일까? 그들은 천국에서 공석을 지킨다. 기사도와 예절을 한데 모았던 사람인 아서 왕의 빈자리를. 그러자 꿈을 꾸던 작가는 아서 왕이 그리스도의 죽음 500년 뒤에 죽었다고 반박한다. 무엇 때문에 그 자리가 비었는가? 그것은 사실상, 아서 왕이 죽지 않았기 때문이라고 여자 괴물은 단언한다.

이 세상에 샤를 드 발루아가
살아계시는 한
아서 왕은 죽지 않을 것이니.[4]

바트리크에 따르면, 샤를 드 발루아Charles de Valois를 통해 아서 왕이 영속하며, 무구와 사랑을 겸비한 그는 미남왕 필리프의 형제이자 음유시인의 보호자였던 기 드 블루아Gui de Blois의 친척이다. 이러한 것이 당대의 환심을 사는 방식이다. 하지만 바트리크는 에둘러 다음과 같은 고백도 남긴다.

> 이렇듯 전쟁을 증오하는 자 사랑을 사랑하니,
> 이런 일이 오늘날 세상에서는 종종 일어난다.[5]

예전의 가치들은 위험에 처한다. 지난날의 가치들은, 귀족들 스스로의 행동에 따른 약화와 다른 사회계층들의 갈망에 의해, 다양한 방식에서 위기를 맞는다. 그러나 실제의 행동에서는 간혹 방기되었을지 몰라도, 예전 가치들은 계속해서 표명되곤 했다. 궁정과 결부된 작가들은 만약 자신들이 무구와 사랑의 이중주가 아닌 다른 소재를 택할 경우, 이로 인해 주변적인 자리를 취해야만 한다는 것을, 나아가 그들의 기사계급 청중들이 요구하는 것을 위반하는 태도를 취하는 것임을 잘 알고 있었다. 바로 이런 감정이 교훈적인 시인 『세상에 대한 경멸*Despit du monde*』의 서두에서 바트리크 드 쿠뱅이 표방하는 바이다.

> 여러분에게 무구와 사랑에 대해 이야기했었지요.
> 이제는 다른[6] 주제에 대해 이야기를 시작하고자 합니다.
> 다만 이것이 여러분의 마음에 들지 않는 일이 없기를 바랍니다.[7]

음유시인이 궁정에 있는 것은 설교를 하기 위해서가 아니다. 이런 소임은 다른 이들이 담당한다. 전통적인 소재, 즉 기사 및 사랑과 결부된 소재를 부정하지 않고, 14세기의 작가들은 이런 소재를 변화시킬 수단을 실험했다. 그것이 바로 무구와 사랑의 쌍에 두 결합의 평형을 변화시키는 제3의 항을 맞붙이는 것이었다. 기욤 드 마쇼가 전념한 이 일은 실로 정교한 유희에 해당하는 것이었다. 마쇼는 『진실한 이야기』에서 다음과 같은 문구를 제시한다.

> 무구, 귀부인, 그리고 인식[8]

또 『운명의 치유약』에서는 아래와 같은 문구를 제시한다.

> 무구, 사랑, 다른 기예 혹은 문예[9]

구조적인 면에서 볼 때, 핵심은 양자 구조들의 파열과 기존축의 어느 하나로 귀결되지 않는 제3항, 혹은 일련의 3항들의 등장이었다. 의미 차원에서 주목할 만한 점은 정전화된 두 쌍 사이에 책, 문학, 성찰을 도입한다는 점이었다. 책이 무구와 사랑을 대체할 수 있다는 것은 당대의 사고틀이었던 '인생의 시기' 이론과 조화를 이루며 진행되었다. 이 이론의 항들을 사용하여 저마다 개인의 삶을 상정한다. 사람들은 이 격자 일람을 가지고 문학작품을 읽게 된다. 『장미 이야기』의 전반부와 후반부 사이의 대조가 이러한 경우에 해당한다. 한 세기에 노년의 모든 특징들을 부여함으로써 사람들은 한 세기를 총체적으로 고려한다. 즉 인색함(이는 문학에서 보물 축적을 추구하는 취향이다) 그리고 나이로 인해 불가능해지는 여인과의 사랑을 대체하는 책에 대한 사랑. 따라서 젊을 때에는 '무구'(전쟁 혹은 수렵)와 '사랑'이, 비너스 여신에 대해 기욤 드 디귈빌이 제시한 어원에 따르자면 '사냥꾼veneur'과 '비너스 여신Venus'의 쾌락이 되살아난다. 그것이 실제이건 아니면 사랑하는 이의 죽음에서 생긴 것이건 간에, 노년에는 책과 글쓰기가 자기 고유의 것이 되며, 어떤 이에게는 특정한 지혜가 결부된다. 1360년에 태어난 장 드 쿠르시Jean de Courcy는 이런 식으로 명확하게 자신의 삶을 고려한다. 그는 자신의 이름을 따서 'La Bouquechardière'라고 제목을 붙인 고대사 편찬집(그는 노르망디 지방 부르아샤르Bourg-Achard의 영주였다)의 프롤로그에서 다음과 같이 쓴다.

> 나, 장 드 크루시, 노르망디 기사는, 나날들이 쌓이고 젊음이 빠져나가니…… 편찬을 시작하노라…… 왜냐하면 전투에 내 몸을 맡기기에는 내 힘이 참으로 보잘것없기에.[10]

그는 약 40,000행에 달하는 후일의 작품인 『위용의 길*Le Chemin de Vaillance*』에서는 아래와 같이 명시한다.

> 나, 장 드 쿠르시, 이 개론을
> 노년에 작성했으니……
> 내 나이 예순여섯이라.[11]

1386년경에 태어난 인물로, 50세까지 전사였으며 이후 장 드 쿠르시와 마찬가지로 자신의 이름을 표지처럼 드러내는 'La Salade, La Sale'이라는 제목을 붙인 편찬집을 쓰기 시작하는 앙투안 드 라 살Antoine de La Sale의 이력 또한 같은 도식을 따른다. 그는 이 책을 자신의 보호자들의 후예를 교육시키기 위해 썼다. 'La Salade'는 르네 당주의 아들인 장 드 칼라브르Jean de Calabre를 위해, 'La Sale'은 루이 드 뤽상부르Louis de Luxembourg의 세 아들을 위해서. 페트라르카 같은 이의, 또 샤를 도를레앙 같은 이의 문학작품도 이와 같은 구분에 의거하여 편성 가능하다. 젊은 시절의 책에 노년의 책이 대비된다. 이러한 생각을 샤를 5세는 정책으로 만들게 된다. 무구의 힘을 말과 책의 힘으로 대체시키는 것이다.

이와 같은 변화로 만들어진 혁신은 부정할 수 없는 것이었다. 특정한 공간, 계절, 사물이 주제적인 모티프로 다른 것들을 대신하게 되거나 다른 주제들을 세밀히 감싸거나, 중심을 다른 곳으로 돌리게 한다. 미지의 황야가 사랑의 녹원을 대신하며, 가을이 봄을 대체한다. 앙투안 드 라 살의 『프렌 부인의 위안*Le Reconfort de Madame de Fresne*』에 나오는 것과 같은 부부 간 심각한 논쟁의 공간인 혼례의 침상, 또한 자신의 유언을 작성하는 임종의 침상이, 사랑의 침상을 어둠 속으로 밀어넣는다. 사랑의 침상은 규방에 제자리를 잡기 전까지는 수세기를 어둠 속에서 보내게 되리라.

14세기 문학은 긍정적인 방식으로 부차적인 지위를 향유하면서, 하지만 이러한 이차적인 읽기를 자신의 한계 가운데 하나로 여기면서, 텍스트로의 우회적인 혹은 지연된 진입을 탐구했다. 그렇기에 기욤 드 마쇼의 『나바르 왕의 판결』은 바로 가을에 시작된다. "아름다운 여름이 떠날 때Au departir dou bel esté"(1행), 시인은 멜랑콜리에 사로잡혀 자기 방에 칩거한다. 그는 불길한 변화들에 대해 생각을 거듭한다. 가족관계의 조화로움은 사라진다.

……이는 내가 볼 수 없기 때문이라, 아버지도
아들도 딸도, 누이도 형제도
어머니도 장모도, 사촌도
아주머니도, 삼촌도 가까운 이웃도
남편도 아내도, 벗들도
서로가 서로를 중상하지 않는 이를![12]

인색이 횡행한다. 세상의 어리석음에 인간들의 어리석음이 화답하니, 신의 분노의 표지를 보게 된다.

이는 세상이 끝에 가까워지고자
하는 것처럼 여겨지누나.[13]

이 화폭은 부차적인 전채 요리 같은 것이 아니다. 이 그림은 원근법에 따라, 새봄이 다시 와야만, 페스트와 그 불행의 행렬이 멀어져야만 이루어지는 사랑의 궤변 논쟁을 배치한다. 바로 이를 통해 소생의 토포스는 깊은 의미를 획득한다. 이렇게 조정되고 지연된 논쟁은 『보헤미아 왕의 판결』의 경우 더욱 직접적인 방식으로 배치된 논쟁을 전개한다. 이 작품은 관습에 따라 "부활절 무렵 모든 피조물이 기력을 찾는 때Au temps pascour que toute riens s'esgaie"(1행)라는 구절로 시작되며, 이는 자체가 서정시 전통의 반향이자, 보다 정확하게는 베르나르 드 방타두르Bernard de Ventadour의 어느 작품 첫 구절의 반향으로 여겨진다. "부활절의 아름다운 때가 도래했으니, 생생한 푸르름과 함께Lo gens tems de pascour/ab la frescha verdor" (작품 17, 1~2행) 누구의 고통이 더 극심한가? 연인과 사별한 한 귀부인인가 아니면 불성실한 정인情人에게 기만당한 남자 연인인가? 다른 말로 한다면, 누가 사랑에 있어 가장 고통받는가? 남자인가 아니면 여자인가? 『나바르 왕의 판결』은 『보헤미아 왕의 판결』에 화답한다. 텍스트가 자동적으로 오래된 논쟁을 1349년에 다시 재고할 필요가 있다는 점을 이야기한다.

동일한 방식으로, 크리스틴 드 피장은 『푸아시 이야기에 대한 책*Le Livre du dit de Poissy*』에서 전통적인 질문의 중심을 이동시킨다. 크리스틴 드 피장의 작품에서 이 질문은 다음과 같은 형태로 드러난다. 즉 누가 가장 불행한가? 연인이 투르크인들에게 포로가 된 귀부인인가 아니면 귀부인에게 거절당한 시종 기사인가? 버팀대로 작용하는 역사적인 지시물이 논쟁의 중심에 스며든다. 크리스틴 드 피장의 작품이 시작되는 배경은 분명 봄철이다. 푸른 풀, 새들의 노래, 온화한 아침나절이 작품 속에서 조화로운 한 폭의 그림을 구성한다. 그렇지만 이 정경은 어느 사랑의 장면을 예고하는 것이 아니라 수녀인 딸을 방문하고자 하는 한 어머니의 소망을 위한 것이다. '새봄'이라는 토포스는 일반적인 기능에서 벗어나 크리스틴 드 피장이 의도한 미묘한 이동을 거치며, 중심에서 벗어난 논쟁이 상대적인 것이 되어버린 제 의미를 보게 되는 것처럼, 한 사랑에서 다른 사랑으로 옮겨간다.

기욤 드 마쇼는『사랑의 샘』에서 또다른 종류의 전치轉置를 만들어낸다. 그는 자신의 '이야기 시'를 '아침matinet'이 아닌 밤 풍경으로 시작한다. 그러나 이 밤은 꿈을 낳지 않는 그런 밤이다. 시인은 "반쯤 잠이 든dorveille" 채로 벽 너머에서 들려오는 어떤 연인의 한탄을 듣고는 그것을 기록한다. 예상되던 꿈은 일어나지 않으며 기대는 어긋난다. 닫힌 공간인 침실이 아니라 어느 정원에서, 정신적인 멜랑콜리에 이끌리는 것이 아니라 뜬눈으로 지새운 밤 때문에 온 생리적인 피곤에 의해, 다음날, 밤이 아니라 낮이 된다.

전통적인 토포스의 변용. 되풀이의 지루함을 피하면서 14세기의 글쓰기는 기대하던 그런 소재에 대한 열망을 키웠고, 바로 이를 통해 소재를 새롭게 했다. 형식적으로는 기대하던 구도나 논거의 서술 구조 혹은 토픽 구조를 바꿈으로써 혁신을 만들어낸다. 관념적인 면에서는 기존의 것들에 하나의 주제, 새로운 하나의 맥락을 끼워넣음으로써 기존 구조들의 균형을 다시 잡거나, 아니면 균형을 파괴함으로써 혁신이 이루어진다. 이것은 지연을 사용하는 조립 작업이자 욕망을 대상으로 삼는 유희로, 고유한 의미에서의 '기술記述Ecriture'이며, 뒤늦은 출발에 대한 우울의 몽상, 관점의 문제에 대한 즐겁거나 슬픈 탐구인 것이다.

밝은 태양 아래 새로운 것이 무엇이랴!

14세기는 전치(바꾸어놓기)로써 소재를 혁신한다. 또 대체를 통해서도 소재를 쇄신한다. 12세기 말, 장 보델은『작센족의 노래』[14]에서 이야기의 세 가지 가능한 영역을 목록화한다. 그는 이야기의 영역들을 진실과 유용성의 정도에 따라 분류했다.

> 브르타뉴 이야기는 가볍고 유쾌하며,
> 로마 이야기는 지혜롭고 교훈적이며,
> 프랑스 이야기는 참되니, 하루 가면 새날이 오듯.[15]

1376년 『죽음의 유예*Respit de la Mort*』의 시작 부분에서 장 르 페브르Jean Le Fèvre[16]가 작성한 목록은 이와 차이를 보인다. 그는 동시대인들 모두가 보편적으로 받아들였던 객관적인 사실에서 출발한다.

> 태양 아래 새로운 것은 아무것도 없다.[17]

환멸, 소재의 위기, 비관주의의 표명. 그런 연후, 장 르 페브르는 부정적인 방식으로 그가 다루지 않을 소재들 전부의 대차대조표를 작성한다. 거부의 특징을 보이는 이러한 접근은 자체가 징후적이다.

> 영광을 얻기 위해
> 나는 다루고자 하지 않으니, 사랑도
> 무구도, 또 작성하지 않으리니
> '운명'과 그녀의 수레바퀴에 대한 한탄들
> ……
> 태양 아래 어떤 것도 새롭지 않으니
> 르나르Renart[18]에 대한 것도,

늑대에 대한 것도.[19]

장 르 페브르는 따라서 서정시의 소재(사랑), 서사시의 소재(무구), 교화적인 소재마저도—그것이 우의적이건('운명') 아니면 우화의 형태 아래 제시되는 것이건 간에—포기한다. 오직 한 가지 주제만이 전념을 기울일 가치가 있으니, 그것이 바로 '죽음'이다.

다른 곳에서 나 어느 만큼 전념했으니,
재로 돌아가는 것에 대해서[20]

이 "다른 곳에서aillieurs" 라는 부사는, 여러 작가들의 주제와 관련하여 그들의 입장 차이를 특징적으로 보여준다. 혹자는 한쪽에, 혹자는 몸을 피해, 혹자는 물러서 있다. 각자의 입장은 그들의 시각과 구조적인 위치를 규정한다. 앞서 바트리크 드 쿠뱅의 경우에서 유의해서 살펴보았던 이러한 면은 장 르 페브르의 경우에도 존재하며, 크리스틴 드 피장의 경우에는 여성, 과부 그리고 작가에 대한 정의 자체가 된다. 더이상 즐거움의, 찬성의 시학은 존재하지 않으며, 대신 슬픔의 시학이 자리를 잡는다.

나는 눈물로 잉크를 녹였으니[21]

장 르 페브르는 그렇게 적는다. 샤를 도를레앙은 그의 펜을 "희망의 물l'eaue d'Espoir" 에 넣자, 물이 멜랑콜리의 영향 아래 역청처럼 바뀌었다고 말한다.

그 물로, 내 책상의 잉크를 녹였더니[22]

사랑은 더이상 원동력으로 작용하지 않으며, 기욤 드 마쇼가 『진실한 이야기』에서 확언하듯, "소재의 결여matere fault"를 맛보게 된다. 여인의 충실성에 대해 의혹을 품은 최초의 위기 이후, 연인-시인은 자신의 귀부인에게 한탄한다.

하지만 내게는 더이상 소재가 없기에, 작품을 그만두는 것이 좋을 듯합니다.[23]

두번째 충격이 찾아들자, 그는 더 힘주어 말한다.

분명 부활절 이후로는 당신의 책에 신경을 쓰지 않았습니다. 또 그와 같은 이유 때문에, 아시다시피 내게는 소재가 없기에, 나는 책을 쓰는 데 애쓸 생각도 하지 않습니다.[24]

사랑 없는 소재, '지순한 사랑fin amour'이 없는 소재는 하나의 순교가 된다. 기욤 드 마쇼는 '소재matyre'와 '순교martyre'로 각운을 맞춘다. 『사랑의 샘』에서는 꿈속에서 귀부인이 연인에게 '위안confort'을 가져다주는 장면이 나온다.

하지만 〔좋은 희망 외에〕 또다른 호의를 바라는 자
또 자신이 눈물짓고 탄식한다고
그로 인해 순교자의 처지가 되고,

그리 사는 것이 낫다 말하는 자는
잘못을 행하고 사태를 악화시키는 것입니다
비너스 여신은 이런 내용을 잘 알고 계시지요.[25]

궁정풍 사랑 이외의 사랑을 생각해서는 안 된다. '순교자'는 발음상 '내용(소재)'을 끌어당김으로써, 즉각적으로 강박적인 각운을 만든다. 이러한 각운은 장 프루아사르의 『사랑의 감옥』에도 나타난다. 귀부인은 어느 비를레에서 다음과 같이 확언한다.

나 그에 대해 많은 소재를 갖고 있으니,
고통과 순교의.[26]

만약 귀부인이 이제 더는 희망어린 그런 사랑의 대상이 될 수 없다면, 또 행동들이 꿈을 저버린다면, 또다른 귀부인, 바로 성모 마리아가 사랑하는 여인을 대신하게 된다.

그러나 나는 또다른 분과 맺어지길 바라노라,
충만한 기쁨을
내게 쾌히 주실 그분과.[27]

기욤 드 마쇼는 「샘의 레*Le Lay de la Fonteinne*」에서 그렇게 노래한다.

성스러운 성모로부터 울려퍼지는 새로운 소리

13세기부터 성모를 노래하는 시는 사랑과 관련된 소재들에 커다란 혁신의 흐름을 만든다. 고티에 드 쿠앵시Gautier de Coinci[28]는 쇄신된 노래가 솟아나기 위해서는 낡은 연애시를 버려야만 한다는 점을 『성모 마리아의 기적들*Les Miracles de Nostre Dame*』에서 알려준다.

로뱅은 교태로운 여인들을 위한 노래를 부르게 내버려두라
어리석은 자들은 바보들을 위한 바보 노래를 부를지어다
그러나 그대, 여인들을 노래하는 성직자여,
그대 정녕 분별력을 잃었구나!
저 오래된 파스투렐은
저 오래된 논쟁들은 내버려두라
이제 새로운 노래를 부르자꾸나
아름다운 이야기, 아름다운 곡조를,
꽃에 대해,
쉬지 않고
밤낮으로 천사들이 노래하는 저 꽃을.[29]

새로운 소재, 감미로운 소재는 오직 하나뿐인 어머니이신 성모 마리아이다. 여기서도 역시 '어머니/소재mère/matière'의 각운은 하나의 단서가 되며, 이와 같은 새로운 시의 원동력이다. 자신의 노래에 세속적인 후렴구를 접목시킴으로써, 고티에 드 쿠앵시는 이러한 재생을 '전위轉位contrafactum'에 의해 잘 드러낸다.

매년, 나는 성스러운 성모에 대해 만든다
새로운 노래 하나를, 그리고 그 노래, 한해 내내 나의 위안되네
그 사랑을 갈망하는 이 말할 수 있으리
"그대 전혀 느끼지 못하나요,
사랑의 달콤한 아픔들을,
내가 느끼듯."[30]

마리아에게 행해진 수태고지가 인류를 다시 태어나게 했던 것과 마찬가지로 동정녀 성모 마리아는 시를 다시 태어나게 한다. '성모에게 드리는 기도Ave'는 '이브Eva'의 죄를 대속代贖하니, 기욤 드 마쇼는 『성모 마리아의 레*Le Lay de Nostre Dame*』에서 "이로써 우리 새 사람이 된다Ce nous renouvelle"라고 적는다.(서정시집, 레 15, 44행)

그러나 또다른 재생, 또다른 대체물이 존재한다. 14세기에 도시는 강력한 사랑의 동기였고, 따라서 여러 시인들에게 글쓰기의 원동력이 된다.

도시에 대한 어떤 생각

도시는 노래되어야 할, 또 글을 쓰게 할 만한 값어치가 충분했으니, 그것은 도시가 '여성femme'이기 때문이며, 따라서 시의 소재 자체이기 때문이다. 여성으로서 도시는 찬사와 비난의 긴장 속에서 파악되었으며, 온갖 유혹과 갖가지 남용의 장소이면서도 동시에 모든 쾌락과 혜택의 공간이기도 했다. 도시는 예루살렘이자 바빌론이었고 이

브이자 성모 마리아였다. 그렇기에 프란체스코 페트라르카가 보기에 아비뇽이라는 도시는 「요한 묵시록」 17장에 나오는 엄청난 탕녀, 진홍색 옷을 입은 여인 바빌론이었다.(『논쟁적이고 정치적인 편지들*Lettere polemiche e politiche*』에 수록된 프란체스코 넬리Francesco Nelli에게 보낸 열번째 편지) 그러나 도시는 또한 여성과 마찬가지로, 하나의 텍스트, 하나의 시적 텍스트이기도 했다. 도시는, 무엇보다도, 도시가 촉발시킨 장르에 있어 시였다. 12세기 서정시에서 여인과의 이별은 '여명시黎明詩aube'[31]라는 장르를 탄생시킨 바 있다. 도시에 대한 작별은 '고별시congé'라는 장르를 만들어낸다. 13세기에는 아라스에서 만들어진 형식이, 이어 14세기에는 그 대상 면에서 더욱 다양해진 형식이 사용된다. 외스타슈 데샹의 작품에는 파리, 랭스, 트루아, 브뤼셀 등의 도시에 대한 작별이 들어 있다. 이러한 작품 목록들에서는 한 시대의 관능성이 모습을 드러낸다. 여기에 사랑의 쾌락과 음식의 쾌락이, 언어와 말의 쾌락이 섞인다. 외스타슈 데샹은 어느 '어린 소녀fillette'로 하여금 제가 가진 '파리 여인의 근사한 엉덩이bon cul de Paris'를 노래하게 한다. 거울 앞에서 자신의 매력을 뽐내는 어린 매춘부의 초상화를 그린 것이다. "그런가요, 그런가요, 내가 예쁜가요?Sui je, sui je, sui je belle?" (작품 554, 4권) 그리고 프랑수아 비용은 『유언의 노래*Testament*』에서 파리 여인들의 언변에 대해 다음과 같은 후렴구로 찬사를 보낸다. "파리 여자들의 세치 혀를 당할 자 없네.Il n'est bon bec de Paris." (1522행) 도시의 고함소리들에도 시가 있다. 외스타슈 데샹은 토끼와 여성을 모두 지칭할 수 있는 'connins'을 마지못해 떠나면서 다음과 같이 외설적인 말장난을 행한다.

토끼들, 물떼새들, 거세한 수탉들과 꿩들[32]

안녕히, 예쁜 토끼들, 자고새들, 내가 갈망하는[33]

이러한 신소리calembour는 오래된 것이다. 하지만 비유적 망은 『장미 이야기』의 '토끼connins' 사냥(2권, 15110행)[34]에서 14~15세기의 '사랑스런 요리amoureuse cuisine'로 변화한다. 이 표현은 샤를 도를레앙이 지은 어느 롱도의 후렴구에 나온다.(2권, 롱도 283)[35] 사냥이라는 기사들의 공간에서 '부르주아적bourgeois' 상상에 해당하는 요리로, 열린 공간에서 닫힌 공간으로, 욕망의 긴장에서 쾌락의 유혹으로 옮겨가는 것이다.

도시의 이름 자체도 여인의 이름처럼 시적 혁신의 음성적 주형이 된다. 이에 대한 훌륭한 본보기가 외스타슈 데샹의 작품으로 추정되는 한 작품, 「어원語源으로 풀어본 파리Paris ethimologié」에서 발견된다.(작품전집, 10권, n° 75) 11행으로 이루어진 각 시절strophe은 파리Paris라는 이름을 구성하는 각각의 글자로 시작된다.

이런저런 점에서 파리가 으뜸일 수 있네.[36]

파리라는 이름은 각각의 글자로 쓰여지는 동시에 모든 방향에서, 수평으로, 수직으로, 전반적인 토토그램tautogramme[37]으로 쓰여진다.[38] 파리Paris라는 이름을 구성하는 각 글자들은 'Paradis, Saphir, Séraphin' 등의 '낱말 궤mots-écrins'에 포함되거나 둘러싸인다. 시인은 우리에게 "매혹의 수사Rethorique ravie", "흩뿌려진 정묘함subtilité semée"을 이야기한다. 외스타슈 데샹—그가 정말 저자라면— 혹은 그의 모방자는 파리라는 이름을 흩뿌리고, 이러한 파종播種에서 시의 문체 하나가 탄생한다. 이러한 문체는 운율과 풍부함에 기초를 둔다.('수많은mille'이라는 단어는 '정묘한subtille' 그리고 '아래'라는 뜻의 형용사 'ville'과 함께 당시 "도시'와 각운을 구성하는 주요한 말 가운데 하나였다.) 도시의 취기는 열거하는 문체 안에, 목록의 취기 안에 새겨진다. 낱말들의 반복뿐만 아니라 음소들의 반복이, 그 결과 만들어진 일련의 것들 안에서, 도시 특유의 긴장들에 대한 이미지를 전한다. 'Paris'의 첫 글자인 'P'는 "비할 데 없는 파리Paris sans per"(이 표현은 처음에는 영웅 파리스Paris에 사용되었다)의 시작이지만, 또한 '자고새perdriz'와 '작은 파이petits pastez'의 처음이기도 하다.

요컨대 도시는 하나의 텍스트이다. 그도 그럴 것이 도시는 하나의 기억이기 때문이다. 우선 그 이름에 의해 하나의 텍스트가 되니, 이는 근원과 혈통에 대한, 상상된 선조와 가계에 대한 중요한 문제에 적용된다. 파리Paris와 트로이아의 왕자 파리스Paris를, 랭스Reims와 로마의 시조 레무스Remus를 결부시키는……. 다음으로 도시는 그 기념물들과 그 안에 담긴 흔적들, 사람들이 민감하게 느끼게 되는 것들에 의해 하나의 텍스트가 된다. 장 프루아사르를 떠올려보라. 세번째로, 도시는 그 내력에 의해 하나의 텍스트가 된다. '지금 어디 있는가?'를 이야기하는 라틴 문학의 '우비 순트Ubi sunt' 주제는, 여성의 경우 그러하듯, 도시의 경우에도 값진 것이 된다. 트로이아, 바빌로니아, 일리온, 니느베, 로마가 지금 어디 있는지를 외스타슈 데샹이 묻지 않았던가! 필경 그 돌들 속에, 혹은 그 영광 속에 자취를 감추었지만, 기억 속에서는 또 남겨진 글 속에서는 지금도 존재한다. 인간에게 도시는, 그의 정묘함, 그의 기예가 만들어낸 일종의 후예이며, 자연적인 후손들을 도울 수 있는 것이기도 하다. 그렇기에 크리스틴 드 피장은 에파미논다스Epaminondas[39]가 임종의 순간 남겼던 말을 다음과 같이 전한다.

> '나는 후계자 없이 죽는 것이 아니니, 왜냐하면 그대에게서 얻었던 두 딸을 그대에게 남기기 때문이다.' 그는 이 말을 통해, 자신이 정복했던 두 고귀한 도시를 말하고자 했다. 그도 그럴 것이 그에게는 육신의 후계자가 없었기 때문이다. 아버지들에 대한 기억이 그 아이들을 통해 남듯이, 그에 대한 기억이 정복된 이 두 도시를 통해 남게 되기를 바랐던 것이다.[40]

동일한 방식으로, 외스타슈 데샹은 그의 작품에서 도시에 대한 성찰과 언어(이 말이 가질 수 있는 모든 의미에서)에 대한 하나의 성찰, 글쓰기에 대한 성찰을 같이 둔다. 「어원으로 풀어본 파리」의 발구는 아래와 같이 결론짓는다.

> 권위를 갖춘 파리를 바라보는 그대,
> 하나의 준엄한 법에 의해 제한된 다섯 개의 글자로.[41]

도시는 한 명의 저자, 하나의 권위가 된다.

14세기에는 그 주제나 테마 면에서뿐 아니라 그 구성 자체에서도 텍스트의 도시적인 모델 하나가 존재했다. 사실상 '이야기 시'는 더 이상 그 구성을 서술이나 모험의 흐름에만 두지 않으며, 오히려 파편화fragmentation에 바탕을 둔다. '도시-텍스트'는 미궁(페트라르카의 경우, 아비뇽은 황금빛 미궁이다), 길을 잃거나 길을 다시 찾는 궁전, 괴물들이 숨어 있고 보물들을 감추고 있는 궁전이 된다. 다이달로스와 미노타우루스의 경우처럼.

사람들은 책 그리고 책을 통한 문화와 대조를 이루는 숲에서(수도사들의 갖가지 경고, 피에르 드 셀Pierre de Celles이나 성 베르나르도saint Bernardo의 경고를 생각해보라. "바빌론의 한복판에서 도망치시오, 도망쳐서 당신들의 영혼들을 구하시오Fuyez du milieu de Babylone, fuyez et sauvez vos âmes"), 여러 도시에서 드러나는 책에 대한 열광으로 옮겨가게 되며, 헌주獻酒libation에 의해 '나무liber'에서 '책livre'으로 자리를 옮겨간다. 도시는 선술집의 공간이며, 페트라르카는 아비뇽Avignon이라는 이름에서 '포도주에 주어진avinio'이라는 의미를 읽어낸다. 고독한 삶의 어떤 모습을 선호했던 페트라르카마저도 도시와 도시에서 얻는 지식의 중요성을 인정한 바 있다.

> 일생 동안, 내 건강이 좋았을 때는, 한가로이 하루를 보낸 적이 별로 없었다. 나는 늘 책을 읽고, 글을 쓰고, 문예에 대해 숙고해보고, 낭독을 듣거나 지금은 침묵을 지키는 이들에게 질문을 던졌다. 그리고 나는 지식을 사람들에게서만 찾지 않았고, 도시들에서도 찾았으니, 이는 더 박학다식하고 훌륭한 사람이 되어 돌아오기 위함이었다. 처음에는 몽펠리에에서였으니, 왜냐하면 유년 시절의 몇 해를 이 지역에서 상당히 가까운 곳에서 보냈기 때문이며, 이어서 볼로뉴, 이후에는 툴루즈와 파리, 파두아와 나폴리에서 지식을 구했다.[42]

새로운 소재 하나가 15세기에 모습을 드러내기 시작한다. 이 소재는 알랭 샤르티에의 작품에서 처음으로 시작되며, 그는 상당히 여러 분야에서 새로운 정전canon의 창립을 알린다. 새로운 이 어머니, 새로운 이 소재는 다름 아닌 국가 프랑스이다. 그런데 우리가 위치한 이 지점은 또다른 시대의 문턱이기도 하다.

최초로 찾은 자

소재의 위기에 처한 14세기 작가들은 세번째 답을 가져온다. 소재는 더이상 강생의 모델 혹은 추출, 도려내기의 모델에 의거해 만들어지지 않는다.(두 번 태어난 신 바쿠스, 즉 디오니소스 신을 떠올려보라. 제우스 신은 벼락을 맞은 카드모스와 하르모니아의 딸 세멜레의 태내에서 그를 꺼내어 자신의 허벅지에 집어넣는다.[43] 여기서 나옴으로써 부친으로부터의 두번째 탄생이 이루어진다.) 이제부터 작가들은 소재를 새롭게 하는 것이 아니라 창안하게 된다.

독일의 문예학자 쿠르티우스Ernst Robert Curtius는 그의 역작 『유럽 문학과 중세 라틴 시대*La Littérature européenne et le Moyen Age latin*』(1948)[44]에서 "누가 창안자인가?"라는 질문에 대해 그리스인들이 보였던 '남다른 관심'을 상기시킨다. 같은 열정이 중세에, 14~15세기에 프랑스어로 무수히 다시 표출된다. 이와 같은 테마는 여러 가지 형태로 표현된다. 이러한 테마는, 보카치오 이후 당시 즐겨 목록을 만들곤 했던, 유명한 인물들에 대한 칭송에 포함되어 나타나며, "최초로 찾은 자Cil qui premier trouva"라는 문구는 여기서 본질적인 요소가 된다. 여러 기예들을 상찬하는 토포스에 있어 중요한 순간이 아닐 수 없다. 자유학예arts libéraux를 검토하는 논고들은 모두 그 기원에서 출발하며, '창안자inventeur'의 이름을 인용한다. 마침내 마치 우연인 양, 다양한 텍스트들, 서술적이고 서정적이고 도덕적인 텍스트들에서 그 힘과 활기의 징후가 나타난다. 그리하여 알랭 샤르티에는 『사랑의 두 행운아들의 논쟁*Le Debat des deux Fortunés d'Amours*』에서 두 기사 중 한 명의 목소리를 빌려 사랑을 가장 위대한 창안자로 제시한다.

> 사랑의 신이 최초로 창안했으니, 낭랑하게 울리는 악기들,
> 노래들, 춤들, 축제들, 즐거운 놀이들
> 화관들, 아름다운 의복들
> 마상 창시합, 공방전들, 여러 마상경기를.[45]

사랑의 신 덕택에 생겨난 즐거운 창안품 전부가 포함된 목록이 뒤에 이어진다. 자신이 사랑하는 귀부인과 직접 이야기를 나눌 수 없기에, 그녀에게 글을 씀으로써 위안을 삼는다는 것을 말하는 어느 발라드에서, 샤를 도를레앙은 글쓰기의 창안자를 찬양한다.

> 찾았던 이에게 영광이 있으라
> 최초로 글쓰는 법을.[46]

기욤 알렉시가 지은 『두 형제 알렉시의 소일*Passetemps des Deux Alecis freres*』에 나오는 수도원장은, 음악의 창안자에게 다음과 같이 경의를 표한다.

이렇듯 적절한 화음을 이루기 위해
음악학을 실제로 적용하는 법을
최초로 찾아낸 이,
그의 분별력은 무척이나 훌륭한 것이었다.[47]

이와 같은 열렬한 관심이 의미하는 바는 무엇인가? 창안이라는 개념 안에서는 여러 개념이 복잡하게 작용한다. 우선 창안invention이라는 말은 1160년경의 『케임브리지 시편집*Psautier de Cambridge*』에서 '수단' 또는 '술책'의 의미로 단 한 번 사용된 용례와 '성스러운 십자가의 발견invencion Sainte Croix'[48]이라는 성구의 용례를 제외한다면, 고프랑스어에서는 사용되지 않았다. 오늘날 사용되는 의미로는 15세기부터 나타나며, 발터 폰 바르트부르크Walther von Wartburg의 어원사전에 기록된 최초의 언급은 1431년의 것이다. 사실 이 단어는 크리스틴 드 피장이 1405년에 쓴 『크리스틴의 환상』에서도 같은 의미로 사용되었다. 이 단어는 저자가 '무지Ignorance'와 '앎에 대한 욕망Désir de savoir'의 딸로 소개하는 '사고 부인Dame Opinion'의 입에서 나온다. 모든 정복자들의 "여러 행적에서 최초의 창안들이…… 나온 것vindrent …… les premieres invencions des fais" (134쪽, 11행)도 바로 사고 부인으로부터이며, 알렉산드로스 왕에게 "거대하고 격렬한 전쟁들을 벌일 생각l'invencion d'emprendre les fortes et fieres batailles" (135쪽, 29행)을 준 것도 그녀였으며, 바로 그녀의 도움에 힘입어—비록 당시에는 그 힘을 제대로 인식하지 못했지만—마침내 크리스틴 드 피장은 『운명의 변전에 대한 책』을 쓸 생각을 갖게 된다. "나로 인해 그대에게 착상이 생기는 만큼.combien que par moy te venist l'invencion." (131쪽, 21행) '철학'의 시녀인 사고

부인은 인간들의 분별력 안에, 그 행동 범위에 상관없이 '착상'이 깃들게 한다. 크리스틴 드 피장은 이 점을 강조한다.

> 귀부인이여, 훌륭하건 형편 없건 간에, 조악하건 정묘하건 간에, 인간이 이룬 일들의 최초의 착상은 바로 그대로부터 왔기에.[49]

최초의 인간으로 하여금 여러 풀들과 식물들의 특성을 찾게 한 것도 바로 사고 부인이다.

> 또한 이미 저 최초의 시기부터, 몇몇 영명한 사람들이 있었고, 그녀가 그들을 그렇게나 사방에서 찾고 애쓰게 했기에, 그들은 철학을 찾아냈다. 그리하여 결과적으로 모든 학문과 모든 기예가 나를 통해 처음으로 추구되었으며, 사람들은 거기에 이르는 길을 찾았다. 내가 없었던들 결코 철학이라는 명칭을 찾을 수 없었을 것이다.[50]

현대적 의미로 사용된 '착상(발견)adinvention'의 용례는 1310년 무렵의 것이다. 이 말은 질 리 뮈지의 작품에서 자주 사용되며 늘 경멸적인 문맥에서 쓰인다. 실제로 이 작가의 작품에서 이 말과 관련되는 두 가지 의미망은 신의 창조 능력에 대한 풍자적인 모방—바로 원숭이에 대한 테마이다—과 이러한 새로움의 거대한 영역 및 그에 대한 배척이다. 어휘상에 이 말과 관련한 어족語族이 갑작스럽게 출현한 것은 의미심장하다. 14~15세기에 창안과 창안자들의 문제는 분명 시사성을 갖는 논쟁점이었다.

라틴어로 유사한 '생각idée'을 지칭하는 다른 동사들, 예를 들면

'reperire' 같은 동사가 중세의 기사 이야기에서는 사라졌던 만큼, 이전에는 'invenire'라는 말을 어떻게 옮겼을지 의문을 던질 수밖에 없다. 참조해본 모든 어휘집과 중세 번역들에 의거한다면 'trover'라는, 즉 '찾다'라는 동사에 의해서만 라틴어의 의미가 표현된다. 이 등가관계는 중세에 'invention'이라는 개념이 제기한 대단히 중요한 문제들 중 하나를 보여주는 것으로, 바로 창조에 대해 가질 수 있는 위상, 그리고 신과 관련지어 보았을 때의 위상을 조망하게 한다. 그도 그럴 것이 오직 신만이 창조할 수 있기 때문이다. 신은 "틀림이 없는 창조자droit createur"이지만, 장 르 페브르가 떠올리듯, 있을지 모를 위조자僞造者에 대한 염려가 없는 것은 아니다.

무슨 소용이 있는가, 각별한 주의를 기울여
만물의 특성들을 찾으려 한들,
끊임없이 오류에 빠진 채
진실에 반해 그들의 그릇됨
그들의 악의를 고수하면서?
모든 기예를 만드신 분
진정한 창조자를, 그들은 망각한다.[51]

그렇다면 창안자는 무엇을 하는가? 그는 찾는다. 창조création와 창안invention('troveure'와 'trovement') 사이의 구별은 모든 텍스트에서 확인된다. 이 경우에 있어, 어휘의 명확성은 신학적 견지에서 볼 때 중대한 것이다. 단테의 스승 브루네토 라티니Brunetto Latini는 이를 그의 『보물의 책*Li Livres dou Tresor*』의 첫머리에서 주창한다.

> 악은 악마가 찾아낸 것이지, 창조한 것이 아니다.[52]

그리고 그는 덧붙인다.

> 또 그런 까닭에 악은 완전히 무가치한 것이다. 왜냐하면 신이 없이 존재하는 것은 무가치하기 때문이다.[53]

창안은 언제나 이렇듯 악마적인, 유황 냄새가 나는, 또 정의상par définition 무용한 계보의 흔적을 가지게 된다. 창안의 공인된 첫번째 의미가 '수단'과 '술책'이라는 점을 생각해보자. '찾다trover'의 가능한 대체물인 합성어 '조작하다controver'는 이러한 악마적인 흔적을 훨씬 더 담고 있다. 'invention'과의 관계 속에서 'adinvention'이 그랬듯이, 'controver'는 'trover'와 관련지어지며, 여러 세기가 지나감에 따라 '거짓말mensonge', '속임수tromperie'의 값으로 그 의미가 굳어진다. 형태론상의 형성에서 볼 때, 'controver'라는 단어는 분명 인간이 만들어낸 모든 것들 속에 '미메시스mimesis'가 있다는 사실을 보여준다. 인간이 만들어낸 모든 것은 항상 '~에 반하여contre', 다시 말해 어떤 모델과의 비교 차원에서—궁극적인 모델이 신의 창조를 본으로 삼는 만큼—나타난다. 이러한 전망에서 볼 때, 병행되어 사용되는 쌍인 '만들다/위조하다faire/contrefaire'를 연구해보는 것, 그리고 중세 말기에 'contrefaire'가 '모방하다imiter'로 대체되는 것에 질문을 던지고 따져보는 작업은 흥미로운 일이 아닐 수 없다.

어휘 'invention'의 출현과 창안자의 테마에 대한 집중적인 성찰은 사고 면에서의 부분적인 탈신성화, 세속화laïcisation를 알린다. 이제 사람들은 인간의 창조에 대한 문제, 혹은 이를 대신하는 것에 대한 문제, 그리고 특히 미학적 창조에 대한 문제를 과감히 검토해보려고 시도한다. 사람들은 성서 번역에서 'oeuvre'와 'adinvention'이라는 용어들이 자주 연계되어 사용되는 것에 주목하게 된다. 인간은 신의 모습을 본떠 존재하는가, 아니면 악마의 모습을 본뜬 것인가? '창조자opifex'인가, 아니면 '만드는 자artifex'인가? 아직도 '찾아낼trouver' 것이 있는가, 아니면 창안해야 하는가? 만약 그렇다면 이제 무엇을 창안해야 하는 것인가? 13세기 들어 '새로운novus'이라는 말은 부정적 의미에서 긍정적 의미로 변한다. '새롭게 하다innover'라는 어휘가 통용되는 것은 14세기에 와서이다.

이러한 문제에 대한 답은 중세 식자들의 경우 역사적인 차원에 속하는 것이었다. 사람들은 스스로 철학적으로 생각하기보다는 질문을 제기한다. 누가 창안자였던가? 어떻게 창안물들이 잇따라 계속 생겨났는가? 기원起源은 설명해주는 원칙으로 고려되었고, 사람들은 거기서 무엇이 생겨났는지를 보고자 한다. 창안에 대한 성찰의 경우, 무게 중심은 무엇이 있는지를 따져보기 위해 깊이를 가늠해야 할 상류보다는 무엇이 흘러왔는지를 탐사해야 할 하류에 놓인다. 이와 같은 성찰은 '역사Histoire'가 연속이라는 점에서 '역사'의 사고에 해당한다.

이러한 성찰은 또한 이름에 대해서도 고려되었다. 창안은 한 이름의 존재와 연결되며, 그 이름에서 한 개인이 부각되면서, 창시자 영웅, 한 계통의 출발점이 생겨나게 된다. 14~15세기에 개인이라는 개념에 대해 관심이 증폭되었음은 주지의 사실이다. 창안자는 자신의 창안물에 제 이름을 붙인다. 하나의 이름을 부여함으로써, 그는 창조의 질서 안에 제자리를 지키면서도 권위를 내보인다. 「창세기」의 아담처럼 그는 어떤 것도 창조하지 않으며, 다만 명명命名할 뿐이다. 이것이 인간에게 남겨진 자리일까? 로고스logos의 영역이? 창안한다는 것은, 따라서 신의 창조 방식과 경쟁하지 않는 그런 방식에 의해, 새로운 것을 나타나게 하는 것이다. 창안한다는 것, 그것은 질료를 다루는 것이기보다는 형태들을 다루는 것이며, 이 점에서 당대의 문학 속에서 일어나는 갖가지 변신들이 중요성을 갖는다. 『교화판 오비디우스』가 만들어진 것이 14세기의 일이다. 창안한다는 것, 그것은 이성의 도움을 구하는 것이라기보다는 'mètis'에, 다시 말해 기술적이며 솜씨 좋은 지력智力('invention'의 최초의 뜻을 다시 떠올리게 되는), 당시 정묘함subtilité의 개념 속에 구체화되었던 것에 조력을 구하는 것이다. 이러한 모티프가 창안하는 일의 기능을 채운다. 이것이 여러 시인의 뇌리에서 떠나지 않았던 소재의 위기에 진정 부합하는 것은, 동일한 작가들의 작품에 공통적으로 존재하는 이삭 줍는 자의 처지를 닮은 겸허한 모습 아래에서가 아니라, 바로 긍지 어린, 기사다운, 계보의 모델에 의거하고 있기 때문이다. 창안자들의 목록을 작성한다는 것은, 빈번한 경우 함축적으로, 때로는 명시적으로, 자신을 위엄 있는 가계 안에 포함시키는 것이다. 식자의 새로운 긍지는 이렇게 자신의 존재를 입증할 수 있는 방식을 찾는다. 어길 수 없는 겸허modestie의 토포스, 조악함rudesse의 그것을 위반하지 않으면서 말이다. 식자들은 자신이 사실상 마지막 열에 자리잡게 되는 지적 계보를 마련하면서, 스스로를 '문학의 귀족lettres de noblesse'—이 표현이 담을 수 있는 모든 의미에서—으로 자처한다. 여러 목록들을 수립함으로써 그는 자신만의 실천에 대해 성찰하고 그 고고학을 만든다. 이상이 이러한 사고와 글쓰기 주형의 역할이자 궁극의 목적이다.

12세기 브누아 드 생트모르Benoît de Sainte-Maure[54]의 작품에서 이러한 테마의 윤곽이 그려지는 것을 보는 것은 매우 흥미롭다. 브누아는 아르고스Argus[55]가 배를 만드는 것을 그리면서 명확히 밝힌다.

> 많은 사람들이 이 사실을 들려주었다.
> 그러나 나는 저자에게서 찾지 못했다.
> 이것이 돛과 돛대를 가졌고
> 처음으로 바다를 질주했던
> 최초의 선박이었다는 것은.
> 처음으로 용기 내어 이 배에 오른 자
> 그가 바로 이아손이었다고, 사람들은 생각하지만
> 나는 이에 대해 어떤 권위 있는 확언도 찾지 못했다.[56]

브누아 드 생트모르가 자신이 본 전거에는 나오지 않는 항해의 창안(최초로 선박을 만든 이와 최초의 항해자)에 대해 행한 이러한 고찰은, 그가 이 점을 강조하려고 하는 바, 다른 부분에서 그가 자신의 글쓰기를 일종의 항해에 견주고 있다는 사실을 알게 될 때 의미심장한 것이 된다.

> 나는 여전히 많은 항해를 해야 한다.
> 그도 그럴 것이 여전히 난바다에 있기에.[57]

이렇게 그는 작품의 중반부에서 공언하며, 계속 이어지는 비유적인 표현을 통해, 신에게 작품을 끝낼 수 있을 특별한 은혜를 줄 것을 이렇게 간구한다. "제가 올바른 항구에 닻을 내릴 수 있게 해주소서! Qu'a dreit port puisse ancre geter!" 닻 Ancre 과 잉크 encre. 창안자들에 대한 이러한 염려는 작가 브누아 드 생트모르가 가진 반성적 태도를 보여주는 표시가 된다. 그의 '이동 translation'은, 즉 고대의 소재로부터 당시의 속어로 된 이야기로의 이행은, 제재의 면뿐만 아니라 그 목적에 있어서도, 아르고 호를 탄 이아손의 횡단 원정과 전적으로 동일하게 혁신적이다.

기욤 드 마쇼는 두 세기 후에, 일종의 특별한 '이동 translation'인 변신 la métamorphose 에 대한 성찰 속에서 동일한 토포스의 정교해진 형태 하나를 제시한다. 문제의 대목은 『진실한 이야기』의 첫번째 꿈에 자리잡고 있으며, 거짓을 말하지 않는 왕인 유희의 왕 roi de jeu 이 시인에게 건네는 훈계 속에 나온다. 오비디우스가 이야기하는 변신들의 기이한 특성들을 생각해본다면, 시인은 그가 사랑하는 귀부인의 드레스 색깔이 파란색에서 초록색—불성실함의 표지인—으로 바뀐 것에 동요를 보여서는 안 된다. 그리고 거짓을 말하지 않는 왕은 계속해서 말을 이어간다.

> 저마다 분명히 보고 알게 되니,
> 학예를 찾아내고
> 사람들에게 여러 규칙들을 주는 자들은
> 매우 지혜롭고 현명한 자들이다.[58]

그러고 나서 왕은 다음과 같은 이들을 거론한다. 양떼를 돌보는 기술을 고안한 야발, "음악 기예를 찾아낸trouva l'art de musique" (5380행) 유발(이 이름은 필사본을 따른 것으로, 폴랭 파리스Paulin Paris 판본의 '투발'이라는 이름을 따르지 않았다), 방직紡織 기술을 창안한 노에마〔나아마〕Noëma, "강령마법降靈魔法이라 불리는 학예를 찾는 자qui trouva la science/Que l'en appelle nigromance" (5394~5395행)인 〔노아의 둘째아들〕 쉬스〔셈〕Chus, "맨 처음 그리스 사람들에게 여러 규칙들을 준donna les lois/Tout premierement aux Grijois" (5402~5403행) 포로네우스 등을, 그리고 끝으로 로마의 일곱 현자들과 수학의 창안자인 피타고라스를 열거한다. 왕의 결론은, 이 모든 현자들도 시인에게 사랑에 대해 조언을 해줄 수 없을 터이기에, 이 문제에 대한 유일한 충고는 체념résignation뿐이라는 것, 아울러 왕은 이 점을 속담처럼 상징적으로 표현한다. "사랑이 마음대로 하게 두기를.Laisse Amour convenir." (5457행) 사랑과 지혜는 서로 구별되는 두 영역이며, 기욤 드 마쇼는 이런 식으로 자신의 시를 고무하는 긴장, 즉 사랑의 시(궁정풍 서정시)와 식자의 시(박학다식한 교훈) 사이의 긴장을 알린다. 거짓을 말하지 않는 왕은 시인에게, 여러 창안자들 가운데 그의 자리가 어디인지를 넌지시 환기시킨다.

> 유발은 음악의 기예를 찾았고,
> 두발카인은 대장간을 창안했다.[59]
> 그런데 유발은, 그 망치질 소리에서,
> 음색과 소리를 분간해냈고, 새로운 곡조들을 지어냈다.
> 음계들을 표시하고, 음악의

리듬과 화음을 만들었다.[60]

그리고 그는 덧붙여 말한다.

그런데 혹 어떤 이들이 이를 개선했다 하더라도,

그들에게 그리할 것을 명한 자는 내가 아니다.[61]

폴랭 파리스가 이미 제시했던 것처럼, 시인이 아니라면 도대체 누가 이 '어떤 이들aucuns'의 가면 아래 나타날 수 있겠는가? 이러한 열거는 하나의 계통을 형성하며, 이 계보의 자격 요건은 지성intelligence이 된다. 아닌 게 아니라 'titre'라는 말은 다음 예시에서도 나타나며, '방직tistre'과 풍부운rima riche을 이룬다.

또 나아마는 방직과

길쌈의 기예를 발견했으니, 그녀의 도움으로

아마포와 나사를

그리고 아름답고 고운 천들을 만들게 되었다.[62]

이러한 계보는 더이상 자연 출생이라는 본보기, 시인이 야발과 유발의 탄생에 관해 환기시켰던 모델에 근거하지 않는다.

……그 둘은 형제지간이니

한 아버지와 한 어머니에게서 태어났다.[63]

이 계보는 어머니 없는 탄생, 정신으로부터의 탄생, 이를테면 제우스 신의 뇌에서 나온 미네르바의 탄생에 기초한다. 식자들은 그들의 지적 혈통 면에서 이런 탄생에 대한 하나의 예시가 된다. 새로운 하나의 귀족, 새로운 하나의 계급이 만들어지며, 그 목적은 더이상 사랑을 위해 살거나 사랑을 노래하는 데 있는 것이 아니라 지혜에 대해, 기예들에 대해 쓰는 데 있다. 바로 이 점이 거짓을 말하지 않는 왕이 시인에게 던지는 간접적인 나무람에서 파악되는 요체이다. 시인은 현자들에 대해 충분히 이야기하지 않는다.

그들의 가르침과 행적에 대해 말하는 것은
—내가 보기에 그대는 여기에 별반 관심이 없으니
이처럼 그대의 소소한 사랑의 그물에
사로잡혀 얽혀 있구나—
그대에게 이 사실을 이야기하려는 이에게는
분명 오랜 시간을 들일 일이 될 것이다.[64]

식자의 개인적인 신분 상승과 지혜의 제도적인 향상, 토포스의 역할이 갖는 이러한 두 가지 양상은 자크 르그랑Jacques Legrand의 작품에서 근사하게 그려진다. 성 아우구스티누스회 수도사였던 자크 르그랑은 창안자들의 명단 속에 스스로를 포함시키지만, 이는 기욤 드 마쇼처럼 음악의 완성에 끼친 역할 속에서가 아니라 문자의 개선이라는 전망 속에서 이루어지는 것이다. 자신의 저작 『지혜의 금언*Archiloge Sophie*』[65]에 들어 있는 자유학예를 다루는 부분에서 아브라함이 '창안한' 최초의 언어인 히브리어를 환기시킨 연후, 자크 르그랑은 그리스와 라틴 문자에 대해, 또 그 창안자들에 대해 논의를 진행하며 다음과 같이 결론내린다.

> 그러나 그대가, 우리가 발음하는 것을 글로 적는 데 라틴 문자로 충분한 지 질문할 수도 있다. 대부분의 문법학자들은 라틴 문자면 충분하다고, 다른 문자를 찾을 필요가 없을 것이라고 말한다.[66]

이는 자크 르그랑의 견해가 아니다.(더군다나 외스타슈 데샹의 의견도 아니다.) 자크 르그랑은, 경우에 따라 자음 혹은 모음으로 설명될 수 있는 문자들인 철자 V와 J의 불분명함을 없애야 마땅하다고 생각한다. 알파벳의 관습적 속성을 강조하면서, 그는 아래와 같이 덧붙인다.

> ……그도 그럴 것이, 문자가 자의적인 결정을 거쳐 고안되었다는 점에는 이론의 여지가 없으며, 또한 이런 이유로 인해 이성은 다른 것들을 만드는 것을 반박하지 않는다.[67]

그는 스스로를 창안자로 그린다. 자크 르그랑은 자신이 여러 기예에 대한 성찰에서 그 탄생과 역사적 계통에 관심을 기울이는 이유들을 설명한다. 그가 보기에, 이러한 연구는 현실성을 갖는 시사적인 것이다. 이러한 연구를 통해 그는 왕국의 쇠퇴 이유를, 혹은 적어도 왕국의 동요 원인들을 이해하게 된다.

> 그리고 사실 그리스인과 로마인은 늘 그들이 학문을 소홀히 내버려

둔 때부터 퇴락했으니, 이는 오늘날 분명한 사실이다.[68]

보편적인 역사의 교훈들은 지금 현재에도 가치를 지닌다. 기사들이 식자가 되기를 수치스러워할 것이라는 널리 퍼진 잘못된 생각을 넘어서는 것은 바람직한 일이다. "또 사실 기사들에게는 저 잘못된 생각이 생겨났으니, 명망 높은 식자로 알려지는 것이 기사의 수치라고."(43쪽, 13~15행) 외스타슈 데샹도 같은 사실을 확인시켜주며—"기사들이 식자가 되기를 수치스워하니"(3권, 작품 401의 후렴구)—여기서 똑같은 결론을 끌어낸다. '힘fortitudo'과 '지혜sapientia'의 결합으로 돌아가야 하며, 창안자들에게로 되돌아가야 한다. 이미 13세기에 고수앵 선생Maître Gossouin, 즉 고수앵 드 메츠Gossouin de Metz는 『세상의 모습*L'Image du monde*』에서 이러한 목표를 제안한 바 있다. 그저 '선생maistre'이라는 이름만을 탐할 뿐 "이성과 선에 대해서는 별로 아는 것 없는qui pou sevent de raison et de bien" 파리의 식자들을 비판하면서, 고수앵은 기예의 창안자들에 대한 본보기를 개진한다. "처음으로 기예들을 찾은 이들, 그들은 다른 방식으로 그 기예들에 헌신했다.Car cil s'ordenerent autrement aus arz, qui premierement les trouverent." 그리고 그는 결론을 내린다. "일곱 학예를 최초로 함께 만들어낸 이들은, 그런 방식으로 이 학예들의 순서를 잡았다.Tout en tele maniere ordenerent les .VII. arz cil qui premierement les controuverent." (75쪽)

이와 같은 토포스의 실현 가운데 하나가, 14세기와 15세기에 매우 특별한 중요성을 갖게 된다. 그것은 다름 아닌 문자의 창안에 대해 행해진 각색이었다. 빈번한 연출로 인해 식자들이, 토착어 문학에서 이루어진 말에서 글로의 이행이 표상하는 변화를 근본적으로 자각하는 계기가 강화되었다. '창안invention'을 이야기하는 자는 '창안자inventeur'를 이야기하는 것이며, 다시 말해 문자의 기원에, 마치 기술technique처럼, 어떤 문화적 영웅을 두는 것이다.

문자의 신비와 관련된 신화적 인물들의 세 유형을 구분할 필요가 있다. 첫번째 유형은 마법사, 예언자의 모습으로, 이하 내용에서는 오르페우스의 이름을 통해 상징적으로 표상될 것이다. 몇몇 그리스어 텍스트에서 오르페우스가 알파벳의 창시자로 제시된다는 것은 주지의 사실이다. 두번째는 필경사, 중계자, 서기의 모습으로, 이집트의 신 토트의 모습을 띤다. 세번째는 시조가 되는 영웅으로, 알파벳의 창안자인 동시에 도시의 설립자이다. 마지막 모습인 시조가 되는 영웅을 그의 이중성 안에서 주의 깊게 살펴보도록 하자. 중세 말기의 문학에서는 두 영웅이 한 무대에 함께 등장한다. 한 남성과 한 여성이 서로 대결하며, 각각 그리스와 라틴 알파벳의 창안자가 되니, 카드모스Kadmos와 카르멘티스Carmentis가 그들이다. 14~15세기의 작가들은 세 가지 방식으로 이 두 영웅을 이용했다. 그들은 동방에서 서방으로 지식의 이전을 의미하는 '학문의 이동translatio studii'에 관한 어떤 성찰 가운데 두 영웅의 모습을 포함시키고자 했다. 이러한 관점에서 그들은 이집트의 신 이오Io(이시스)와 결부되어 이집트 문자, 그리스 문자, 라틴 문자의 창안을 그려보이는 일종의 '3부작'을 구성하게 된다. 이와 같은 설명의 본보기가 되는 글, 시원始原이 되는 텍스트는 세비야의 주교 이시도르가 쓴 것이다.

이시스 여왕은 이나코스의 딸이며, 그리스에서 이집트로 건너오면서 이집트 문자를 창안하고, 그것을 이집트인들에게 주었다. ……아게노르 왕의 아들인 카드모스는, 페니키아에서 그리스로 17개의 그리스 문자를 처음 들여왔다. ……님프 카르멘티스는 이탈리아인에게 라틴 문자들을 준 최초의 인물이다.[69]

자크 르그랑이 '일곱 자유학예(.VII.) ars liberaulx'에 대한 설명에서 다시 취하는 것도 이러한 제언들 가운데 하나이며, 이는 이후 학예들에 대한 모든 논고에서 사용될 설명 방식이 된다.

페니키아인들이, 시인 루카누스가 증거하듯 그들은 이런 이름으로 불렸는데, 지난날 그리스 문자를 창안한 최초의 사람들이었다. 그러나 17개의 그리스 문자를 최초로 소개한 것은 아게노르의 아들 카드모스였다.[70]

또한 실제로는 이나코스의 딸로 이시스라 불리던 여왕이 처음으로 이집트인들에게 문자를 가져다주었다는 내용을 책에서 읽을 수 있다. 또 어떤 이들이 그녀가 문자를 그리스에서 이집트로 가져갔다고 말하는 데 반해, 다른 이들은 그녀가 그리스에서 이집트로 오면서 문자를 창안했고 그것을 이집트인들에게 주었다고도 말한다.[71]

다음으로 그대는, 지난날, 카르멘티스라 불리던 여신이 최초로 이탈리아인에게 라틴 문자를 전해주었다는 것을 알아두어야 한다.[72]

카르멘티스를—단독으로 혹은 이오와 같이—이용하는 두번째 모델에는 논쟁적인 의도가 담겨 있으며, 이는 여성의 창조 능력을 현양함으로써 여성들에 대한 옹호를 꾀하려는 것이다. 여기서 시원에 자리잡은 텍스트는 1361년에 집필된 보카치오의 『명망 높은 여인들에 대하여*De mulieribus claris*』이며, 1401년에 벌써 『고귀하고 명성 높은 여인들에 대하여*Des femmes nobles et renommées*』라는 제목의 최초 번역이 프랑스에서 발표된다. 1493년에는 또다른 프랑스어 번역본이 왕비 안Anne에게 바쳐졌다. 이 번역은 서적상 앙투안 베라르Antoine Vérard가 출판했고 제목은 『고귀하고 현명한 여인들에 대하여*Des nobles et cleres femmes*』였다. 그런데 이미 1370~1371년, 장 르 페브르는 자신이 번역했던 마테올루스의 작품 『한탄』을 반박하는 내용을 담은 『환희의 책*Livre de Leesce*』에서 프랑스어로 카르멘티스를 언급한 바 있다. 용기 면에서 두드러진 여인들을 언급한 다음, 그는 기예와 학문 분야에서 이름난 여인들을 인용한다.

> 카르멘티스가 창안했기에,
> 우리 글의 문자들
> 모두 스물다섯 자를,
> 그것들로 우리 라틴어로, 프랑스어로
> 글을 쓸 수 있다, 서판에, 밀랍에,
> 종이에 또는 양피지에.
> 카르멘티스가 길을 찾았고
> 각각에 그 이름을 주었다.
> 지성에 있어, 그녀는 응당 커다란 명성을 누려야 한다.[73]

이상의 설명에서 세 가지 요소에 주의를 기울일 필요가 있다. 장 르 페브르는 무엇보다도 차별화된 소재들의 물질성 면에("서판에, 밀랍에, 종이에 또는 양피지에"), 그리고 다양한 구현 차원에("라틴어로, 프랑스어로")에 따른 글쓰기 방식들에 자신이 지극히 민감하다는 점을 드러낸다. 중세 말의 모든 학식자들에게, 프랑스어와 라틴어 사이의 연관관계가 심원했다는 것은 주지의 사실이다. 새로운 알파벳을 다시 창안해낼 필요가 전혀 없었다. 프랑스어로 표기하기 위해서는 단지 라틴 문자 가운데 몇 가지만 조절하면 그만이었다. 이와 같은 관심은, 상이한 영웅들이 창안해낸 문자들의 개수를 기록하는 일에 여러 작가들이 보여주었던 정확성의 이유를 설명해준다. 동일한 민감함이 표출된 부분을 이미 『죽음의 유예』에서부터 찾을 수 있다. 결혼에 반대하는 고찰들을 전개한 뒤, 이어지는 학업에 관한 대목에서 장 르 페브르는 말한다.

> 어떤 이들은 쓰는 것을 배운다,
> 밀랍판 위에 필침으로.
> 다른 이들은 관례를 따른다,
> 깃털 펜으로 문자를 쓰는.
> 양과 송아지
> 가죽 위에 그림을 그리고,
> 색을 칠하는 것을 익힌다.
> 꽃을 그리고 채색 삽화를 만든다.
> 다른 이들은 그들의 온 마음을 기울인다,
> 지극히 정묘한 글쓰기에

문법에, 이어서는 논리학에,
또 수사법에 따라 말하는 것에.[74]

생식生殖에 관한 성찰에서 글쓰기에 대한 숙고로 넘어가는 이와 같은 이행은 의미심장하다. 이러한 이행은 장 드 묑의 『장미 이야기』와 같은 선상에 있으며, 생식의 가능한 비유들에 대해 텍스트가 내놓는 탐구에서 장 드 묑이 활용하는 카드모스라는 인물의 모습과도 다르지 않다.

장 르 페브르는 마찬가지로 길chemin이라는 이미지를 사용하며, 이때 길은 지적 계보의, '학문의 이동translatio studii'의 공간적 이미지가 된다. 이 모든 작가들에게, 학문은 하나의 길이었으며(크리스틴 드 피장이 자신의 작품 가운데 하나에 붙인 『오랜 학문의 길』이라는 제명을 생각해보라), 그 모델들 가운데 하나가 삶 자체였고, 기욤 드 디귈빌이 쓴 어느 작품 제명에 따르자면, 인간 삶의 순례였다. 장 르 페브르는 충고한다.

그러나 자신이 어디에서 왔는지를 알지 못하는 자
어디에 있는지 어디로 가는지도 모르는 자는
부유하건 가난하건 빌어먹건 간에,
진정한 학생이 아니다.
이 때문에 그려보아야 한다
어디로 가는 것이 적절한지를,
바로 우리 자신 안에서, 따져보아야 한다
지금 우리 어디에 있는지, 어디에서 우리 왔는지를,

순례의 길을 가고 있는
인류의 후손인 우리.[75]

마지막으로 장 르 페브르가 명명하기라는 행위 자체에 새로운 중요성을 부여하고 있다는 점이 주목을 끈다. 창안한다는 것, 그것은 또한 명명한다는 것이다. 문자들에 어떤 이름을 부여하는 것은, 창안물들에 제 이름을 붙인다는 것이다. 바로 이 점에서도, 창안에 대한 성찰은 어원étymologie과 긴밀히 연계된다. 『교화판 오비디우스』에서 상술된 바와 같이, "소송과 판결을 만들어낸 최초의 인물인cil qui premierement/Controuva plait et jugement" 포로네우스(1권, 3843~3844행)의 사례가 이에 대한 예증이 된다.

그의 이름으로 소송들을 지칭했으니
라틴어로는 '포라fora'〔변론을 행하는 법정, 광장〕라고 불렸다.[76]

여성을 기리고 옹호하기 위해 쓰인 일련의 글에서, 지칭하는 방식에 따라 '카르멘티스' 혹은 '니코스트라테Nicostrate'라 불리는 인물은 언제나 특별한 자리를 차지한다. 자크 르그랑은 그의 『지혜의 금언』 1권 3장에서, 그녀에 대해 형성되었던 역사적인 선례와 병행하여 이러한 특별한 위상을 활용한다.

여러 여인이 그들의 지혜로 인해 명성을 얻었다,
시빌레라 불리던 열 명의 여자 예언자처럼,
그리고 카르멘티스, 이시스, 미네르바와 리비아,

세미라미스, 유노, 옵스와 마르페시아처럼.[77]

카르멘티스는 크리스틴 드 피장이 쓴 『귀부인들의 도성에 대한 책』에서 논증의 중요한 계기를 만들어낸다. 이는 사실상 크리스틴의 추론에서 하나의 분절과 하나의 진전을 표시하는 것이다. 여성들은 이미 만들어진 기예들을 빛내고, 여기에 탁월함을 더할 수 있을 뿐만 아니라 하나의 기예를 창안해낼 수도 있다. 그렇기에 크리스틴은 이 새로운 발걸음의 첫번째 예로 카르멘티스를 거론한다.

그렇기에 나는 먼저 그대에게 고귀한 니코스트라테, 이탈리아인들이 카르멘티스라 불렀던 여인에 대해 말할 것이다.[78]

니코스트라테의 계보는 흥미롭다. 크리스틴은 이를 떠올린다.

이 귀부인은 팔라스라는 이름을 가진 아르카디아 왕의 딸이었다. 그녀는 놀랄 만한 지성의 소유자였고, 신에게서 특별한 예언 능력을 부여받았다. 그녀는 그리스 문예에 매우 조예가 깊었고 말솜씨는 매우 아름답고 신중했으며 변론은 고아했기에, 그녀에 대해 글을 남긴 당시의 시인들은, 그녀가 메르쿠리우스 신의 사랑을 받았다고 작품에 암시했다. 그녀가 남편과의 사이에서 얻었던 아들 또한 당시 매우 학문에 조예가 깊었기에, 작가들은 그 아들도 메르쿠리우스 신의 아들이라 말하곤 했다.[79]

카르멘티스는 메르쿠리우스 신(헤르메스Hermes), 다시 말해 술수의 신dieu à mètis과 관련되어 있다. 그녀는, 크리스틴 드 피장이 신중하게 전하는 전승에 따르면 메르쿠리우스 신의 애인으로 간주되며, 앙투안 뒤푸르Antoine Dufour가 『유명한 여인들의 생애*Les Vies des femmes célèbres*』에서 활용하는 전승에서는 그의 딸로 여겨진다. "시인들은 메르쿠리우스가 부친이라 상상한다."(45쪽) 두 작가는, 크리스틴의 경우는 조심스럽게, 앙투안 뒤푸르의 경우는 보다 두드러지게, 우리의 논증 과정에서 중요성을 갖는 한 가지 사실을 강조한다. 즉 카르멘티스의 아들이 사생아일 가능성이 있다는 점이다.

> 그녀가 결혼한 적이 있다는 것은 밝혀진 바 없기에, 자신의 명예를 지키기 위해서만큼이나 낯선 나라들을 보기 위해, 그녀는 여러 척의 배에 짐을 싣게 했고 어린 아들 팔렌틴을 데려갔으며 테베레 강의 오스티아에 당도했다.[80]

문자의 신화적인 탄생에도, 친족 혈통의 계보와 마찬가지로 한 가지 불분명한 지점이 있으며, 본래의 비어 있는 부분에 설립 행위 자체가 결부된다. 명백히 크리스틴 드 피장은 자신과 카르멘티스를 동일시한다. 두 사람 모두 이탈리아와 연관관계가 있다. 카르멘티스가 그리스를 떠나 이탈리아에 이르렀고, "테베레 강에 이르렀다"면, 크리스틴 드 피장은 이탈리아 땅을 떠나 프랑스로 건너감으로써, 이렇듯 시작된 '학문의 이동'을 계속 이어간다. 건립자로서 카르멘티스는 "그곳에서 이 귀부인은 자신의 아들과 함께, 또 자신을 뒤따른 이들과 더불어, 성 하나를 세웠다.La, celle dame, avec son filz et ceulx qui suivie l'avoyent, fonda un chastel." 이와 마찬가지로, 크리스틴 드 피장은 카르멘티스의 이야기로, 또다른 유명한 여인들의 이야기로, 귀부인들의 도성을 짓기 위한 초석을 만들었다. 마지막으로 카르멘티스는 예언자였으며(크리스틴은 드 피장은 천문학자의 딸이다), 노래에 자신의 이름을 부여하게 된다.

> 이 귀부인의 이름인 카르멘티스에서 따온 것인 바, 라틴어로는 시를 '카르멘carmen'이라 부른다.[81]

잘 알려진 것처럼, 크리스틴 드 피장은 자신의 창작 작품을 구성하는 여러 특징 가운데 하나인 서정시를 결코 포기하지 않았다. 조반니 디 제노아Giovanni di Genoa(Giovanni Balbi)가 쓴 『카톨리콘*Catholicon*』의 프랑스어 번안에는 다음과 같은 구절이 나온다.[82]

> 카르멘티스Carmentis, 여성의 이름(고유명사)이며 동시에 시의 여신을 의미한다.[83]

그리고 이어지는 다음 표제 항목은 다음과 같다.

> carmino, nas…… 혹은 carminor…… naris…… 시 작품을 만들다, 혹은 매혹하다, 혹은 양모를 소모梳毛하다.[84]

"시의 여신Deesse de dictié", 이것이 바로 크리스틴 드 피장이 되기를 바랐던 것이다. 1407년 기유베르 드 메츠Guillebert de Metz[85]가 『도시 파리의 묘사*Description de la ville de Paris*』에서 떠올리는 것처럼, "프랑스어와 라틴어로 갖가지 종류의 가르침과 다양한 논고를 썼던dictoit toutes manieres de doctrines et divers traitiés en latin et en françois" 그녀였기에, 또 외스타슈 데샹의 그윽한 표현에 따른다면 "아홉 명 가운데 가장 능란한 뮤즈, 크리스틴 드 피장Muse eloquent entre les .IX. Christine" (6권, 발라드 1242, 1행)인 그녀였기에.

크리스틴 드 피장의 작품에 언급된 이후 나타나는 카르멘티스의 운명을 따라가보자. 카르멘티스는 항상 여성들의 편에 서서, 여성들의 명예를 기리기 위해 글을 쓴 작가들의 작품에서 나타난다. 카르멘티스는 마르탱 르 프랑의 『귀부인들의 옹호자』—"라틴 문자를 창안했던 귀부인 카르멘티스에 대해De dame Carmente, laquelle trouva la lettre latine"[86]—에, 또 생포리앙 샹피에Symphorien Champier의 『미덕을 갖춘 귀부인들의 배船*La Nef des dames vertueuses*』(1503)에, 앙투안 뒤푸르의 『유명한 여인들의 생애』(1504)에, 옥토비앙 드 생즐레Octovien de Saint-Gelais[87]의 작품으로 추정되며 앙투안 베라르에 의해 1509년 출판된 『사랑의 수렵*La Chasse d'Amours*』에, 후안 로드리게스 델 파드롱Juan Rodríguez del Padrón의 『귀부인들의 승리*El Triunfo de las donas*』 등에 나타난다. 아울러 그녀는 이들 작가와 학문, 지식, 글쓰기 사이의 관계를 포착할 수 있게 해준다. 여성 논쟁과는 무관한 어떤 맥락에서이기는 하지만, 피에르 미쇼Pierre Michault가 『당대에 대한 교훈서*Doctrinal du Temps présent*』 안에서 카르멘티스를 활용한 경우가 그 예가 된다. 그는 자크 르그랑의 『지혜의 금언』의 처음 판본인 『지혜집*Sophilogium*』에서 한 대목을 차용해온다. '미덕Vertu'은 작가로 하여금 "고대의 학교ancienne escole"를 방문하게 한다.

> 너는 또한 여기에 그려진 여인들 가운데에서 볼 수 있을 것이다. 이집트인의 문자를 창안한 이시스, 이탈리아인에게 문자들과 철자법을 준 니코스트라테, 두발카인의 누이로 공예를 창안한 녹티아,[88] 무수한 예언들로 신의 도래를 기술한 열두 명의 시빌레…….[89]

문자의 창안에 관한 성찰에서 세번째 모델은, 요컨대 조르주 뒤메질Georges Dumézil[90]이 밝힌 바 있는 세 가지 기능의 도식—마법적이고 사법적인 기능, 전사戰士의 기능, 양육자의 기능[91]—에 부합하게끔 두 사람의 행위를 구분함으로써 카드모스와 카르멘티스를 활용한다. 이 두 영웅에 결부된 이야기들이 각각의 인물을 세 가지 기능 아래 두는, 중세의 사회적 현실 층위에서 말한다면 성직자, 기사, 농민을 가리키게 하는 특징들을 부여한다는 점은 특기할 만하다. 세 명의 신들이 카드모스의 운명에 관여한다. 전쟁의 신 아레스의 경우, 신의 샘의 수호자이며 카드모스가 죽이게 되는 뱀이 그에게 바쳐진 것이다. 아테나 여신은 영웅에게 뱀의 이빨들을 땅에 뿌리도록 충고한다. 그리고 카드모스와 결혼하는 아프로디테의 딸이자 아레스의 딸이기도 한 하르모니아가 있다. 따라서 카드모스는 한 명의 전사이고(그는 용에 맞서 싸운다), 분명 특별한 모델이 되는 어느 경작자이며(그는 용의 이빨들을 흩뿌린다), 마지막으로 자신이 왕이 되는 한 도시, 테바이의 건설자로, 마법적이고 사법적인 첫번째 기능의 영웅이다. 조르주 뒤메질이 『큰 울림의 아폴로 신*Apollon sonore*』에서, 플루타르코스의 한 텍스트에서 출발하여 훌륭히 증명했듯이, 카르멘티스는 양육과 생산을 담당하는 세번째 기능의 영웅이다. 그녀는 출산을 주재한다. 예언의 능력, 문명 전파자의 역할에 따르면, 카르멘티스는 첫번째 기능의 영웅이다. '니코스트라테' 라는 또다른 이름은 '군대'와 '승리'를 의미하는 단어들의 조합으로 두번째 기능과 연계된다. 이 점에 있어서도, 중세의 경우 여러 기능들 가운데 이것 혹은 저것을 특화한다는 사실을 통해 저자들과 시기들을 나누어볼 수 있다.

『오비디우스의 '변신 이야기'에 기반한 알레고리*Allegoriae super Ovidii Metamorphosin*』에서 카드모스에 대해 상술한 바 있는 아르눌푸스 아우렐리아넨시스Arnulphus Aurelianensis(Arnoul d' Orléans)는 전사 모델을 지속적으로 사제 모델에 결부시킨다.

> 사자 가죽을 덮어 쓰고, 다시 말해 격분하여 두 개의 투창을 쥔 채로, 다시 말해 능변과 지혜를 겸비하고, 카드모스는 복수하리라 마음먹었고, 논쟁을 통해, 뱀을 향해 바윗덩이 하나를, 다시 말해 효용성을 잃은 논거들을 던졌으나, 뱀에게, 다시 말해 그 나라 사람들의 교활함에 아무런 상처도 입히지 못했다. 그러나 그는 마침내 투창 하나로, 다시 말해 더욱 가차없고 더욱 솜씨 좋은 문구들로, 그들을 꿰뚫었다. 그러고 나서 그는 뱀의 이빨들을 뿌렸다, 다시 말해 그리스 문자를 창안했다. 바로 이런 연유에서 사람들이 다음과 같이 말하게 되었다. "카드모스가 처음으로 그리스 문자를 찾아낸 사람이다.Grecorum primus vestigat gramata Cadmus."[92]

덧붙여 '창안하다invenio, invenire'가 아닌 동사 'vestigo'(흔적을 따라가다, 종적을 쫓아가다, 찾고 발견하다)를 사용한 것에도—카드모스는 누이 에우로페를 찾기 위해 암소 뒤를 따라갔다—주의를 기울이도록 하자.

장 드 묑의 작품에서, 저자는 카드모스의 예에서(『장미 이야기』, 3권, 19706~19722행), 세번째 기능의 영웅의 모습, 씨를 뿌리는 자, 가문의 창시자, 지칠 줄 모르는 농부의 모습을 특히 강조한다. 이 영웅은 게니우스Genius의 전언, 『장미 이야기』의 판본 간행자인 펠릭스 르쿠아Félix Lecoy가 "불행 있기를! 자연이 철필과 서판을, 망치와 모루를, 날선 보습과 노동만 하면 될 비옥한 휴경지를 주었건만, 글쓰기를 거부하고, 모루에 녹이 덮이게 내버려둔, 밭이 황무지로 돌아가게 팽개친 자들에게Malheur à ceux à qui Nature a donné stylets et tablettes, marteaux et enclumes, socs aiguisés et jachères fertiles ne demandant qu'à être labourées, et qui refusent d'écrire, laissent leurs enclumes se couvrir de rouille et leurs champs retourner en friches" (19552행)라고 요약하는[93] '생식에 대한 찬가hymne à la génération' 속에 나타난다. 다음과 같은 카드모스의 모습도 주의를 기울이자.

> 카드모스는 훌륭히 씨를 뿌렸고
> 이렇게 자기 백성들의 수를 늘렸다.
> 그대 역시 잘 시작한다면,
> 그대의 가계가 널리 이어질 것이다.[94]

크리스틴 드 피장의 경우, 자신이 대상으로 삼는 독자들이 어떤 이들인지에 따라, 혹은 자신이 전개하는 논증에 따라 카드모스와 카르멘티스 사이에서 섬세한 선택을 행한다. 기사의 교육을 목표로 삼는 『오테아의 서한』에서는 카드모스만이 제시된다. 여기서 카드모스는 지식과 기사의 미덕을 결합할 필요가 있다는 점을 예증한다. 크리스틴 드 피장은 이러한 예시에 대한 풀이를 다음과 같이 마무리한다.

> 이렇듯 오테아가 이해시키고자 했던 바는, 훌륭한 기사라면 응당 여러 학문을 훌륭히 익힌, 학식을 갖춘 식자를 아끼고 존중해야 한다는 점이었다.[95]

카드모스는 『오랜 학문의 길』에서도 다시 등장한다. 시빌레가 크리스틴 드 피장에게 '지혜Sapience'의 샘에 대한 이야기를 들려주는 대목에서이다.

> 지난날 카드모스는, 매우 지극한 수고를 들여,
> 샘물 곁의 커다란 뱀 한 마리를
> 제압했다. 그 뱀은 머리가 여럿이었고[96]
> 그 볏은 온통 황금색이었다.
> 바로 이 뱀이 막아섰던 것이다,
> 많은 이들이 자신의 무리로 되돌아가려는 것을.[97]

끝으로, 카드모스는 『귀부인들의 도성에 대한 책』에서도 언급되지만, 여기서는 도시 테바이의 건설자라는 역할만 이야기된다.

> 그리고 또한 어떻게 카드모스가 여러 신들의 조언에 따라 테바이 도성을 건설했는지.[98]

'이성Raison'은 크리스틴 드 피장에게 그녀가 세우게 될 도성이 카드모스가 세웠던 것보다 더욱 견고하리라 예언한다.

창안자들에 대한, 더 특별하게는 카드모스와 카르멘티스에 대한 고찰은 중세 말에 이르러 시인에 대한 새로운 인식이 빛을 발하게 되었음을 보여준다. 창안물이 그 창안자의 이름과 연결되는 것처럼, 이제 작품은 예술가와 연계되며 그의 초상은 개별적인 것이 된다. 에른스트 크리스Ernst Kris와 오토 쿠르츠Otto Kurz가 공동 저술한 명저 『예술가의 이미지*L'Image de l'artiste*』(1934)[99]에서 다음과 같이 통찰력 있게 분석하고 있듯이 말이다. "누군가가 어떤 창조자의 이름을 기억할 수 있다는 사실은, 작품의 위대함이나 성취—제아무리 그것이 명백하다고 할지라도—에 달린 것이 아니라, 예술작품에 결부된 의미에 따른 것이다. ……일반적으로 예술가의 이름을 거명할 필요성은 작품이 더이상 어떤 종교나 제의, 혹은 광의의 의미에서 어떤 마술적 기능에 소용되는 것이 아니라는 점을, 요컨대 그 역할이 더이상 특정하게 한정되어 있는 것이 아니라, 반대로 우리가 작품에 일정 정도로 어떤 자율적 가치를 부여했다는 것을 나타내는 것이다. 달리 표현하자면, 예술 그 자체의 비전, 즉 어떤 특별한 미학적 성취에 대한 추구—'예술을 위한 예술l'art pour l'art'이 극단까지 밀고나갔던—는 주인의 이름을 그의 작품과 묶으려고 하는 욕망의 상승 속에서 명확해진다."(24~25쪽)

카드모스와 카르멘티스에 대한 고찰은 이러한 선회旋回의 증거가 된다. 이러한 고찰은 창조자로서 시인의 모습을 구축하는 데 들어가는 단계 하나를 표시한다. 이는 또한 진보에 대한 어떤 숙고를 의미하는 것이니, 왜냐하면 알파벳이 언제나 완벽해질 가능성이 있는 어떤 것처럼 주어지기 때문이다. 여러 영웅들이 창안한 문자의 개수에 부여된 중요성을 떠올려보라. 카드모스와 카르멘티스가 르네상스 시기에도 여전히 생동감 넘치는 존재로 남아 있었던 것도 바로 이와 같은 이유에서였다. 인쇄술의 발명은 그들에게 새로운 시사성을 부여했다. 조프루아 토리Geofroy Tory[100]는 『샹플뢰리, 문자의 균형비에 대한 기예와 학문*Champ Fleury ou l'Art et Science de la proportion des lettres*』(1529)에서 문자의 창안을 되짚어보고 알파벳의 역사를 거슬러 살펴본다. "여러 문자의 창안은 각양각색이니, 여기에는 다양한 견해가 있다.L'invention des lettres a esté diverse, selon diverses opinions." (f° V) 조프루아 토리는 여기서 카드모스와 함께 "달리 카르멘티스라고 불리기도 했던 니코스트라테Nicostrata qui fut autrement nommee Carmentis"를 소환한다.(f° V verso) 또 바르텔레미 아노Barthélemy Aneau가 쓴 『시적 상상*L'Imagination poëtique*』(1552)[101]에 나오는 '리옹 인쇄술의 예표화豫表畵Prefiguration de l'Impremerie Lyonnoise'라는 엠블럼[102]에서도 카드모스와 카르멘티스에 대한 언급이 나온다. 마침내 카드모스-카르멘티스의 대결은 단순한 허구처럼 받아들여지길 멈추고 무언가를 세우는 창조 행위에 대한 추구로 받아들여진다. 각각 남성과 여성을 표상하는 이 두 모델이 비교된다. 카드모스의 경우 관건이 되는 것은 발아, 씨 뿌리기 그리고 밭갈이와 같은 농업, 글쓰기의 모델이다. 카르멘티스의 경우 주안점은 앞으로 일어날 사건을 만드는 목소리, 건설, 건축 그리고 기예의 모델에 놓인다. 창안한다는 것, 글을 쓴다는 것, 이것은 씨를 뿌리는 것인가 건설하는 것인가?

우리는 문학사에서 왜 시에 대한 모든 성찰이 알파벳에 대한 어떤 숙고와 심원한 합의를 유지하는지를 이해할 수 있게 된다.

기억, 넘겨지는 이 책

몽테뉴Montaigne는 『에세*Essais*』 제1권의 '거짓말쟁이들에 대하여Des Menteurs'라는 장에서 다음과 같이 확언한다.

> 기억의 창고는 대개 창안의 창고보다 많은 물품을 갖추고 있다.[103]

기억이 행하는 축적은 사실 창안의 문제와 연결되어야 마땅하다. 오래전부터 기억은 하나의 상자처럼—위그 드 생빅토르의 『디다스칼리콘*Didascalicon*』(3권 11장 '기억에 대하여De memoria')에서는 '작은 함arcula'처럼—생각되었다. 궤櫃, 장欌, 보석함처럼 여겨지던 기억은 14~15세기의 경우 서책書冊의 형태를 띤다. 15세기 말의 시작법인 『수사학의 열두 귀부인*Les Douze Dames de Rhétorique*』[104]에서 '꽃핀 기억Flourie memore'은 세밀화 안에서 앉은 채로 눈을 내리깔고 어떤 책에 글을 쓰는 모습과 함께 나타난다.[105] 그녀의 발치에는 작은 궤 하나가 열려 있고 거기에서 두루마리 하나가 양쪽으로 삐져나와 있다. 왼쪽의 두루마리에는 '새로움nova'이라는 말이, 오른쪽의 두루마리에는 '오래됨vetera'이라는 말이 적혀 있다. 수사학의 또다른 시녀인 '진중한 의미Gravité de Sens', 혹은 다른 필사본에 따르면 '오래전의 취득물Vielle Acquisition'이라 불리는 귀부인은 운문으로 된 설명enseigne에서 다음과 같은 말로 자신을 소개한다.

> 저는 어릴 적부터 바구니를 하나 들고 다니며
> 그 속에 갖가지 소재들을 채워넣었습니다.

……

오랜 수고와 부단한 염려로

저는 제 기억의 보석함을 풍성히 갖추었습니다.[106]

기억은 어떤 보물을 축적함으로써 누군가가 채워넣는, 혹은 누군가가 훔치는 보석함이다. 올리비에 드 라 마르슈Olivier de la Marche는 자신의 『회상록*Mémoires*』을 다음과 같은 충고로 시작한다.

그리고 셋째로, 모든 기도企圖emprinses가 그 주창자들haulx entrepreneurs의 바람이나 욕망대로 끝나지는 않게끔 운명에게 허락을 내리셨다는 것을 그대가 깨닫는다면, 그대가 하늘의 징벌을 저어하고 두려워하도록, 저 채찍질과 신성한 타격이 그대의 문을 두드리고 때려 지혜로운 기억의 쪽문을 열게 되기를.[107]

이러한 이미지는 프랑수아 비용의 『유증시*Lais*』 마지막 대목에서 의식의 몽롱함entr'oubli을 말하는 일화에서도 나타난다.

그때 귀부인 기억이

자신의 장 속에 그 관할 기능들을

넣어두는 것을 느꼈다.[108]

'이성Raison'은 다음과 같이 『군주들의 명경明鏡*Lunettes des Princes*』의 저자 장 메시노Jean Meschinot[109]를 소리쳐 부른다.

내 아이야, 네 정신을 깨우고, 네 기억의 보석함과 궤를 열어라. 호의에서, 또 너그러이 내가 네게 주는 이 값진 혜택과 선물을 넣어두기 위해.[110]

여기서 이야기되는 선물은 양심의 책과 그 책의 내용을 알게 해주는 명경이다. 샤를 도를레앙은 자신의 귀부인 마음을 "〔제〕 기억의 궤ou coffre de 〔sa〕 souvenance"에 넣어둔다.(발라드 32) 또다른 발라드에서 그는 사랑의 신에게서 산 거울 하나를 그 안에 넣는다.

나 이것을 넣어 보관하고 싶으니
내 기억의 궤 안에
이것을 안전하게 간직하기 위해.[111]

시간은 외딴 곳에 감금된다. 이러한 주제가 표출되는 몇몇 장면들을 비교해볼 필요가 있다. 예를 들면 장 속에서 발견되는 책, 혹은 어느 수도원의 서가에서 찾아낸 책, 그리고 누군가에 의해 옮겨지는 책. 〔닫아둔 것의〕 열림ouverture은 이중성을 갖는다. 공간적인 면에서는 장을 여는 것이며, 상징적인 면에서는 언어를 여는 것, 즉 성직자들의 서가가 그러하듯 속인들에게 닫혀져 있는 라틴어를 여는 것이 된다. 크레티앵 드 트루아의 『클리제스』의 도입부는 아래와 같이 전개된다.

여러분에게 전하고 다시 말씀드리려 하는 이 이야기는
보베에 있는 성 베드로 성당의

서가에 있던 책들 가운데 한 권에
적혀 있던 것을 찾은 것입니다.
거기서 나온 이야기입니다.[112]

바이외 인근 시토 수도회의 바르베리 수도원에 있는 어느 서고에서 찾은 책 한 권을 번역했다고 밝히는, 13세기에 제르베즈Gervaise가 쓴 『동물 우화집*Le Bestiaire*』의 시작도 이와 마찬가지이다.

『산문 트로이아 이야기*Roman de Troie en prose*』의 에필로그에는 다음과 같은 내용이 나온다.

> 코린토스에 있는 성 바오로 성당의 서고에서 찾아냈던 그리스어로 쓰인 원래 이야기 그대로의 진실한 트로이아 이야기를 이제 막 마쳤습니다. 이 이야기는 그리스어에서 라틴어로 옮겨졌고, 저는 이를 프랑스어로 옮겼습니다.[113]

다음은 『성배의 탐색*Queste del Saint Graal*』[114]의 에필로그이다.

> 보오르가 그가 보았던 그대로 성배 탐구의 모험들을 이야기했을 때, 사람들은 그의 이야기를 글로 받아적어 솔즈베리의 서고에 보관했다. 고티에 맙〔월터 맵〕 선생이 여기서 이 글을 꺼내, 이 이야기를 라틴어에서 프랑스어로 옮기도록 명하신 주군 헨리 왕을 위해 성배에 대한 책을 만들었습니다.[115]

어떤 '〔우연한〕 발견trouvaille'과 하나의 '이동translatio'이라는 우회로를 통해, 이렇듯 '창안invention'을 연출하는 것은 보나방튀르 데 페리에Bonaventure Des Périers[116]의 『세상의 소란*Cymbalum Mundi*』에서도 여전히 발견되며, 그 외의 작품들에서도 나타난다. 『세상의 소란』은 다음과 같이 시작한다.

> 8년 혹은 대략 그 정도 전에, 친애하는 벗이여, 그대에게 약속했었지요. 한 수도원의 어느 오래된 서고에서 내가 찾았던, 또 그대에게 보여준 적이 있는 책, 네 편의 시적 대화가 들어 있으며 그 제명은 『세상의 소란』이었던 작은 논고를 프랑스어로 옮겨 그대에게 주겠다고 말입니다.[117]

또다른 소개 방법 하나는 어느 무덤 속에서 책을 발견했다고 이야기하는 것이다. 오비디우스의 작품으로 추정되는 『노파에 대하여*De vetula*』의 프랑스어 번역은 바로 이렇게 시작된다.

> 이제 여기서 오비디우스의 『노파에 대하여』를 시작하니, 이 글은 법원의 대리소송인 장 르 페브르 선생이 라틴어에서 프랑스어로 옮긴 것이다. 그런데 이 책은 위에서 언급한 오비디우스가 매장된 무덤 속의 작은 상아 궤에서 발견된 것으로, 그가 죽은 지 400년이 지났건만 전적으로 양호한, 흠 없는 상태였다.[118]

마지막으로는 글로 쓰인 모든 것을 자신의 기억 속에서, 자신의 보고 속에서 찾아 옮겨적었을 뿐이라는 소개 방법이 있다.

미쇼는 처음의 잠에서 깬 뒤
이 이야기를 그의 보고 속에서 찾아냈고
바로 이와 같은 이유에서, 이 이야기를
황금 양모의 꿈이라 불러주기를 바랐다.[119]

시인 미쇼 타유방의 작품은 이렇게 끝을 맺는다.

앞서 거론했던 장 메시노의 양심의 책이나 시법의 대가들에 대한 기욤 크레탱Guillaume Crétin의 다음과 같은 기원을 생각해보자.

오통의 수도원장 그리고 스승 장 르메르,
우리의 기예를 더없이 잘 알고 계시는 분들이여,
당신들의 풍성한 책장의 보고를 여시어
지금 제 곁을 떠나간 벗을 아쉬워하는
소박한 한탄가를 지어주십시오.[120]

무덤들 사이, 책장들 사이

이제 세 개의 공간, 즉 무덤, 기억, 책이 나란히 주어진다. 공간과 시간의 지표이자 문화의 새로운 지표인 묘지는 14~15세기 문학 도처에서 빈번히 나타난다. 무덤들 사이를 거니는 산책은 하나의 서정적이자 서술적인 공간이 되어, 장르들의 경계를 긋고 어떤 우울한 상상에 리듬을 부여한다. 분명 묘지는 이전 시대의 문학에서도 가상의 허구 공간으로 존재했다. 크레티앵 드 트루아의 『수레를 탄 기사*Chevalier de la Charrete*』의 어느 장면처럼, 몇몇 잘 알려진 장면들을 떠올려보라. 그러나 이전 시대와는 근본적으로 다른 차이점들이 있다. 12~13세기의 경우 묘지는 모험과 위업의 공간이었다. 그곳에서 악마와 싸움으로써 두각을 드러내는 것이다. 12세기 말의 텍스트인 『아마다스와 이두안*Amadas et Ydoine*』[121]에 나오듯 어떤 악마에 맞서 싸움으로써, 혹은 제목부터 의미심장한 13세기 중반 무렵의 작품인 『위험천만한 묘지*L'Atre perilleux*』에서 그러하듯, 주인공은 묘지에서 자기 스스로를 증명해보인다. 'âtre' 혹은 'aître'라는 단어는 라틴어 'atrium'에 해당하는 것으로, 실제로는 교회 인근의 땅, 묘지용 부지를 가리킨다. 『수레를 탄 기사』의 랑슬로Lancelot가 그러하듯, 주인공들은 묘지에서 자신의 힘을 시험하고 거기서 자신의 운명에 대한 계시를 받는다. 미래를 향해 돌려짐으로써, 무덤들은 그 안에 들어올 죽은 자들을 기다린다.

> 각각의 무덤 위에는 적혀 있었다,
> 무덤 안에 누워
> 쉬게 될 자들의 이름이.[122]

이야기 속에서 아직까지 이름이 밝혀지지 않았던 랑슬로는 그 무덤들 가운데 한 무덤의 묘지석을 들어올리는데, 이는 일곱 명의 장정의 힘이 필요했을 위업에 해당한다.(1897행) 묘비의 판에는 다음과 같은 전언이 적혀 있었다.

> 거기에는 다음과 같은 글이

적혀 있었다. "이 묘지석을
혼자 힘으로 들어올린 자
이 땅의 갇혀 있는 남자들과 여자들을
풀어주게 되리라."[123]

묘지는 예언적이다. 묘지는 부활의 전망 속에서 읽힌다. 무덤들은 열릴 것이고 죽은 자들을 풀어주게 되리라.

그러나 14~15세기 문학에서 우리가 마주치게 되는 무수한 무덤은 이와 전혀 다른 면모를 보인다. 과거를 향해 돌려짐으로써, 무덤들은 묘지석을 통해, 기념상을 통해 여러 이름을 망각에서 구해낸다. 이제 묘지는 기억과 관계되어 직조된다. 이 관계가 오늘날에는 분명해보이지만, 그 역사성을 들어보이는 것이 무용하지는 않을 것이다. 마찬가지로 이 두 세기가 흘러가는 내내 '기억souvenir'이라는 단어와 그것이 가리키는 알레고리의 용례상 가치가 변화하는 것을 볼 수 있다. 잠재적인 힘으로서 본질적으로 '희망Espérance'과 연계되던 '기억'은 과거의 영역 속으로, 멜랑콜리의 영역 속으로 미끄러져 들어간다. 그 예로, 거의 같은 시기에 쓰였으면서도 그 방향은 차이를 보이는 두 개의 표명을 비교해볼 수 있다. 샤를 도를레앙의 표명에서 '기억'은 이전 세기의 전통적인 표현 가능성들을 여전히 지니고 있으며, 특히 미래와의 관련성에서 그러하다.

누구? 무엇? 어떻게? 누구에게? 왜?
과거, 현재 혹은 미래,
그것들 내 기억 속으로 들어올 때

내 마음 그 생각에 평온하지 않게 되네.[124]

『사랑에 매혹된 마음에 관한 책*Le Livre du Cuer d'Amours espris*』에 나오는 르네 당주의 표명에서는 이제 어떠한 변동도 나타나지 않는다. 사랑의 신의 접견실에 있는 장식융단 가운데 '기억'에 바쳐진 다섯번째 융단에 대한 묘사의 경우가 바로 그러하다.

나는 '기억'이라 불린다. '생각'과 더불어
우리는 쉬지 않고, 여기서 그대가 보는 것처럼,
고통의 모루 위에서, 노고의 망치질로,
늘 우수와 근심의 작은 꽃들을 벼려낸다
무정한 귀부인을 가진 고통받는 연인들에게
회한의 화관을 만들어주기 위해.[125]

'기억'은 이제껏 자신의 자리였던 상상의 영역을 떠나 본연의 기억mémoire 영역으로 들어간다. 부재는 글쓰기를 통해 현물화된다. 죽음은 이제 대상물이기를 그치며, 바로 죽음 자신이 연주하고 춤을 추고 놀이를 행한다. 죽음의 무도 테마는, 현재까지 알려진 바에 따르면, 1400년 이전에는 도상으로 표현된 적이 없다. 거짓 죽음이라는 비현실적인 상상은 사라지게 된다. 크레티앵 드 트루아의 작품 『클리제스』에서처럼 무덤에서 다시 나오는 일은 이제 일어나지 않으며, 다만 무덤으로 들어갈 뿐이다. 이제 더는 누구도 자신의 영광스런 육체를 구하지 못하며, 그저 다양한 방법들을 통해 제 이름을, 혹은 제 명성을 유지하려 애쓸 따름이다. 예언적이었던 묘지에는 이제 교훈적인 속성이 부여된다.

당시의 문학작품들이 제시하는 묘지들 중에서, 우선적으로 사랑의 묘지들을 들 수 있다. 개별적인 사랑, 즉 연인 개개인의 죽음은 어느덧 사랑의 신의 묘지로 이행된다. 1400년대에 쓰인 것으로 추정되는 크리스틴 드 피장의 『두 연인의 논쟁』에서 이러한 주제를 아이러니컬하게 소묘한 대목을 읽을 수 있다.

> 제 생각으로는, 성 니카시우스를 걸고 말씀드리는 바,
> —이 사실이 어느 누구도 불쾌하게 만들지 않기를—
> 제 아무리 강하다 한들,
> 여기서 당신이 들려주셨던 고통들을
> 견딜 수 있을 자 없습니다,
> 죽음을 맛보지 않고서는.
> 그런데 저는 들어본 적이 없습니다
> 그런 묘지가 있다는 이야기는
> 완전한 사랑으로 인해 죽은 이들이 묻힌,
> 또 같은 이유로 인해 병상에 누울 수밖에 없었다거나
> 혹은 들것에 실려 그 병을 초래한 성자에게 가야만 했다는 것은.
> 그런 이야기들이 매우 무성하지만,
> 제 생각에, 본인이 편치 않은데도 사랑을 하는 자는 없습니다.[126]

크리스틴 드 피장이 알려주는 길을 따라가보면, 사랑에 의해 혹은 그 사랑 때문에 죽었던 불행한 연인들의 '본보기exempla' 목록에서, 사랑의 신의 묘지라는 주제가 구체화된다. 파리스, 피라모스,

레안드로스, 아킬레우스, 트리스탄뿐만 아니라 오이노네, 티스베, 디도, 이졸데, 베르지의 성주 부인 등. 이러한 목록은 자주 나타난다. 『두 연인의 논쟁』에도 이러한 목록 가운데 하나가 포함되어 있으며, 이는 매우 완전한 목록에 해당한다. 이러한 예시들은 차례로 인용되며, 사랑에 찬성 혹은 반대를 표하기 위한, 또는 여인들에 대해 찬성 혹은 반대를 드러내기 위한 논거처럼 사용된다. 『무정한 미녀』의 영향을 받아 1430년경에 쓰인 아실 콜리에Achille Caulier의 『사랑에 잔인한 여인*La Cruelle Femme en amour*』을 보면 이러한 가정의 타당성이 보다 확고해진다. 아실 콜리에는 이런 종류의 사랑의 묘지를 드는 최초의 작가들 가운데 한 명이다. 다음은 어떤 꿈에서 일어나는 일이며, 화자는 방금 비너스 여신의 신전을 다녀온 참이다.

> 이런 생각 후에,
> 나는 신전 밖으로 나왔고
> 죽은 자들이 누워 있는
> 묘지에 들어섰다.
> 땅에 묻힌 자들의
> 무덤들 사이에서 나는 많은 이들의 것을 알아보았다
> 악행 없이, 충실히 사랑하는 것에
> 단 한 번도 진력내지 않았던 이들을.
>
> 나는 거기서 헬레나와 파리스를 알아보았다……[127]

아실 콜리에는 이 표현을 『사랑의 구제원*Hôpital d'Amour*』에서 다시 취하며, 후일 마르탱 르 프랑과 르네 당주가 이 작품을 인용한다.

여러 이름을 열거하는 일이 여러 무덤을 열거하는 것으로 대체된다는 사실이 의미하는 것은 무엇일까? 무엇보다 이러한 변화는 어떤 공간화를 의미하며 동시에 추상화에서 구체화로의 이행이기도 하다. 아울러 말이 시각으로, 기록으로 그리고 기념비적인 기록으로 이동된 것이라 할 수 있다. 교훈은 화폭을, 어떤 장소에 대한 상상을 경유해 전해진다. 여러 기념비의 발치에서 걸음을 멈추는 묘지의 산책은, 당대의 모든 기억술記憶術이 가르치던 기념비화된 자기 기억 속의 산책과 닮은 것이 된다.

마르탱 르 프랑은 10여 년 후 『귀부인들의 옹호자』에서 이와 같은 체계를 더욱 정교하게 다듬는다. 공간적인 알레고리가 제공하는 가능성들을 추구하면서, 그는 작품의 주인공인 '자연스런 소망Franc Vouloir'을 사랑의 신의 성에서 비너스 여신의 성에 이르기까지 거닐게 하며, 주인공에게 긍정적인 한 처소와 부정적인 다른 처소를, 특히 각각의 묘지들을 비교하게끔 한다. 사랑의 신의 묘지는 '로쿠스 아모에누스locus amoenus'[128]의, 다시 말해 '낙원Paradis'의 우수 어린 버전처럼 그려진다.

> 온통 하얀 대리석 기념비들로 뒤덮인,
> 매우 향기로운 꽃들이 흩뿌려져 있고,
> 높은 초록 나무들이 그늘을 드리운 초원에서
> 박하와 방향 냄새 맡으며……
> 이윽고 우리는 떠났다.[129]

거꾸로 된 '로쿠스 아모에누스'인 비너스 여신의 묘지는 일종의 '지옥Enfer' 대기실이다.

그처럼 걸어다녔고, 바라보았으니
이 애처로운 묘지를,
마침내 이글거리는 구렁텅이,
끔찍하고 통탄할 구렁텅이에 이르렀다.[130]

영혼들의 탄식이 새들의 노랫소리를 대신한다. 하늘을 향해 뻗어 올라가던 것들, "높은 초록 나무들"은 기어들고 숨는 것들, 오래된 이끼, 가시투성이 덤불에 자리를 내어준다.(1347~1348행) 긍정적인 버전의 사랑의 신의 묘지에서, 꽃의 다른 형태인 무엇처럼 여겨질 법했던 건축 구조물은 해로운 식물들 아래 모습을 감춘다. 무덤은 이름을 보전한다는 제 기능을 더이상 완수하지 못한다. 묘지는 기억의 공간이기를 그치고, 대신 불명예와 망각의 공간이 된다. 반대로 사랑의 신의 묘지는 예술, 당시 구상된 그대로의 예술과 관련성을 맺는다. 이곳에서는 글로 쓰인 것이 목소리를 대신하며, 옛 미학에 의거해 서정시는 탄식의 기쁨 어린 결정작용이 된다.

연인들을 즐겁게 하기 위한
고아한 시문들과 롱도가
가득했으니, 탄식 대신.[131]

르네 당주의 『사랑에 매혹된 마음에 관한 책』에서 사랑의 묘지는 궁극적인 귀착점을 찾는다. 이 작품에서 저자는 널리 알려진 불행한 연인들만을 기리는 데 그치지 않고, 시인들, 사랑의 수사修辭 및 이론의 대가들, 사랑에 대한 글쓰기의 대가들 또한 상찬한다. 르네 당주의 작품에서 "크고 화려한grand et plantureux" 묘지는 서각書閣이 된다.(141쪽) 여기서는 여섯 기의 무덤이 특히 부각된다. "다른 무덤들로부터 멀리 떨어져 있지는 않았지만, 그 무덤들이 보이는 보다 큰 빼어남과 특별함으로 인해, 따로 떨어져 벽으로 둘러싸여 있었으니, 이 무덤들의 수는 오직 여섯이었고 이보다 더 많지는 않았다.non pas loign des autres mais comme mise a part et environnees de mur pour plusgrant excellence et espicialité, lesquelles estoient en nombre jucques a six et non plus." 이 여섯 기가 바로 오비디우스, 기욤 드 마쇼, 보카치오, 장 드 묑, 페트라르카, 알랭 샤르티에의 무덤이다. 이 얼마나 화려한 선집選集인가!

이러한 표현 양식이 힘입은 바가 순례pèlerinage의 모델, 기욤 드 디귈빌과 그의 작품 『인간 삶의 순례』, 『영혼의 순례』, 『예수 그리스도의 순례』임을, 특히 단테와 그의 『신곡』—마르탱 르 프랑은 『귀부인들의 옹호자』에서 『신곡』을 인용한다—임을 주목할 필요가 있다. 순례로서의 산책은 주체가 장소들을 창안해내고 장소들에 의미를 부여할 수 있게 해준다. 순례로서의 산책은 하나의 지리적 상상력을 부추긴다. 그러나 어떤 경우 주체가 행위자이며 그는 바른 길 위를 나아간다. 다른 경우 주체는 관찰자, 증인, 바라보는 눈, 받아 적는 손이다. 묘지에서의 산책은, 순례보다는 목적론적 성격이 덜하긴 하지만, 자기 영혼의 구원보다는 제 이름이 살아남기를 중시한 한 시대의 감수성에 부합한다.

불행한 연인들의 목록이 능히 사랑의 묘지, 즉 시간상의 토포스인 '우비 순트ubi sunt, 어디에 있는가' 주제의 공간적 변이형을 낳았다면, 이 시대의 글쓰기가 선호한 대부분의 유명한 남녀들의 열거 역시 마찬가지 양상을 보인다. 사실 이 기법을 통해 작가들은, 앞서 카드모스와 카르멘티스의 예에서 살펴보았듯, 스스로를 이상적인 계보 속에 잠재적으로 포함시키거나, 스스로를 비난받는 계보에서 제외할 수 있게 된다. 새로운 계보적 사유는 더이상 피와 혈통을 경유하지 않으며, 대신 이름에 의해, 더 정확히 말하면 명성을 경유한다. 바로 이 시기에 아홉 용사와 위용 어린 아홉 여성들의 목록이 구체화되며, 여러 차례 번역되고 수없이 차용되곤 했던 보카치오의 두 작품, 『명망 높은 남자들의 운명에 대하여*De casibus virorum*』와 『명망 높은 여인들에 대하여』 이후 유명한 남녀의 열거가 널리 확산된다. 목록화 취향Goût pour la liste, 이 시기는 목록을 선호한다. 시간은 재산 목록표들에, 개인 서가의 실제 혹은 가상의 목록, 코드화된 재산 목록표의 형태 가운데 하나인 유언장, 사망 이후의 거짓 재산 목록표—이를테면 사랑의 궁정의 군주였던 피에르 드 오트빌Pierre de Hauteville이 『슬픔으로 죽은 연인의 고백과 유언*Confession et Testament de l'amant trepassé de deuil*』에 이어 만든 『슬픔으로 죽은 연인의 사후 남은 재물 목록표*Inventaire des biens demourez du decés de l'amant trepassé de dueil*』—등에 기재된다. 오트빌의 사후 목록표에서 아래와 같은 구절을 읽을 수 있다.

> 그 곳에는 문서 하나가 있었다
> 간명한 프랑스어로 쓰인, 일체의 풀이가 달려 있지 않은,
> 서책 『호수의 랑슬로*Lancelot du Lac*』

그리고 오래된 『장미 이야기』
……

서책 『근심 없는 젊은 연인의
여러 기쁨과 고통*Joies et Doulours du Jeune Amoureux Sans Soucy*』,
『무정한 미녀』
그리고 또 『사랑의 구제원』

미쇼의 『소일*Passe temps*』이 있었고,
『수도사가 된 연인*L'Amoureux rendu cordelier*』과
고인이 즐겨 보던
천여 권의 다른 책들.[132]

묘지는 이러한 목록들이 공간적으로 실현되기 위한 특권적 장소이다. 공간과 시각에 의지한다는 점에서는 공통적인, 두 가지 상상이 서로 맞서 경합을 벌인다. 첫번째는 정복적인 상상으로, 이름들로 여러 도시를 세운다. 크리스틴 드 피장의 『귀부인들의 도성에 대한 책』이 여기에 속한다. 두번째는 향수적인 상상으로, 무덤 위에 적힌 앞선 경우와 동일한 이름들 혹은 다른 이름들을 놓고 명상에 잠긴다. 1465년에 쓰인 텍스트인 조르주 샤틀랭의 『보카치오의 사원*Le Temple de Bocace*』이 두번째 경우에 해당된다. "저자는 새벽녘 즈음 몽롱한 상태에서entroublié ung peu envers l'aube du jour" (7쪽, 4~5행), 다시 말해 새벽이 가까워질 무렵 생각에 잠겨 있다가 기이한 환상을 보게 된다. 어떤 목소리가 그를 부른다.

목소리의 힘으로, 어떻게 된 것인지는 알 수 없지만, 무덤들이 가득 한 어느 묘지에 있는 나를 발견했다.[133]

저자의 눈이 지켜보는 아래에서, 무덤들을 통해, 아시리아인들에서부터 프랑스인들에 이르기까지의 세계사Histoire universelle가 펼쳐진다. 저자는 수동적이며, 오직 시선만 있을 뿐이다. 그의 역할은 글로써 자신이 본 것을 기입하고 증거하는 것이며, 그의 행동은 최초의 기록 편찬자의 그것을 격자 구조en abyme처럼 모방한다. 이름없는 목소리는, 책의 마지막에서 등장인물acteur, 즉 저자에게 다음과 같이 이야기한다.

오 조르주 〔샤틀랭〕…… 그러므로 사안의 본질을 지켜보았던 만큼, 또 그대가 이에 대한 유일한 기록자이자 유일한 청자, 여기 선택되어 온 유일한 자이니, 이에 대한 기억이 사라지지 않도록, 또한 그대가 보았던 것이 다른 결실을 거두도록 하기 위해, 그대가 기억해두었을 것들과 그대를 믿고 들려준 것들에 의거하여 이를 글로 적을 것을, 또한 이것이 소용될 만한 곳인 왕궁 및 다른 곳에서 이를 펴낼 것을 명하노라.[134]

1500년대에, 왕실 및 로잔 주교좌 전속 사제였던 안티투스Antitus, 즉 에메 드 몽포콩Aymé de Montfalcon은 조르주 샤틀랭의 작품을 다시 취해, 이를 『보카치오의 사원 정면 현관*Portail du temple de Bocace*』이라는 형태로—이것이 작품의 제목이기도 하다—계속 이야기한다. 그는 근자에 죽은 이들인, 자신이 모시는 주교의 측근들을 이 기억의 묘지

안에 들어오게 한다.

> 사원의 기초를 마련한 이는 보카치오,
> 옛 역사들을 모았던 이.
> 처음으로 묘지를 세운 이는
> 거장 조르주〔샤틀랭〕…….[135]

이 문학적인 묘지들은, 그 교훈적인 의도에 있어서, 여러 역사가들이 우리 앞에 복원해낸 당대의 묘지들과는 사뭇 다르다. 보잘것없음의 가르침, 만인평등의 가르침을 통해, 역사적으로 실재하는 묘지는 죽은 자들을 순식간에 사라지게 만들며, 그 결과 '죽음la Mort' 만이 이야기될 뿐이다. 장 메시노가 『군주들의 명경』에서 '정의Justice'의 입을 통해 들려주는, 진정 유명한 파리의 저 이노상Innocents 묘지를 여기서 생각해보자.

> 그대 만일 해골이 산처럼 쌓인
> 성 이노상 묘지에 가게 된다면,
> 백 구의 해골들 가운데,
> 높은 지위를 누렸던 이들의 해골과
> 이 세상에서 생전에 가난하고 헐벗었던
> 이들의 해골을 결코 구별하지 못하리.
> 그들의 육신은 왔던 곳으로 되돌아갔기에.[136]

또 에밀 말Emile Mâle이 상기시키듯, "이때 죽은 자들 사이에는 일종의 완벽한 평등이 있었다. 오늘날처럼, 부자들이 묘지에 개인 소유의 번듯한 무덤을 만드는 일도 없었다. 때가 되면 그들의 묘지석은 팔리고, 그들의 뼈는 해골더미 위에 더해지고 쌓여, 그 더미들이 수도원을 압도했다."[137] 이것이 『유언의 노래』에서 프랑수아 비용이 건네는 전언이기도 하다.

> 저 묘역들에 가득 쌓아올려진
> 이 해골들을, 내가 주시할 때,
> 모두 왕실심사관들,
> 적어도 왕실출납관이었든
> 혹은 모두 일꾼들이었든
> 양자 어느 쪽으로도 말할 수 있으니,
> 이는 주교건 등불지기건
> 아무런 차이를 보이지 않기 때문이라.[138]

이와는 반대로 자긍심의 교훈, 아니면 적어도 영광을 통해 후대에도 살아남기를 바라는 욕망의 교훈을 통해, 기억의 묘지는 무덤들 너머에 남겨진 흔적이 되고자 한다.

묘지의 재현이 어떻게 기억 및 책의 재현과 연관되는지를 이제 짐작하게 된다. 세 가지 모두 열림과 닫힘이라는 섬세한 변증법 속에서—더이상 힘에 의한 것이 아니라 읽기를 통해 이루어지는—총괄하는 공간, 용기容器이자 집합처로 간주되었다. 세 가지 모두 해독이 필요한 그림처럼 제시된다. 르네 당주가 『사랑에 매혹된 마음에 관한 책』에서, 사랑의 신의 묘지에 있는 묘비명들이 여러 문자로 작성되어 있음을 특히 강조하는 심층적인 이유를, 이 마지막 특성인 '해독'에서 찾을 수 있으리라. 율리우스 카이사르Julius Caesar가 묻힌 무덤의 경우 "로마 문자로"(121쪽), 아우구스투스Augustus의 무덤에는 "롬바르디아 옛 문자로"(122쪽), 다윗 왕의 무덤에는 "히브리 문자로"(124쪽) 묘비명이 적혀 있고, 그 아래에는 각기 프랑스어 번역문이 붙어 있다. 이렇게 된 동기는 그저 옛것을 선호하는 군주르네 당주의 취향에 따른 것이 아니며 더 깊은 곳에서 이유를 찾을 수 있다. 묘비명이 새겨져 있는 백색의 묘석판은, 글자들로 검게 채워지는 책의 백지와 마찬가지로 읽어야 할 것이 된다. 묘지, 기억, 책은 동일한 하나의 기능, 즉 '추억remembrance'의 기능을 수행한다. 세 가지 모두 '재통합remembrer'해야 할, 다시 말해 두 가지 의미에서 '모아 정리하고remembrare' '다시 기억할rememorare' 단절된 것들, 흩어진 단편들을 가지고 있다. 외스타슈 데샹에 따르면 "벌레들을 위한 고깃덩이viande pour les vers"(1권, 발라드 120의 후렴구)에 지나지 않는 육체의 분해에 대해, 사람들은 묘지의 대리석을 가지고 맞서 싸운다. 흩어지는 추억에 대해서는 '상기시키는recorde' 기억으로 맞선다. 망각과 분산에 대해서는 '다시 잇는re-corde' 책, 실을 들어 관冠을, 묵주를 엮어내는 것으로 맞선다. 이런 텍스트들에 그리도 자주 나타나는 철자바꾸기anagramme는 이와 같은 이중의 움직임, 즉 짜맞추기 위해 분해하고, 여러 이름을 분절하고 회수하는 것의 중층 격자화와 다를 바 없다. 기억의 박동. '글로 누워 잠들게 하다.couche par escript.' 글쓰기는 무덤으로 화한다. 흔적을 남김으로써 살아남고자 하는 욕망과 그 욕망이 편제하는 읽기 행위.

플라톤의 『파이드로스*Phaedros*』의 끝자락에 나오는 유명한 대목에서는 문자와 책에 대한 그리스 사람들의 경멸이 이야기된다. 플라톤은, 테우스Theuth 신의 발명품인 알파벳을 거절하는 타무스Thamus 왕으로 하여금 다음과 같이 말하게 한다.

> 기억을 소홀히 함으로써, 알파벳을 익히는 자들의 정신에는 망각만이 만들어질 것이다. ……그대가 그대 제자들에게 주는 것은, 알맹이 없는, 거죽뿐인 학문에 지나지 않는다.[139]

페트라르카는 『행운과 불운의 치유약*De remediis fortune*』에서 책을 바르게 사용하는 법을 상기시킨다.

> 책을 통해 영광을 얻으려면, 그것을 소유할 것이 아니라 익혀 알아야 할 것이며, 자신의 서가가 아니라 스스로의 기억에 맡겨야 하며, 서판이 아니라 머리에 머무르게 해야 할 것이다. 그렇지 않다면, 어느 대중 서적상 혹은 일개 서가 자체보다도 못한 영광을 누릴 뿐이다.[140]

중세 말기에, 상응하는 차원에서 고려되었던, 기억과 책이 맺게 되는 새로운 관계가 의미하는 것은 무엇이었을까? 새로운 관계는 영속화의 여러 가능성 가운데 하나의 선택이 이루어졌음을 나타낸다. 귀족들이 행하던 바인, 혈통에 의한, 성적인 출산에 의한 산출과 식자층이 행하던 책에 의한 산출의 대비가 만들어진다. 바로 이 점에 있어서, 우리는 식자층과 기사의 잘 알려진 대결, 몇 세기 전부터 행해진 것으로, 처음에는 라틴어로 나중에는 프랑스어로 이루어졌던 논쟁들이 증언하는 대결의 일화 하나를 목도하게 된다. 이와 관련해 주장되었던 논거들은 외스타슈 데샹의 『결혼의 거울 *Miroir de Mariage*』에 훌륭히 요약되어 있다. 결혼에 찬성하는 논거, 혈통에 의한 존속을 편드는 입장은 아래와 같다.

> 또한 그러므로, 더 설득력 있는 이유에 따라,
> 분별력을 갖춘 자이며
> 지적인 정신의 소유자인,
> 변함없고 현명하며 명민한 그대,
> 그대가 응당 택해야 하고 알아야 할 아내를 통해
> 만들어질 가계를 이루는 데 더욱 힘써야만 하니
> 이는 그대의 모습을 재현하고,
> 법칙에 의거
> 그대와 그대 이름을 사후에도
> 간직하기 위해서이다.[141]

가계家系는 기억이다. 그런 만큼, 어떤 이가 귀족이고 자식이 없다면 무엇을 해야 하겠는가? 하나의 도시를 만드는 것, 이것이 크리스틴 드 피장이 『통일 정체政體에 대한 책 *Livre du Corps de Policie*』에서 인용하는 에파미논다스의 예이다.

결혼에 반대하는 논거로는 책을 통한 존속이 있다. 분명 그도 그럴 것이, "세 가지 것들을 통해 기억memoire par trois choses" (『결혼의 거울』, 8022~8023행)을 잘 이어간다 해도, 즉 용맹함, 학문, 여러 도시의 건설로 존속된다 해도, "모든 것은 글로 귀착되어야tout se ramaine a escript"

(8024행) 하기 때문이다.

소용없을 것입니다, 기사가
아무리 애를 써도, 식자들이 아무리 밤을 지새운다 해도,
그들이 한 일이 글로 기록되지 않는다면.
내가 많은 글들에서 읽었던 것처럼,
보여주거나 아니면 그림으로 그려지거나
모든 것은 글로 귀착되니
아니면 잘라 만든 돌에 조각되어야 합니다,
어느 전투를 보여주기 위해 하듯이,
혹은 기꺼이 행하듯,
교회에서 상像을 만들 때처럼
동정녀의, 여러 성자들과 성녀들의.[142]

기억은 책과 마찬가지로 대代를 잇는 일과 관련된다. 여러 표현이 이를 우회적으로 말한다. 기억을 가리키기 위해 그처럼 자주 사용되는 말인 '장欌armoire'은 여성의 신체 부위를 지칭하기도 한다. 마찬가지로, 각인刻印이나 인영印影의 이미지는 기억에 새겨지는 것뿐만 아니라 자궁에 착상하는 것에도 쓰인다. 자궁Matrice과 기억mémoire. 이러한 대비는 크리스틴 드 피장의 작품에서 명시적으로 드러난다. '여성femme'은 '명성fame, fama'으로 이행된다. 중세의 경우, 이 두 단어의 발음은 동일했으며, 때로는 철자도 동일했다. 식자들의 승리, 자긍심.

장 루도Jean Roudaut[143]는 그의 아름다운 책들 가운데 하나인 『다른

편—동반의 풍경들*Autre part: Paysages d'accompagnement*』(1978)을 저 아름다운 10음절 시구로 시작한다.

> 내가 썼던 모든 것, 무덤들이었을 뿐.[144]

책을 위해 목소리를, 대리석을 위해 온기와 약동을, 무덤을 위해 새들을 버렸던 쇠퇴기의 중세는 이와 같은 문구로 그들의 매혹의 상실을 끝맺고, 그들의 명상을 봉인할 수 있었으리라. 무덤들은, 페트라르카를 생각해보면, 또한 승리들이기도 하다.

시와 포도주와 정신의 벗들

14세기의 문학은 혈통, 부친들 그리고 소재 창조의 수직망을 통해 이해될 수 있으며, 다른 한편으로는 여러 벗들이라는 수평망의 항들 속에서도 파악된다. 저자는 단일한 계통, 이를테면 창안자의 계통에만 자리를 잡는 대신 하나의 집단, 기쁨과 글쓰기를 공유하는 벗들의 집단 속에 들어간다. 이제 '형제되기'는 오로지 기사도적인 것이 아니며 문학적인 것이 되기도 한다. 이제 우리는 여러 '부친들pères'에서 말하자면 여러 '쌍들pairs'로 자리를 옮기게 된다.

이러한 수평망은 두 가지 양상으로 발전한다. 첫번째는 유쾌한 조합들, 호주가好酒家들과 골족 기질의 무리들, 향연을 함께 즐기는 친구들의 '즉각적인in praesentia' 망이며, 두번째로는 인문주의자들의 모임처럼 진중한 무리들, 글을 받아보는 벗들의 '멀리 떨어진in absentia' 망이다. 온갖 형태 아래, 이러한 벗들의 교우는 커다란 문학적 활기, 글쓰기에 대한 취향, 문예에 대한 기쁨을 증거한다.

첫번째 망은 즐거움과 포도주의 표지 아래 놓인다. 흥겨운 술꾼들과 태평스러운 동무들이 '쾌락^galois^'의 기치 아래, 선술집의 '낙천가들^frequentans^' 아래 한데 모인다. 1372년 8월에 쓰인 외스타슈 데샹의 『전원의 미덕을 갖춘 바른 아이들의 헌장*Charte des bons enfans de Vertus en Champaigne*』이 그 증거이다.

> '미덕'의 선술집을 드나드는 일에
> 백년의 삶을 보냈던
> 쾌활한 낙천가들의 왕이,
> 잘 인도되어 허름하게 차려입고
> 고약한 곳들을 왕래하는 데 이골이 난
> 도시의 모든 아이들에게
> 인사하네![1]

유쾌한 한량들, 쾌활한 낙천가들이 14세기와 15세기를 활보한다. 이들은 질 리 뮈지의 작품에서도 모습을 보인다. 『벗들에 대한 한탄*La Complainte des Compagnons*』에서 장 캉피옹^Jean Campions^은 질 리 뮈지에게 인사를 한다.

> 그대는 태평스런 낙천가들의 왕의 대법관이었지.[2]

질은 캉피옹에게 이렇게 답한다.

나, 태평스런 낙천가들의 왕을 충성스럽게 섬겼다네.[3]

외스타슈 데샹이 자신의 스승의 죽음을 기려 만든 이중의 발라드에서 '맵시 있는 쾌한快漢Gentils Galois'들은 기욤 드 마쇼의 죽음에 눈물짓는다. "그대의 의무를 행하고 눈물을 떨구어라, 맵시 있는 쾌한들이여.Faictes devoir, plourez, gentils Galois." (1권, 발라드 124, 246) 이 구절은 다른 목소리의 음역에서 첫번째 발라드의 "그대들 검은 상복을 입고, 모두 눈물지으라, 샹파뉴 사람들아Vestez vous noir, plourez tous, champenois"를 반향한다.(1권, 발라드 123, 244)

제프리 초서Geoffrey Chaucer는 자신의 이름인 'Geoffrey'를 마치 쾌활함의 벗을 의미하는 것처럼 'Galfriedus'로 읽는다. 'galois'는 장 프루아사르의 『연대기』에서도 만날 수 있다. 이들이 프랑수아 비용의 『유언의 노래』에 나오는 "쾌락의 동무들compains de galle"이다.

바로 그대들에게 말하는 것이니, 쾌락의 동무들아
영혼의 해악이자 육신의 건강함.[4]

프랑수아 비용은 그들에게 한 편의 발라드를 전한다. 「바른 교훈의 발라드Ballade de bonne doctrine」에 나오는 후렴구는 의미심장하다.

모든 것, 선술집과 여자들에게로.[5]

노년에 이른 라 투르 랑드리의 기사는 자신이 벗들과 함께 말을 타곤 했던 젊은 시절을 회상한다. 그의 벗들은 수를 셀 수 없는 귀부인들과 아가씨들에게 사랑을 청하곤 했다.

그들의 말주변은 그렇게나 훌륭하고 능란했지.[6]

이와는 달리, 포도주는 시인과 시를 정의하는 데 두 가지 방식으로 끼어든다. 포도주를 통해, 시인은 자신의 모습, '페르소나persona'를 어느 유랑예인 같은, 실제로는 그가 벗어난 상태를 흉내내는 보잘것없는 우스꽝스런 태도로 만들 수 있었다. 시인은 자신을 추하게 만들고, 육체적인 어떤 심각한 결함에 시달리게 하며, 애꾸눈으로(기욤 드 마쇼, 장 몰리네Jean Molinet), 대머리로(외스타슈 데샹—짧게 깎은 머리는 광인을 표시하는 표식 가운데 하나이다), 절름발이로(장 르 페브르) 만든다. 어느 경우에나, 포도주에 대한 어떤 특별한 취향을 펼치는 이 작가들은, 자신을 추한 자로 또 시인으로 그린다. 외스타슈 데샹은 상당한 기쁨을 내보이면서 스스로를 "추한 자들의 왕le roy des Lays"(4권, 발라드 774)으로 지칭한다. 장 몰리네는 자신을 "le maire des letz"(작품집, 1권, 400쪽, 28행), 즉 추한 자들의 우두머리로 지칭한다.

표현의 강도가 더욱 세지는 것이 이후 세대들의 특징이 되며, 장 몰리네의 친척이었던 또다른 시인 장 르메르Jean Lemaire를 일별해봄으로써 이를 확인할 수 있다. "나, 애꾸눈이고 추한 자들의 우두머리인 자.Moy borgne d'oeul et le maire des Letz." '추한(레)laids' 자들의 왕인 외스타슈 데샹은 그의 『시문작법詩文作法*Art de Dictier*』에서 드러나듯 '레lais'의 왕이기도 했다.

자연 음악〔다시 말해, 시〕에 대해…… 내가 주로 다루고자 하는 바는, 그 성정이 이와 같은 자연 음악에 끌리거나 앞으로 끌리게 될 이들에게, 아래에서 설명할 약간의 규칙을 주고 가르치고자 함이니, 이는 '레'의 시절을 만드는 법을 그들에게 알려주기 위해서이다.[7]

그러나 포도주, 추함, 시는, 외스타슈 데샹이 "신성한 시인 바쿠스Bacchus, poete divin" (8권, 편지 1420, 93행), "저 고귀하고 신성한 시인인 바쿠스Le hault poete divin/Bachus" (8권, 발라드 1437, 18~19행)라 노래하듯, 바쿠스 신의 모습처럼 그로테스크하면서도 신성한 시인의 모습을 만든다. 말장난은 '포도주vin'와 '신성함divin'을 나란히 놓음으로써 깊이 있는 방식으로 행해진다. 기욤 드 마쇼의 작품인 「하프의 시Le Dit de la Harpe」에서 "신성한 시인poëte devin"의 자격을 부여받는 이는 다름 아닌 오르페우스이다.

신성한 시인 오르페우스가
포도주 없이 번제물을 바쳤을 때[8]

시인은 오르페우스와 바쿠스의 형상 사이에 자리잡으며, 하나가 조화로운 형상이라면 다른 하나는 무질서한, 비정상적인, 특히 과도함에 의해서건 결여에 의해서건 성적인 불균형을 가진 형상이다. 외스타슈 데샹은 끊임없이 성적인 행위를 가리키는 말과 문학적인 창조를 나타내는 말 사이에서 가능한 대응관계를 찾는 말장난을 벌이며, 장 몰리네가 그의 뒤를 잇는다. '일oeuvre'과 '과업besogne' 같은 단어들이 이 두 층위에서 움직이며, 여기서 기이한 울림이 만들어진다. 『교화판 오비디우스』는 테티스 여신과 펠레우스의 혼례에 프리아포스와 함께 참석한 실레노스를 거론한다.

> 이 혼례에는 실레노스가 참석했다.
> 늙은 취한醉漢인 그는 어찌나 술을 마셨던지
> 포도주를 쿨럭거렸고
> 입으로는 포도주를 토해냈다.
> 그리하여 나무둥치처럼 미동도 못하는 상태에 있었다.[9]

포도주의 눈물. 기욤 드 마쇼는 이 장면을 『사랑의 샘』에서 다시 취하는데, 그는 "옷을 들추어 걷어올리는 장대〔발기한 성기〕를 가진o sa perche/Qui sa robe lieve et reverche"(1675~1676행) 프리아포스만을 남겨두며 실레노스는 빼놓고 무시한다. 그러나 『진실한 이야기』에서는 다음과 같은 구절을 읽을 수 있다.

> 사랑의 신은 나를 사랑하지 않았고, 나 또한 그러했다.
> 반대로 나는 닮았으니, 사람들이
> 저 오래된 나무둥치와 비교하는 자를.[10]

자신을 사랑에서 멀리 떼어놓는 멜랑콜리에 시달리는 나이든 시인이 스스로를 『교화판 오비디우스』의 "술취한 늙은이vieillard yvrais"인 그로테스크한 실레노스로 간주하는 것일까? 『진실한 이야기』의 경우가 더 분명한 예를 드러내는 듯하지만, 그럼에도 각운 덕에 간접적인 반향이 이루어지는 것이 사실이다.

뇌를 혼란스럽게 만들고
그 때문에 여럿이 고뿔에 걸리게 되는[11]

외스타슈 데샹은 포도주의 기운을 멜랑콜리와 시의 그것에 연결시킨다. 그는 취기의 순서를 정한다.

장 퓌메여, 거짓과
속임수가 넘쳐 나는 세상 덕분에,
취기의 황제이자 군주
멜랑콜리의 고문관顧問官이 된 이여,
모든 대법관들, 검찰관들, 그리고 판관들에게……
사랑과 안녕을![12]

이 모든 식자층 시인들의 경우 포도주와 책은 관련을 맺는다. "조악한 위조contrefait" 플로린 금화 하나, 질이 떨어지기 때문에 사용조차 되지 못했던 이 합금 금화가, 시인처럼, 소유주인 주인 장 프루아사르의 지출을 결산한다.

첫번째로 그대는 책을 만들었으니
그 값이 실로 700리브르에 달했다.
이 점에 있어 그대는 돈을 적절히 썼다.
나는 무엇보다도 이렇게 하는 것을 높이 사니
왜냐하면 많은 이야기들을 만들었고
그로 인해 그대 내내 기억될 것이기 때문이다.

앞으로도…….
또 에티엔 오 몽의 선술집 주인들은
거기서 그대가 글을 쓰고
교구를 관리하는 동안
500프랑 이상을 얻어냈지.[13]

플로린 금화에 따르면, 장 프루아사르가 빈곤한 세번째 이유는 여행 때문이다. 포도주, 글쓰기, 여행은 14세기의 문학 상상력이 만든 새로운 풍경을 그려낸다.

여러 벗들의 수평망은 박식한 것일 수 있었고, 기예의 우월함을 차지하려는 격렬한 혹은 우정 어린 대결 차원에, 아니면 문학적인 인정 차원에 놓일 수 있었다. 페트라르카의 "이탈리아 밖에서 웅변가들과 시인들을 찾을 필요는 없다Extra Italiam oratores et poetas non querendos" (『노년에 대하여』, 서한 9, 1행)라는 확언을 두고 일어났던 페트라르카와 앙소 쇼카르Anseau Choquart, 장 드 에댕Jean de Hesdin 같은 프랑스 인문주의자들 사이의 대립 논쟁은 유명하다. 14세기 중반, 필리프 드 비트리, 장 드 르 모트 그리고 장 캉피옹 사이에서 이루어진, 라틴어가 아니라 프랑스어로 쓴 여러 편의 발라드의 교환은 중요한 의미를 지닌다. 이 교환은 신화의 색채를 띤 시를 이야기하는 방식, 영감과 뮤즈를 찬양하는 시를 유포시키게 된다.

분명 장이여, 키르케의 샘은
그대를 알지 못하오, 또 칼리오페의

목소리가 머무는 장소 역시 그렇다오,
이는 그대가 갖가지 이름들로 뒤덮인
사랑의 시를 만들었기 때문이라.[14]

장 드 르 모트는 매우 정중하게 답한다.

오 비트리여, 조화를 주재하는 지상의 신이여
무사이오스의 아들이자 오르페우스에 필적하는 이여
헬리콘 산에 있는 샘의 지극한 오비디우스여……
그대의 방패는 키라의 샘에 있기에.[15]

이 '키라의 샘fons Cirree', 뮤즈들의 수원水源인 이 샘은 외스타슈 데샹이 기욤 드 마쇼의 죽음을 계기로 삼아 만든 여러 편의 발라드 가운데 하나에도 나타난다. 그 필사자는 'Cirrée'라는 언급을 이해하지 못했기에, 이를 '키르케Circé'로 바꿔적는다.

키르케의 샘과 헬리콘의 샘,
그대가 그 지류이자 수관水管이었던.[16]

마찬가지로 외스타슈 데샹은 한 발라드에서 자신의 필사본 하나를 도둑맞은 것을 한탄하며, 여기서도 '키라의 샘'이 나온다.

부드러운 제피로스여, 꽃을,
봄, 여름, 가을, 그리고 새벽을 피어나게 하는 이여,

나와 함께 눈물 흘려주오, 내 아픈 고통에
또 지난날, 키라의 샘이
수고했던 정원, 그곳에서 칼리오페가
일했던, 그 꽃들로 화관을 만들었던 곳을.[17]

책은 뮤즈들의 샘이 적시는 하나의 정원이다.

키라는 『아넬리다와 아르시트*Compleynte of Faire Anelida and False Arcite*』를 시작하는 제프리 초서의 기원(작품집, 204쪽, 18행)에서도 다시 모습을 보인다.[18]

유럽 전역에 걸쳐 문학적인 교류들의 활발하고 광범위한 관계망이 형성된다. 외스타슈 데샹은 발라드 한 편을 "영국에 살아 머무는 지상의 사랑의 신d'amours mondains Dieux en Albie"(12행) 제프리 초서에게 보낸다.

이 때문에, 나 그대에게 청하니
헬리콘 산의 샘에서 진정한 음료를 얻기를.[19]

크리스틴 드 피장은 1403년 '서한시Epistre' 한 편을 외스타슈 데샹, "많은 뛰어난 시구를 지은 웅변가orateur de maint bers"(2권, 295~301쪽, 4행)에게 보낸다. 그녀는 존경뿐만 아니라 우정의 관계망을 보이면서, 그에게 "경애하는 스승이자 벗chier maistre et amis"(6행), "사랑하는 형제이자 벗chiere frere et amy"(163행), "그대의 제자이자 그대에게 호의를 보이는 자ta disciple et ta bienveillart"(212행) 등이라 말한다. 크리스틴 드 피장은 외스타슈 데샹에게, 높임말이 아닌 평칭을 사용한 것에 대해 용서를 청한다. 그러나 그녀 자신이 밝히듯, 이러한 것은 문인들 사이의 서한 교환에서 관례적인 것이었다.(18~22행) 외스타슈 데샹은 크리스틴 드 피장을 뮤즈의 한 명에 비견하는 최상의 찬사로 이에 화답한다.

> 아홉 명 가운데 가장 능란한 뮤즈인 크리스틴 드 피장.[20]

우정의 관계망은 작품의 발구에서 더욱 확장된다.

> 오 다정한 누이여, 나 외스타슈, 그대에게 청하니,
> 그대를 섬기는 이로서, 나를 그대의 동료로 받아주오.
> 더 큰 학문상의 지식을 알 수 있도록.
> 이로써 내 일생 동안 더욱 나아지리니,
> 이는 나 그대를 파비아의 보이티우스처럼 여기기에
> 프랑스 왕국 안에서, 그대 행적이 으뜸이라고.[21]

페트라르카의 벗이자 베네치아에 3년 동안 머무른 적이 있던 필리프 드 메지에르는, 보카치오의 『데카메론』에 나오는 마지막 이야기인 『그리셀다 이야기』를 페트라르카의 라틴어 버전에서 프랑스어로 옮긴다. 젊은 샤를 6세의 교사였던 필리프 드 메지에르는 젊은 왕을 위해 독서 프로그램을 수립하면서, 당대의 작가들 가운데 특히 외스타슈 데샹의 작품을 읽기를 권유했다. '진실Vérité' 여왕은 이렇게 말한다.

> 그대는 그대를 섬기는 자이며 그대의 신하인 외스타슈 모렐[즉 외스타슈 데샹]의 교화적인 작품들을 주의 깊게 읽고 들어도 좋으며, 또한 마찬가지로 적절한 교화로 그대를 인도하는, 바르고 기독교의 교리에 맞는, 진실된 다른 글들 역시 그렇게 하는 것이 좋다.[22]

책의 공간들, 책의 환경들이 존재한다. 파리와 루브르의 도서관, 그리고 크리스틴 드 피장의 벗인 질 말레Gilles Malet,[23] 니콜 오렘Nicole Oresme이 위대한 스승으로 있던 콜레주 드 나바르collège de Navarre, 아비뇽과 교황들, 공의회 시대의 도시 콘스탄츠.[24] 일례로 아비뇽에 머물거나 이곳을 거쳐갔던 이들로는 니콜라스 트레브Nicolas Trevet,[25] 파도바의 마르실리오Marsilio da Padova,[26] 피에르 베르쉬르Pierre Bersuire,[27] 오컴의 윌리엄Guillaume d'Occam, 장 드 장뎅Jean de Jandun,[28] 필리프 드 비트리, 베리의 리처드Richard de Bury,[29] 그리고 물론 페트라르카도 있다. 애서가들도 여럿 존재했다. 베리의 리처드, 페트라르카, 보카치오, 기욤 필라스트르Guillaume Fillastre[30] 등. 베리의 리처드는 자신의 『애서*Philobiblon*』에서 책에 대한 그의 '황홀할 정도의extatique'("여기 황홀할 정도의 사랑이hic amor extaticus") 사랑에 대해 이야기한다. 서한 교류를 통해 이 박학다식한 이들이 서로 관계를 형성한다. 기욤 드 마쇼가 『진실한 이야기』에서 훌륭하게 보여주었던 사랑의 편지에서 이제 벗들의, 동료들의 서한으로의 이행이 이루어진다. 그중 '『장미 이야기』 논쟁'을 둘러싸고 일어났던 크리스틴 드 피장과 왕의 서기관들(장 드 몽트뢰유, 피에르 콜, 공티에 콜) 사이의 서신 교환을 생각해보라. 또 장 제르송Jean Gerson[31]의 서한들에 대해, 장 뮈레Jean Muret, 니콜라 드 클라망주Nicolas de Clamanges,[32] 피에르 다이Pierre d'Ailly[33]의 서한이 화답한다. 여기에서 서한의 수사법, 애정 어린 협력의 어떤 미학이 만들어진다. 이제 문학에서 형제들이 모습을 보이게 된다. 페트라르카와 샤르트르회 수도사였던 그의 형제 게라르도Gherardo, 장 제르송과 첼레스티노회 수도사였던 형제 장, 샤를 도를레앙과 형제이자 같이 포로가 되었던 장 당굴렘Jean d'Angoulême.[34] 노르망디의 수도사였던 기욤 알렉시는 『두 형제 알렉시의 소일』에서 그와 자신의 형제를 등장시킨다. 키케로가 쓴 논고 『우정에 대하여*De amicitia*』가 겪었던 운명의 궤적을 주시해볼 필요도 있다. 장 드 묑은 피렌체의 인문주의자 포조 브라치올리니Poggio Bracciolini[35](프랑스어로는 '르 포주le Pogge')에 의해 다시 발견된 이 논고를 알고 있었다. 니콜라 드 클라망주는 이 논고를 옮겨적은 필사본 하나를 가지고 있었다.(ms B.N., latin 15138) 로랑 드 프르미에페Laurent de Premierfait[36]는 이 텍스트를 1410년에 번역하며, 그 번역을 부르봉 공작 루이 2세Louis de Bourbon에게 헌정한다.(ms. B.N., français 126) 창조적인 우정의 출현은 몽테뉴와 라 보에시La Boétie의 대화에서 정점에 달하게 된다.

한 세기의 지친, 늙은 아이들

에티엔 질송Etienne Gilson은 『새로운 세기로서의 중세Le Moyen Age comme Saeculum modernum』에서 개진했던 고찰 가운데 다음과 같은 점을 환기시킨 바 있다. "당대에 스콜라 철학의 방법론보다 더 새로운 것, 더 현대적인 것은 아무것도 없었다. 그런데 바로 다음 세기의 인문주의자들이 혐오했던 방법론 역시 바로 그것이었다. 익히 알려진 그들의 고대에 대한 숭배에, 현대에 대한 혐오가 추가적으로 담긴다는 점에 대해서는 아마도 충분한 고려가 이루어지지 않은 듯하다."[1] 아울러 에티엔 질송은 필라레테Filarete[2]의 『건축론Trattato di architettura』을 분석함으로써 자신의 논거를 뒷받침하는데, 오늘날 '중세적médiéval'이라 칭해지는 것을 피렌체 출신의 건축가 필라레테는 늘 '현대적moderne'이라 부르며 공격했다는 점을 보여준다.

반대로, 중세 말기의 프랑스 시인들은 종종 스스로를 한 세기의 지치고 나이든 아이들, 바로 세상의 마지막 시대를 사는 지치고 나이든 아이들, '노인-학생vieillards écoliers'처럼 그리곤 했다. 예를 들면, 샤를 도를레앙의 경우가 그러했다. 이는 또한 중세에 대한 미슐레의 전반적인 평가이기도 하다.

> 이 시기는 주름살을 갖고 태어났다. 이 시기는 쉰 목소리로, 두려워하며, 채찍과 회초리 사이에서 불안해하는, 학교의 나이든 학생이다.[3]

스스로에 대한, 또는 다른 이에 대한 사고방식과 관점들은 상대적이며, 이는 늘 유일한 어떤 현재에 대한 경험인지, 아니면 과거를 돌이켜보는, 조직하는, 증명하는 시각 아래 있는지에 달린 것이다.

인문주의자들은 앞선 시대인 중세에 대해 맹공을 퍼부었다. 대대적인 축소가 단일화로 이어진다. '중세'는 하나의 개념 그리고 하나의 실천적 적용인 스콜라 철학으로 환원된다. 이런 식으로 만들어진 '단일화'는 경멸적으로 다루어지곤 했다. 그런 만큼 스콜라 철학은 현학적인 탁상공론과 동일시되었다. 시대적 인접성에 기인하는 거리두기였을까, 아니면 다른 동기가 있었던 것일까?

나의 주안점은, 자기 확증이라는 이유에서 인문주의자들이 한묶음으로 사고하고 거부해버린 '중세'라는 시기 안에 구분두기를 재도입하는 것이었으며, 특히 여러 모습들과 그것이 의미하는 바에 집중함으로써 프랑스 중세의 마지막 두 세기인 14~15세기의 몇몇 특징을 강조하는 데 있었다. 이러한 모습들의 변화를 파악하는 데 가장 근본적인 것은 서로 연계된 세 가지 변혁이라고 여겨진다. 우선 제일 먼저, 이미 오래전부터 시작된, 말에서 글로의 이행이 있다. 글은 14세기 들어, 자국어의 경우 모든 지식 분야로 퍼져간다. 라틴어는 신의 언어 혹은 신의 책인 성서의 언어라는 지위를 잃게 된다. 주목할 만한 신성神性의 상실이 일어난 것이다. 두번째 단계에서는 엄밀한 의미에서의 환멸이 만들어지며, 서정시에서도 동일한 결과가 뒤따른다. 말은 노래를 떠나버린다. 심원한 결과를 낳게 되는 갈림길에서, 사실상 서정시를 나중에 쓸 수 있도록 모아두는 일종의 축적이 가능해지며, 새로운 서사 장르의 착상, 다시 말해 서정시가 삽입된 이야기는 가능성과 여러 쟁점을 드러낸다. 마지막으로 시적인 매혹의 상실은, 인간과 세계에 영향을 미치는, 또 조화의 문제를 제기하는 다른 모든 매혹의 상실들을 상징하게 된다. 막스 베버Max Weber가 "세상에 대한 환멸"이라 표명한 세속화는, 레오 슈피처Leo Spitzer의 분석에 의거한다면, 바로 이 시기에 그 첫물이, 그리고 18세기에 끝물이 발견된다.

"장기 14세기long XIVe siècle"…… 이러한 평가는, 이렇게 말함으로써 자신들이 보기에 일련의 재해처럼 여겨지는 한 시기를 기술해야만 하는 난감함을 전하는 현대 역사가들의 글에서 여전히 발견된다. 다른 세기보다 더 지겹고 지루한 14세기, 과연…… 14세기는 장구한가? 그렇다. 14세기가 1415~1418년 사이에 끝난 것이라면, 농담조로 그렇게 말할 수 있을 것이다. 14세기는 패전과 영국의 지배, 내전의 경련에 쌓여 아쟁쿠르Azincourt에서 숨을 거둔다. 알랭 샤르티에의 초기 작품들 가운데 하나로 1416년에 쓰인 『네 귀부인들의 책*Le Livre des Quatre Dames*』은 이 재난을 반향한다. 자신의 귀부인으로부터 사랑받지 못했기 때문에, 홀로 남겨져 우울에 젖은 시인은 들판을 이리저리 거닌다. 그가 만난 네 명의 귀부인은 저마다 자신의 불행,

패전에서 비롯하는 불행을 한탄한다. 첫번째 귀부인의 연인은 전장에서 목숨을 잃었고, 두번째 귀부인의 연인은 포로가 되었으며, 세번째 귀부인의 연인은 실종되었으니 죽었는지 포로가 되었는지 알지 못한다. 네번째 귀부인의 연인은 도주했다. 누가 가장 불행한 여인일까? 기사단은 실제로 아쟁쿠르에서 분쇄되었다. 사랑의 궁정 구성원들의 이름이 적힌 헌장을 펼쳐, 아쟁쿠르에서 목숨을 잃은 이들의 이름만 일별해보아도 이를 알 수 있다. 크리스틴 드 피장이 여러 편의 발라드를 헌정했으며, 그 가운데 한 편이 그를 칭찬하며 언급하는 『두 연인의 논쟁』에서 선물로 수여되었던 인물인 프랑스군 원수, 알브레의 영주 샤를, 탕카르빌의 영주 기욤 드 믈룅Guillaume de Melun 경, 프랑스 제독이었던 자크 드 샤티옹Jacques de Châtillon 등. 크리스틴 드 피장이 『세 가지 판결의 책*Livre des trois jugemens*』의 시작 부분에서처럼 종종 사랑과 관련된 사안들의 중재자로 택하곤 했던 베르신의 영주이자 에노의 집사였던 장Jehan, 앙투안과 장 드 크라옹Antoine et Jean de Craon 등. 계속 열거할 수 있을 이 사망자 명단은 인상적이다. 샤를 도를레앙은 포로가 되었다. 또한 내전의 혼란 와중에 작가들도 사라진다. 자크 르그랑은 1415년 사망한다. 공티에 콜과 장 드 몽트뢰유는 1418년 5월 부르고뉴파의 파리 입성에 뒤따른 학살 와중에 숨진다. 크리스틴 드 피장, 장 제르송 그리고 황태자를 따라간 알랭 샤르티에처럼 다른 작가들은 파리를 떠나 피신한다. 지적 공간들은 해체되고, 장 드 몽트뢰유의 경우처럼 장서들은 흩어져 망실된다. 샤를 5세의 장서는 샤를 6세의 사망 이후, 왕국의 섭정이던 베드퍼드Bedford 공작에게 팔려 넘어간다. 책들의 가격 사정을 위해 1424년 작성된 마지막 목록에 포함된 필사본의 수는 843편에 그친다.

문학의 영역에서 알랭 샤르티에는 새로운 패러다임을 만들어낸다. 알랭 샤르티에가 15세기 작가들에게 행사한 영향력은 앞선 시기의 작가들에게 미친 『장미 이야기』의 영향력과 다르지 않았고, 특히 사랑의 분야와 궁정의 관례에 있어 그러했다. 『무정한 미녀』는 성직자 집단의 반발을 산 텍스트이다. 15세기 초에 『장미 이야기』에 대한 논쟁이 벌어졌던 것처럼, 『무정한 미녀』에 대한 논쟁이 일어났다. 사람들은 무정한 미녀를 심판했고 편이 갈렸다. 궁정풍 윤리에 치명타를 가한 무정한 미녀의 "눈은 바라보기 위해 만들어진 것이랍니다les yeux sont faits pour regarder"라는 대답은 수많은 작가들의 작품에서 반향을 불러일으켰다. 샤를 도를레앙은 남자 연인의 입에서 "눈은 섬기기 위해 만들어졌답니다les yeulz si sont fais pour servir"라는 말이 나오게 함으로써, 알랭 샤르티에의 표명을 거꾸로 취한다. 대다수의 사람들에게, 눈은 이제 더는 타인과 자신의 욕망의 거울이기를 그치며, 그저 시각의 수단이 되고 만다. 알랭 샤르티에는 어떤 심판자도 택하지 않을 만큼, 논쟁을 열린 상태로 남겨둘 정도의 능란함을 가지고 있었다. 그리하여 15세기 전체가 심판자 없는 논쟁의 자리에 들어오게 된다. 맨 처음으로 시인의 "새로운 변혁nouvellectez"을 연인들이 비난하는 『알랭 샤르티에에게 반대하며 연인들이 귀부인들에게 보내는 청원*Requeste envoyée par les amans aux Dames contre Alain*』이 나온다. 그다음으로 『귀부인들의 서한*Lettre des Dames*』과 『거장 알랭에게 보내는 귀부인들의 답변*Response des Dames à maistre Alain*』, 그리고 지난날 연구자 아르튀르 피아제Arthur Piaget가 연구한 일련의 작품들, 보데 에랭Baudet Herenc의 『사랑의 신의 법정*Parlement d'Amour*』, 『사랑에 충실한 귀부인*La Dame loyale en amours*』, 아실 콜리에의 『사랑에 잔인한 여인*Cruelle femme en amour*』, 『무정한 미녀에 대한 판결의 오류들*Erreurs du Jugement de la Belle Dame sans mercy*』, 『다정한 미녀*Belle Dame qui eut merci*』 등이 나온다. 이와 같은 부류의 작품들은 인용하자면 한이 없다. 『무정한 미녀』의 모습을 가지고 알랭 샤르티에는 사랑에 관한 문제를 변화시킨다. 알랭 샤르티에는 『비난의 사중주*Le Quadrilogue invectif*』를 통해, 성찰과 애정의 대상으로 '프랑스la France'에 초점을 둠으로써 글쓰기의 소재 자체를 혁신한다. 1422년 작성된 이 산문 텍스트에서, 어느 날 시인의 아침녘 꿈에 '귀부인 프랑스'가 나타나 세 위계(평민le Peuple, 기사le Chevalier, 성직자le Clergé)를 소집한다. 귀부인 프랑스가 가장 먼저 이야기를 시작하며, 마지막에 다시 이야기를 마무리한다. 어머니 프랑스는 모두를 받아들이고 주재한다. 결국 『비난의 사중주』의 서두에서 스스로를 지칭한 것과 같이, "앞선 웅변가들로부터 멀리 떨어진 모방자lointaing immitateur des orteurs" 알랭 샤르티에는 프랑스어로 된 수사적 웅변술의 한 유형을 처음으로 시작한다. 이런 모든 이유로 인해, 알랭 샤르티에는 중세 말기와 16세기 초에 모두가 참조하는 작가가 되며, 프랑스 문예에 있어 새로운 시대의 출발을 알리는 본보기가 된다. 『수사법*Arts de rhétorique*』의 여러 저자들은 칭송과 함께 그를 인용했고, 그에게서 많은 예들을 차용한다. 14세기의 잘 알려진 아들들의 뒤를 따르면서, 알랭 샤르티에는 새로운 부친으로서의 입지를 갖게 된다. 그가 후대로부터 받은 "프랑스 웅변의 아버지père de l'éloquence française"라는 호칭이 이 점을 증거한다. 이 표현은 피에르 파브리Pierre Fabri가 1521년에 쓴 『풍성한 수사의 장대하고 진실한 기법*Grant et vray art de pleine rhétorique*』에 등장한다.

오, 극도로 잔인한 죽음아! 무엇 때문에 그대, 거장 알랭 샤르티에를 데려갔는가, 프랑스 웅변의 아버지를?[4]

같은 표현이 1524년 장 부셰Jean Bouchet가 쓴 『아키텐 연대기*Annales d'Aquitaine*』에도 나온다. 알랭 샤르티에는 장 드 묑과 더불어 이후 채워질게 될 최초의 정전正典, 프랑스 고전 작가들의 명부에 자리잡는다. 토마 세비예Thomas Sébillet는 1548년에 쓴 『프랑스 시법*Art poétique français*』의 '착상invention'을 이야기하는 대목에서 다음과 같이 쓴다.

착상 그리고 그 아래에 속하는 판단은, 옛사람들 가운데 알랭 샤르티에나 장 드 묑과 같이, 훌륭하고 본이 되는 프랑스 시인들의 작품을 읽음으로써 확고해지고 풍부해진다.[5]

우리의 고찰은 성년聖年을 표시하고 한 세기를 구분하는 저 로마 순례의 이미지에서 시작되었다. 14세기는 방향 설정의 문제를 겪고 있었다. 더는 모든 길이 로마로 통하지 않게 되며, 상당 기간 동안 몇몇 길은 아비뇽으로 향하게 된다. 정신의 지향점도 이와 다르지 않았다. 14세기는 화형대의 불길 속에 열리고 닫히며, 불길에 휩싸인 여인들의 모습이 주위에 어른거린다. 1310년 6월 1일, 이른바 '자유심령파libre esprit'[6]에 동조했다는 혐의를 받아 마르그리트 포레트Marguerite Porete는 이단으로 몰려 파리의 그레브 광장에서 산 채로 화형당했다. 그녀가 쓴 유일한 책인 『사랑의 의지와 욕망만이 남은, 소박하고 보잘것없는 영혼의 거울*Le Mirouer des simples ames anienties et qui seulement demourent en vouloir et desir d'amour*』은 캉브레의 주교에 의해 단죄받았고, 발랑시엔에서 이 책은 저자인 포레트가 보는 앞에서 공개적으로 불태워졌다. 1431년 5월 29일에는 잔 다르크Jeanne d'Arc—그녀를 위해 크리스틴 드 피장은 1429년 다시 붓을 잡은 바 있다—가 루앙에서 산 채로 화형당한다.

이 연구의 진행 과정에서 내가 활용했던 모델은 가족의 모델이었다. 사실 간단하면서도 강력한 가족이라는 틀은 중세의 사고체계에서 매우 의미심장한 것이었으며, 그 이유는 종교적·역사적·인류학적 측면에서 발견된다. 그리스도라는 훌륭한 아들을 보여주는 하나의 성가족 모델, 사탄이나 아담을 본보기처럼 따르는 성서의 여러 악한 아들들의 예가 존재했다. 이 악한 아들들은 자손들에게 불운을 가져오는 아버지가 된다. 인간 대부분이 죄지은 아들이며, 인간의 죄는 응당 그 모습을 따라야 하는 선한 아들, 그리스도의 죽음을 통해 사해진다. 외스타슈 데샹은 이 점을 「우리 주 하느님의 탄생에 대한 이중의 레Double Lay de la Nativité Nostre Seigneur」에서 떠올린다.

> 아담에게서 태어난 이들,
> 자신의 조상들에 의해 죽음의
> 단죄를 받은 자들.[7]

'단죄dampné'와 '아담에게서 태어난d'Adam né'으로 맞춰진 각운은 빈번히 나타난다. 외스타슈 데샹은 「우리 주 예수 그리스도와 온유한 모친이신 복된 성모 마리아에 대한 금언Notable Dictié de Nostre Seigneur Jhesu Crist et de la Benoite Vierge Marie, sa douce Mere」(7권, 작품 1356, 107~108행)에서 이러한 각운을 재차 사용한다.

가족 모델은 중세인들에게 도덕적인 삶에 대해 생각할 수 있는 계기를 만들어주었다. 갖가지 미덕과 악덕의 알레고리들 혹은 정신적이고 지적인 삶의 범주들이 바로 이러한 틀에 의거해 형성된다. 가족 모델은 분류와 위반, 수평선과 수직선, 이런 아들들과 저런 아들들을 이해하는 것을 가능하게 해주는 유용한 주형 하나를 제공했다.

14세기에 '책livre'은 마치 하나의 '아이liber'처럼 간주되었다. 여러 작가들이 동시에 '나무껍질liber'과 '아들들liberi'을 지칭하는 어원을 가지고 말의 유희를 벌이곤 했다. 사람들은 책을 만들고, 책에 이름 하나를 붙인다. 저자들은 점점 더 제목을 조정하게 된다. 책은 하나의 목소리를 가지게 된다. 그러나 프랑스어의 경우, 15세기가 되어야만 책이 자율성을 갖게 되며, 아버지로부터 풀려나 스스로를 위해 말하게 된다. 라틴어의 경우, 베리의 리처드가 쓴 『애서』에서 벌써, 책들은 자신들을 필사하면서 오류를 범한 필사자들에게 질책을 던진 바 있다. 한 군주에게 책을 헌정하는 두 장면을 비교할 필요가 있다. 1395년 마지막 영국 여행에서, 삶의 끝자락에 위치한 장 프루아사르는 자신이 쓴 시를 모두 적은 필사본 하나를 국왕 리처드 2세에게 바친다.

> 그는 필사본을 펼쳐 안을 살펴보았다. 필사본은 무척이나 그의 마음에 들었으며, 응당 그의 마음을 기껍게 했음에 틀림없으니, 왜냐하면 채색되고 글과 삽화가 있었으며, 은 도금된 열 개의 못으로 장식되고 가운데에는 황금 장미들이 더해진 붉은 벨벳이 씌워져 있었기 때문이다. 화려하게 세공된 두 개의 커다란 황금 고리가 황금 장미들 중앙

에 달려 있었다. 이윽고 국왕께서는 이 책이 다루는 내용이 무엇인지를 내게 물어보셨고, 나는 답했다. "사랑에 대해서입니다." 국왕께서는 이와 같은 대답에 매우 기꺼워하셨고, 책 속에 수록된 몇몇 대목을 눈여겨보시고 읽으셨으니, 그도 그럴 것이 그분께서는 프랑스어를 매우 잘 말하고 읽을 줄 아셨기 때문이다. 그런 연후에 그분께서는 휘하의 기사들 가운데 한 사람인 리처드 크리던Richard Credon 경을 시켜 이 책을 당신의 내실에 두도록 하셨다. 그리고 내게 더욱더 풍성한 성찬을 베푸시고 경이로울 만큼의 환대를 보이셨다.[8]

마르탱 르 프랑이 부르고뉴 공작 선한 필리프에게 바친 책—그 시기는 분명 1442년일 것으로 추정된다—은 완전히 다른 대접을 받게 된다. 공작은 확실히, 황송하게도 책을 만져본다.

그분께서는 받아 마땅한 것 이상으로 나를 영예롭게 하셨다,
그분께서 나를 손수 만져보셨기에.[9]

그러나 그는 책을 읽게 시키지는 않는다.

다 끝난 뒤에, 나는
홀로 남아 있을 수밖에 없었네, 외딴 새장에
이끼와 먼지를 덮어 쓰고
아무도 치우지 않는 낡은 판자처럼.[10]

책은 자신을 쓴 저자를 신랄하게 비난하고, 저자는 다음과 같은

말로 책에게 답한다.

> 자, 내 아들아, 방패를 들어라,
> 당당하게 버티거라.[11]

그러자 책은, 기운을 얻어, 날개를 흔들고 마치 한 마리 새처럼 날아간다.

한 세기에서 다른 세기로—14세기의 문학 및 역사 연표

1300년경 기욤 드 마쇼 출생.

1305년 미남왕 필리프 4세(필리프 르 벨)의 부인이었던 잔 드 나바르의 유언에 의해, 프랑스 인문주의의 요람 '콜레주 드 나바르' 설립.

1307년 단테 알레기에리, 『신곡』 집필 시작.

1309년 프랑스 출신의 교황 클레멘스 5세가 아비뇽에서 즉위.

1312년 자크 드 롱기용, 『공작새를 걸고 한 맹세』 집필.

1320년 경 오컴의 윌리엄, 파리에서 강의.

1321년 단테 사망.

1322~1324년 '신기예Ars nova'의 남용을 비난한 교황 요한 22세의 교령.

1324년 파도바의 마르실로가 장 드 장뒹과 함께 『평화의 옹호자』 완성. 여기서 그는 공의회의 권위가 교황의 권위에 우선한다고 주장.

1327년 필리프 드 메지에르 출생.

1328년 이전 『교화판 오비디우스』 편찬.

1328년 필리프 드 발루아가 프랑스 국왕 필리프 6세가 됨.

카페 왕조가 끝나고 발루아 왕조 시작.

바트리크 드 쿠뱅, 『시집』 집필.

1331년 기욤 드 디귈빌, 『인간 삶의 순례』 펴냄.

1332년 장 드 에댕, 『사랑의 정복』 집필.

1335년 필리프 드 비트리, 『세 송이 백합꽃 화관』 집필.

1337년 영국 국왕 에드워드 3세가 프랑스 왕위 요구. 왕위 승계 다툼에서 시작된 갈등은 결국 전쟁으로 이어져 백년전쟁의 서막이 됨.

장 프루아사르 출생.

화가 조토 사망.

1340년 제프리 초서 출생.

1341년 페트라르카가 로마에서 계관시인이 됨.

1342년 장 드 르 모트, 『작품집』 집필.

1346년 8월, 필리프 6세가 크레시 전투에서 패배.

외스타슈 데샹 출생.

기욤 드 마쇼, 『보헤미아 왕의 판결』 집필.

1348년 대흑사병 창궐.

1349년 오컴의 윌리엄 사망.

기욤 드 마쇼, 『나바르 왕의 판결』 집필.

보카치오 『데카메론』 집필.

1350년 선왕 장 2세, 프랑스 국왕에 즉위함.

1352년 질 리 뮈지 사망.

1356년 9월 19일, 푸아티에 전투 발발.

선왕 장 2세, 포로로 잡힘.

1357년 기욤 드 마쇼가 나바르의 왕 카를로스 2세(샤를 드 나바르) 위해 『벗의 조력』 집필.

기욤 드 디귈빌, 『영혼의 순례』 집필.

페트라르카, 『승리들』 집필.

1358년 에티엔 마르셀의 반란과 죽음. 농민 봉기 자크리의 난.

1360년 브레티니 협정 체결. 황태자를 제외한 아들들을 볼모로 넘겨주는 조건으로 선왕 장 2세 풀려남.

1361년 장 프루아사르가 영국을 처음으로 방문.

1362년 기욤 드 마쇼, 『진실한 이야기』의 집필 시작.

1363년 장 제르송 출생.

니콜라 드 클라망주 출생.

1364년 4월 8일, 선왕 장 2세 사망.

5월 19일, 랭스에서 대관식을 거행한 현왕 샤를 5세가 왕위 승계.

1365년 크리스틴 드 피장이 베네치아에서 출생.

1370년 베르트랑 뒤 게클랭이 프랑스 원수에 임명됨.

장 프루아사르, 『연대기』 집필.

장 르 페브르가 마테올루스의 『한탄』을 프랑스어로 번역함.

1373년 보카치오, 『신들의 계보에 대하여』 집필.

1374년 7월 18일, 스스로 원했던 것처럼, 옮겨적고 있던 베르길리우스의 필사본 위에 머리를 댄 채 페트라르카 사망.

1375년 보카치오 사망.

1377년 기욤 드 마쇼 사망.

장 제르송이 콜레주 드 나바르에 들어감.

1378년 교회 대분열. 두 명의 교황(우르바노 6세와 클레멘스 7세)이 생김.

1379년 클레멘스 7세, 아비뇽에 자리를 잡음.

1380년 7월, 뒤 게클랭 사망.

9월 16일, 샤를 5세 사망.

11월 4일, 샤를 6세 즉위.

필리프 드 메지에르가 은퇴, 파리 첼레스티노회 수도원에 은거함.

1381년 '새로운 신앙devotio moderna' 운동과 장 제르송에게 영향을 주었던 플랑드르 신비주의 사상가 얀 반 라위스브루크 사망.

1382년 파리에서 시민들이 과중한 세금에 반항하여 망치를 들고 봉기.

니콜 오렘 사망.

1384년 장 프루아사르, 『멜리아도르』 집필.

1385년 7월 17일, 샤를 6세와 이자보 드 바비에르 결혼.

1387년 필리프 드 메지에르가 『그리셀다 이야기』를 프랑스어로 번역.

제프리 초서, 『켄터베리 이야기』 집필.

1389년 피에르 다이가 파리대학의 샹슬리에chancelier가 됨.

1392년 8월 5일, 샤를 6세의 광증이 처음 나타남.

외스타슈 데샹, 『시문작법』 집필.

1393년 1월, '불길에 타는 자들의 무도' 사건 발발.

1394년 루이 도를레앙과 발랑틴 비스콘티 사이에서 장자인 샤를 도를레앙 출생.

1395년 피에르 다이의 후임으로 장 제르송이 파리 대학의 샹슬리에가 됨.

1396년 9월 25일, 십자군 군대가 니코폴리스에서 투르크군에게 패배.

1397년 오통 그 그랑송이 부르앙브레스 결투에서 사망.

1400년 로랑 드 프르미에페가 보카치오의 『명망 높은 남성들의 운명에 대하여』를 프랑스어로 번역함.

1401년 샤를 6세의 '사랑의 궁정'이 만들어짐.

1402년 『장미 이야기』 논쟁.

1404년 크리스틴 드 피장, 『운명의 변전에 대한 책』 집필.

1405년 필리프 드 메지에르가 80여 세의 나이로 사망.

크리스틴 드 피장이 프랑스 왕비 이자보에게 『서한』을 헌정함.

1407년 11월 23일, 부르고뉴 공작 겁 없는 장(장 상 푀르)의 사주를 받은 자객에 의해 루이 도를레앙 암살당함.

1410년 자크 르그랑, 『좋은 습속에 대한 책』 집필.

크리스틴 드 피장, 『프랑스의 불행들에 대한 한탄』 집필.

1414년 콘스탄츠 공의회 열림.

1415년 7월 6일, 얀 후스가 콘스탄츠에서 이단으로 몰려 화형당함.

10월 25일, 아쟁쿠르 전투에서 샤를 도를레앙이 포로로 잡힘.

1418년 서구 교회 대분열 종식됨.

부르고뉴파의 파리 입성시 장 드 몽트뢰유 사망.

아르마낙파의 살육.

1419년 9월 10일, 몽테로에서 부르고뉴 공작 겁 없는 장이 암살당함.

참고문헌

1. 작품 및 작가

12세기 이전의 작품 및 작가

Isidore de Séville, *Etymologiarum sive originum libri XX*, éd. W. M. Lindsay, Oxford, Oxford University Press, 1911 (Scriptorum classicorum Bibliotheca oxoniensis).

_______, *Etymologies IX, les langues et les groupes sociaux*, éd. et trad. par M. Reydellet, Paris, Belles-Lettres, 1984.

12세기의 작품 및 작가

André le Chapelain, *Traité de l'amour courtois*, trad. par Cl. Buridant, Paris, Klincksieck, 1974 (Bibliothèque Française et Romane. Série D : Initiation, textes et documents, 9).

Arnoul d'Orléans, *Allegoriae super Ovidii Metamorphosin*, éd. F. Ghisalberti, in "Arnolfo d'Orléans, un cultore di Ovidio nel secolo XII", *Memorie del Reale Instituto Lombardo di Scienze e Lettere, Classe di Lettere, Scienze Morali e Storiche*, vol. XXIV, 1917-1919, Milan, U. Hoepli, 1932, XI, pp. 157-234.

Benoît de Sainte-Maure, *Le Roman de Troie*, publié d'après tous les manuscrits connus par L. Constans, Paris, F. Didot, 6 vol., 1904-1912 (SATF).

Bernard de Ventadour, *Chansons d'amour*, éd. M. Lazar, Paris, Klincksieck, 1966

(Bibliothèque Française et Romane. Série B : Editions critiques de textes, 4).

Chrétien de Troyes, *Le Chevalier de la charrete*, éd. M. Roques, Paris, Champion, 1958 (CFMA 86).

______, *Cligès*, éd. A. Micha, Paris, Champion, 1957 (CFMZ 84).

Giraut de Bornelh, *Sämtliche Lieder des Trobadors Giraut de Bornelh*, Kritisch herausgegeben von Adolf Kolsen, Halle, Niemeyer, 2vol., 1910~1935.

Hugues de Saint-Victor, *Hugonis de Sancto Victore Didascalicon de Studio legendi*, a critical text by Br. C. H. Buttimer, Washington D. C., The Catholic University Press, 1939.

Jean de Salisbury, *Metalogicon*, éd. Cl. Webb, Oxford, 1929.

Le Jeu d'Adam (Ordo representacionis Ade), éd. W. Noomen, Paris, Champion, 1971 (CFMA 99).

Marie de France, *Les Lais*, éd. J. Rychner, Paris, Champion, 1966 (CFMA 93).

13세기의 작품 및 작가

Amadas et Ydoine, roman du XIIIe siècle, éd. J. R. Reinhard, Paris, Champion, 1926 (CFMA 41).

L'Atre périlleux, roman de la Table Ronde, éd. B. Woledge, Paris, Champion, 1936 (CFMA 76).

Brunet Latin, *Li Livres dou tresor*, éd. Fr. J. Carmody, Berkeley-Los Angeles, University of California Press, 1948 (University of California Publications in Modern Philology, vol. 22).

Gautier de Coinci, *Les Miracles de Nostre Dame par Gautier de Coinci*, publiés par V. F. Koenig, Genève, Droz; Lille, Giard; Paris, Minard, 4vol., 1955~1970 (TLF 64, 95, 131 & 176).

Gervaise, *Le Bestiaire*, éd. P. Meyer, Romania, I, 1872, pp. 420~443.

Gossouin, *L'Image du monde de Maître Gossouin*, rédaction en prose, éd. O. H. Prior, Lausanne et Paris, Payot, 1913.

Gui d'Ussel, *Les Poésies des quatre Troubadours d'Ussel*, éd. J. Audiau, Paris, Delagrave, 1922.

Guillaume de Lorris et Jean de Meun, *Le Roman de la Rose*, éd. F. Lecoy, Paris, Champion, 3 vol., 1965～1970 (CFMA 92, 95 & 98).

Huon de Méry, *Li Tournoiemenz Antecrist*, éd. G. Wimmer, Marburg, Ewert, 1888.

Jacques de Voragine, *La Légende dorée*, trad. J.-B. M. Roze, Paris, Flammarion, 2 vol., 1967 (GF 32-33).

Jean Bodel, *La Chanson des Saisnes*, édition critique par A. Brasseur, Genève, Droz, 2 vol., 1989 (TLF 369).

Jean de Meun, *Le Roman de la Rose*, voir Guillaume de Lorris.

Jean Renart, *Le Roman de la Rose ou de Guillaume de Dole*, éd. F. Lecoy, Paris, Champion, 1962 (CFMA 91).

Marguerite Porete, *Le Mirouer des simples ames anienties et qui seulement demourent en vouloir et desir d'amour*, éd. R. Guarnieri, Rome, Edizioni di Storia e Letteratura, 1961.

Pierre de Beauvais, *Le Bestiaire de Pierre de Beauvais: version courte*, éd. Guy R. Mermier, Paris, Nizet, 1977.

La Queste del Saint Graal, éd. A. Pauphilet, Paris, Champion, 1923 (CFMA 33).

Richard de Fournival, *Li Bestiaires d'Amours di Maistre Richart de Fornival e li response du Bestiaire*, éd. Cesare Segre, Milano-Napoli, Riccardo Ricciardi, 1957. Edition reprise avec une traduction italienne in *Il Bestiario d'amore et La Riposta al bestiario*, a cura di Fr. Zambon, Parma, Pratiche, 1987 (Biblioteca medievale, 1).

Le Roman de Troie en prose, manuscrit de la Bibliothèque nationale, Paris, Fonds français 1627.

Li Romans de Witasse le Moine, roman du XIIIe siècle, édité d'après le manuscrit, fonds français 1553, de la Bibliothèque nationale, Paris, par D. J. Conlon, Chapel Hill, The University of North Carolina Press, 1972.

14세기의 작품 및 작가

Avionnet, dans *Recueil général des Isopets*, éd. J. Bastin, t. II, Paris, Société des Anciens Textes Français, 1930, pp. 349-384.

Barton, John, *Donait françois*, éd. E. Stengel, "Die Ältesten Anleitungsschriften zur

Erlernung der französischen Sprache", *Zeitschrift für neufranzösische Sprache und Literatur*, I, 1879, pp. 1–40.

Boccace, Jean, *De casibus virorum illustrium*, a cura di Pier Giorgio Ricci e Vittore Zaccaria, dans *Tutte Le Opere di Giovanni Boccaccio*, a cura di Vittore Branca, Milan, Arnoldo Mondadori, 1983.

_______, *De mulieribus claris*, a cura di Vittore Zaccaria, dans *Tutte Le Opere di Giovanni Boccaccio*, a cura di Vittore Branca, Milan, Arnoldo Mondadori, 1967.

_______, *Le Décaméron*, trad. par J. Bourciez, Paris, Garnier, 1974 (Classiques Garnier).

Chaucer, Geoffrey, *The Works*, éd. F. N. Robinson, Boston, Houghton Mifflin Company, 2e éd., 1961 (The New Cambridge Edition).

Christine de Pizan, *OEuvres poétiques de Christine de Pisan*, éd. M. Roy, Paris, Firmin-Didot, 3 vol., 1886–1896 (SATF).

_______, *Cent Ballades d'Amant et de Dame*, éd. J. Cerquiglini, Paris, U.G.E., 1982 (10/18, n° 1529).

_______, *Le Chemin de Long Estude*, éd. R. Püschel, Berlin, Paris, Damköhler, 1881.

_______, *L'Epistre Othea*, éd. H. D. Loukopoulos, *Classical Mythology in the works of Christine de Pisan with an Edition of 'l'Epistre Othea' from the Manuscript Harley 4431*, Ph. D. Wayne State University, Detroit, Michigan, 1977.

_______, *Le Livre de la Cité des Dames*, éd. M. C. Curnow, Ph. D., Vanderbilt University, 2 vol., 1975.

_______, *Le Livre de la Mutacion de Fortune*, éd. S. Solente, Paris, Picard, 4 vol., 1959–1966 (SATF).

_______, *Le Livre des fais et bonnes meurs du sage roy Charles V*, éd. S. Solente, Paris, Champion, 2 vol., 1936–1941 (Société de l'Histoire de France).

_______, *Le Livre du Corps de Policie*, éd. R. H. Lucas, Genève, Droz, 1967 (TLF 145).

_______, *La vision Christine*, éd. Sister M. L. Towner, Washington D. C., The Catholic University of America Press, 1932.

_______, *L'Advision Christine*, éd. Christine Reno, avec la collaboration de Liliane Dulac, en préparation.

Dante Alighieri, *OEuvres complètes*, trad. André Pézard, Paris, Gallimard, 1965 (Bibliothèque de la Pléiade).

Denis Foulechat, *Tyrans, Princes et Prêtres (Jean de Salisbury, Policratique IV et VIII)*, éd. Ch. Brucker, Montréal, CERES, 1987 (*Le Moyen Français*, n° 21).

Eustache Deschamps, *OEuvres complètes*, éd. Marquis de Queux de Saint-Hilaire et G. Raynaud, Paris, Firmin-Didot, 11 vol., 1878-1903 (SATF).

Etienne de Conty, *Brevis Tractatus*, manuscrit de la Bibliothèque nationale, Paris, Fonds latin 11730.

Femina, dans K. R. Lambley, *The teaching and cultivation of the French language in England during Tudor and Stuart Times; with an introductory chapter on the preceding period*, Manchester, The University Press; London, New York, etc., Longmans, Green and co., 1920.

Gilles Li Muisis, *Poésies*, éd. du baron Kervyn de Lettenhove, Louvain, J. Lefever, 2 vol., 1882.

La Guerre de Metz en 1324, éd. E. de Bouteiller, Paris, Firmin-Didot, 1875.

Guillaume de Digulleville, *Le Pèlerinage de vie humaine de Guillaume de Digulleville*, éd. J. J. Stürzinger, Printed for the Roxburghe Club, London, 1893.

_______, *Le Pèlerinage de l'âme de Guillaume de Digulleville*, éd. J. J. Stürzinger, Printed for the Roxburghe Club, London, 1895.

_______, *Le Pélerinage de Jésus-Christ de Guillaume de Digulleville*, éd. J. J. Stürzinger, Printed for the Roxburghe Club, London, 1897.

Guillaume de Machaut, *OEuvres*, éd. E. Hoepffner, Paris, Firmin-Didot, puis Champion, 3 vol., 1908, 1911, 1921 (SATF).

_______, *Poésies lyriques*, éd. complète publiée par V. Chichmaref, Paris, Champion, 1909, 2 vol.; réimpr. Genève, Slatkine, 1973, 2 t. en 1 vol.

_______, *Le Dit de la Fonteinne amoureuse*, édition, traduction et présentation par Jacqueline Cerquiglini-Toulet, Paris, Stock/Moyen Age, 1993.

_______, *'The Dit de la Harpe of Guillaume de Machaut'*, éd. K. Young, dans *Essays in honour of A. Feuillerat*, New Haven, Yale University Press, 1943, pp. 1-20.

______, *Le Livre du Voir Dit de Guillaume de Machaut où sont contées les amours de messire Guillaume de Machaut et de Péronelle, dame d'Armentières, avec les lettres et les réponses, les ballades, lais et rondeaux dudit Guillaume et de ladite Péronelle*, éd. par Paulin Paris, Paris, Société des Bibliophiles françois, 1875.

______, *La Prise d'Alexandrie ou Chronique du roi Pierre Ier de Lusignan*, éd. L. de Mas Latrie, Genève, Fick, 1877 (Publications de la Société de l'Orient latin, série historique I).

Jacques de Longuyon, *Les Voeux du Paon, The Buik of Alexander or the Buik of the most noble and valiant conquerour Alexander the Grit, by John Barbour*……, ed. together with the French originals (Li Fuerres de Gadres and Les Voeux du Paon) by R. L. G. Ritchie, Edinburgh, London, W. Blackwood and Sons, 4 vol., 1925~1929 (The Scottish Text Society).

Jean Corbechon, *Le Livre des proprietez des choses*, Paris, Bibliothèque nationale, ms. fonds français 22531.

Jean Courtecuisse, *Le Sermon sur la Passion*, éd. G. Hasenohr, Montréal, CERES, 1985 (*Le Moyen Français*, n° 16).

Jean de Bueil, *Le Jouvencel par Jean de Bueil*, introduction biographique et littéraire par C. Favre, texte établi et annoté par L. Lecestre, Paris, Renouard, H. Laurent, succ., 2 vol., 1887-1889 (Société de l'Histoire de France).

Jean de Condé, *Dits et Contes de Baudouin de Condé et de son fils Jean de Condé*, éd. A. Scheler, t. II et III, *Jean de Condé*, Bruxelles, V. Devaux et Cie, 1866~1867 (Académie Impériale et Royale des Sciences et Belles-Lettres).

Jean de Garencières, *Le Chevalier Poète Jehan de Garencières (1372~1415). Sa vie et ses poésies complétes dont de nombreuses inédites*, éd. Y. A. Neal, Paris, Nizet, 1953.

Jean de Le Mote, *Le Parfait du Paon*, éd. R. J. Carey, Chapel Hill, The University of North Carolina Press, 1972.

______, *Li Regret Guillaume, comte de Hainaut. Poëme inédit du XIVe siècle*, éd. A. Scheler, Louvain, J. Lefever, 1882.

______, *La voie d'Enfer et de Paradis: an unpublished poem of the fourteenth century by Jehan de le Mote*, éd. Sister M. Aquiline Pety, Washington D. C., The Catholic

University of America Press, 1940.

Jean Froissart, *Poésies*, publiées par A. Scheler, Bruxelles, V. Devaux et Cie, 3vol., 1869~1872.

_______, *Ballades et Rondeaux*, éd. R. S. Baudouin, Genéve, Droz, 1978 (TLF 252).

_______, *Chroniques*, éd. S. Luce, G. Raynaud, L. Mirot et A. Mirot, Paris, Rainouard, puis Klincksieck, t. I-XV, livres I à III, 1869~1975 (Société de l'Histoire de France).

_______, *Chroniques*, t. XV, livre quatrième, éd. Kervyn de Lettenhove, *OEuvres* de *Froissart*, Bruxelles, V. Devaux et Cie, 1871.

_______, *Dits et Débats*, éd. A. Fourrier, Genève, Droz, 1979 (TLF 274).

_______, *L'Espinette amoureuse*, éd. A. Fourrier, Paris, Kilincksieck, 1963 [2e éd. revue, 1972].

_______, *Le Joli Buisson de Jonece*, éd. A. Fourrier, Genève, Droz, 1975 (TLF 222).

_______, *Meliador*, éd. A. Longnon, Paris, Firmin-Didot, 3vol., 1895~1899 (SATF).

_______, *La Prison amoureuse*, éd. A. Fourrier, Paris, Kilincksieck, 1974 (Bibliothèque française et romane. Série B: Editions critiques de textes, 13).

Jean Le Court, dit Brisebare, *Le Plait de l'Evesque et de Droit*, éd. critique du manuscrit ancien fonds royal n° 2061-4° de la bibliothèque royale de Copenhague par J. Kjaer, Copenhague, Akademisk Forlag (Etudes romanes de l'Université de Copenhague; *Revue Romane*, numéro spécial 10, 1977).

_______, *Le Restor du Paon*. Edition critique par Richard J. Carey, Genève, Droz, 1966 (TLF 119).

Jean Le Fèvre, *Les Lamentations de Matheolus et le Livre de Leesce de Jehan Le Fèvre, de Ressons*, éd. A. G. van Hamel, tome deuxième, Paris, E. Bouillon, 1895 (BIbliothèque de l'Ecole des Hautes Etudes, série 'Sciences historiques et philologique', fasc. 96).

_______, *Le Respit de la Mort par Jean le Fevre*, publié par G. Hasenohr-Esnos, Paris,Picard, 1969 (SATF).

_______, *La Vieille* ou *les Dernières Amours d'Ovide, poëme français du XIVe siécle*, traduit du latin de Richard de Fournival par Jean le Fevre, publié par H. Cocheris, Paris, Aubry, 1861.

Les Cent Ballades, poème du XIVe siècle composé par Jean le Seneschal avec la collaboration de Philippe d'Artois, comte d'Eu, de Boucicaut le Jeune et de Jean de Crésecque, publié par Gaston Raynaud, Paris, Firmin-Didot, 1905 (SATF).

Legrand, Jacques, *Archiloge Sophie, Livre de Bonnes Meurs*, éd. E. Beltran, Genève, Slatkine; Paris, Champion, 1986.

Lexique latin-français(Ms. BN, lat. 13032), traduit et adapté du lexique inséré par Jean Balbi de Gênes dans son *Catholicon*, éd. M. Roques, *Recueil général des lexiques français du Moyen Age (XIIe～XVe siécles)*. I. *Lexiques alphabètiques*, t. II, Paris, Champion, 1938.

Le Livre du Chevalier de La Tour Landry pour l'enseignement de ses filles, publié par A. de Montaiglon, Paris, P. Jannet, 1854 (Bibliothèque elzévirienne, vol. 36).

La Manière de langage qui enseigne à bien parler et àcrire le français, in La Manière de langage qui enseigne à bien parler et à écrire le français. Modèles de conversation composés en Angleterre à la fin du XVe siècle, Jacque Gessler, Bruxelles, l'Edition universelle; Paris, Droz, 1934.

Nicole Oresme, *Le Livre de Ethiques d'Aristote*, published from the Text of ms. 2902, Bibliothèque Royale de Belgique, with a critical Introduction and Notes by A. D. Menut, New York, Stechert, 1940.

Oton de Grandson, *Sa vie et ses poésies*, éd. A. Piaget, Lausanne, Payot, 1941.

Ovide moralisé, poème du commencement du quatorzième siècle, publié d'après tous les manuscrits connus par C. De Boer, Amsterdam, J. Müller, puis N. V. Noord-Hollandsche Uitgevers-Maatschappij, 5 vol., 1915～1938 (Verhandelingen der Koninklijke Nederlandsche Akademie van Wetenschappen, Afdeeling Letterkunde, Nieuwe Reeks, 15, 21, 30/3, 37 & 43).

Pétrarque, François, *Francisci Petrarchae opera*, 3 vol., Bâle, 1554.

_______, *De l'abondance des livres et de la réputation des écrivains*, traduit du latin par V. Develay, Paris, Librairie des Bibliophiles, 1883.

_______, *Lettres de François Pétrarque à Jean Boccace*, traduites du latin pour la première fois par Victor Develay, Paris, Flammarion, 1911.

______, *Sine nomine. Lettere polemiche e politiche*, éd. U. Dotti, Rome, Bari, Laterza, 1974.

______, Textes présentés et traduits par Alain Michel, in *Pétrarque et la pensée latine. Tradition et novation en littérature*, Avignon, Aubanel, 1974.

Philippe de Mézières, *Le Songe du Vieil Pelerin*, éd. G. W. Coopland, Cambridge, Cambridge University Press, 2 vol., 1969.

Philippe de Vitry, in "The poetic exchange between Philippe de Vitry and Jean de le Mote. A new edition", by Diekstra F. N. M. *Neophilologus*, LXX, 1986, pp. 504~519.

Proverbes français antérieurs au XVe siècle, éd. J. Morawski, Paris, Champion, 1925 (CFMA 47).

Richard de Bury, *Philobiblon*, texte édité par M. MacLagan, traduction de E. C. Thomas, Oxford, 1960 (Published for the Shakespeare Head Press by Basil Blackwell).

Le Songe du Vergier, éd. M. Schnerb-Lièvre, Paris, Editions du Centre Natonal de la Recherche Scientifique, 2 vol., 1982.

Watriquet de Couvin, *Dits de Watriquet de Couvin*, publiés pour la première fois d'après les manuscrits de Paris et de Bruxelles et accompagnés de variantes et de notes explicatives par A. Scheler, Bruxelles, V. Devaux et Cie, 1868.

15세기의 작품 및 작가

Adevineaux amoureux, in *Amourous Games: A critical edition of les "Adevineaux amoureux"*, by J. W. Hasell Jr. Austin, London, University of Texas Press, 1974 (Publications of the American Folklore Society. Bibliographical and Special Series, vol. 25).

Alexis, Guillaume, *OEuvres poétiques*, éd. A. Piaget et E. Picot, Paris, Firmin-Didot, 3 vol., 1896-1908 (SATF).

Antitus, *Poésies*, éd. M. Python, Genève, Droz, 1992 (TLF 422).

Bugnin, Jacques de —, *Le Congié pris du siecle seculier, poème du XVe siècle*, éd. A. Piaget, Paris, Neuchêtel, Impr. Attinger, 1916 (Recueil de travaux publiés par la Faculté des Lettres de l'Université de Neuchêtel, fasc. 6).

Caulier, Achille, *La Cruelle Femme en amour*, éd. A. Piaget, "*La Belle Dame sans mercy* et ses imitations" IV, *Romania*, XXXI, 1902, pp. 315~349.

_______, *L'Hôpital d'amour*, in "*La Belle Dame sans mercy* et ses imitations d'A. Piaget. XI: *L'Hôpital d'Amour* par Achille Caulier", Romania, XXXIV, 1905, pp. 559-565 [éditions anciennes, 1489; Lyon, ca. 1525].

Charles d'Orléans, *Poésies*, éd. P. Champion, Paris, Champion, 2vol., 1923~1937 (CFMA 34 & 56).

Chartier, Alain, *La Belle Dame sans mercy*, éd. A. Piaget, Paris, Droz, 1945 (TLF 1) [2e éd., Genève, Droz, Lille, Giard, 1949].

_______, *Dialogus familiaris Amici et Sodalis super deploracione gallice calamitatis*, éd. P. Bourgain-Hemerick, *Les OEuvres latines d'Alain Chartier*, Paris, Editions du Centre national de la Recherche scientifique, 1977.

_______, *Le Livre de l'Esperance*, texte établi par Fr. Rouy, Paris, Champion, 1989 (Bibliothèque du XVe siècle, 51).

_______, *The Poetical Works of Alain Chartier*, éd. J. C. Laidlaw, Cambridge, Cambridge University Press, 1974.

_______, *Poèmes*, textes établis et présentés par James Laidlaw, Paris, UGE, 1988 (10/18, n° 1929). Ce volume contient *Le Livre des quatre dames, Le Débat de reveille matin, La Complainte, La Belle Dame sans mercy, Les Lectres des dames a Alain, La Requeste baillee aux dames contre Alain, L'Excusation aux dames, Le Breviaire des Nobles, Le Lay de Paix, Le Debat du herault, du vassault et du villain*.

_______, *Quadrilogue invectif*, éd. E. Droz, 2e édition revue, Paris, Champion, 1950 (CFMA 32).

Chastelain, Georges, *Le Temple de Boccace*, éd. S. Bliggenstorfer, Berne, Francke, 1988 (Romanica Helvetica, vol. 104).

Commynes, Philippe de -, *Mémoires*, éd. J. Calmette, Paris, Champion, 3vol., 1924-1925 (Les classiques de l'histoire de France au Moyen Age, 3, 5 & 6).

La Cour amoureuse dite de Charles VI, éd. C. Bezzolo et H. Loyau, vol. I. Etude et édition critique des sources manuscrites (Armoiries et notices biographiques, 1-300), Paris,

Le Léopard d'Or, 1982.

Crétin, Guillaume, *OEuvres poétiques de Guillaume Crétin*, publiées avec une introduction et des notes par K. Chesney, Paris, D. Didot, 1932.

Courcy, Jean de, *Chronique de la Bouquechardière*, manuscrit de la Bibliothèque nationale de Paris, Fonds français 329, cité d'après J. Monfrin, "La connaissance de l'Antiquité et le problème de l'humanisme en langue vulgaire dans la France du XVe siècle", *The late middle ages and the dawn of humanism outside Italy. Proceedings of the international conference Louvain may 11~13 1970*, Louvain, La Haye, 1972 (Mediaevalia Lovaniensia, Series 1, Studia 1), pp. 131~170.

Courcy, Jean de -, B. D. Dubuc, *Etude critique et édition partielle du "Chemin de vaillance" de Jean de Courcy d'après le manuscrit British Museum Royal, 14 E. II. (French Text)*, PH. D. (University of Connecticut), 1981, Ann Arbor, MI, University Microfilms International, 1981.

Les Douze Dames de Rhétorique, éd. L. Batissier, Moulins, Desrosiers Fils, 1838.

Gréban, Arnoul, *Le Mystère de la Passion*, éd. critique par Omer Jodogne, Bruxelles, Académie royale de Belgique, 2 vol., 1965~1983 (Mémoires de l'Accadémie royale de Belgique, Classe des Lettres, Coll. in-4°, Série 2).

Gréban, Simon, *Complaincte de la mort de maistre Jacques Millet qui composa la Destruction de Troye*, édition critique en préparation par M.-R. Jung et Cl. Thiry.

Guillebert de Metz, *Description de la ville de Paris au XVe siècle*, éd. Le Roux de Lincy, Paris, Aubry, 1855.

La Marche, Olivier de -, *Mémoires d'Olivier de La Marche*, publiés pour la Société de l'Histoire de France par H. Beaune et J. d'Arbaumont, Paris, Renouard, 3 vol., 1883-1885.

La Sale, Antoine de -, *OEuvres complètes*, éd. F. Desonay, tome I: *La Salade*, Liège, Faculté de Philosophie et Lettres, Paris, Droz, 1935 (Bibliothèque de la Faculté de Philosophie et Lettres de l'Université de Liège, fasc. LXVIII). Tome II: *La Sale*, Liège, Faculté de Philosophie et Lettres, Paris, Droz, 1941 (Bibliothèque de la Faculté de Philosophie et Lettres de l'Université de Liège, fasc. XCII).

_______, *Jehan de Saintré*, éd. par Jean Misrahi et Ch. A. Knudson, Genève, Droz; Paris, Minard, 1965 (TLF 117).

_______, *Le Reconfort de Madame de Fresne*, éd. I. Hill, Exeter, University Printing, 1979.

Le Franc, Martin, *Le Champion des Dames*, publié par A. Piaget, Lausanne, Payot, 1968 (Mémoires et documents publiés par la Société d'histoire de la Suisse romande. 3e série, t. 8, vv. 1–8144). La partie non éditée est citée d'après le ms. fonds français 12476 de la Bibliothèque nationale, Paris.

_______, *Complainte du livre du Champion des Dames a maistre Martin Le Franc son acteur*, éd. G. Paris, "Un poème inédit de Martin Le Franc", Romania, XVI, 1887, pp. 383~437.

Martial d'Auvergne, *Les Arrêts d'Amour de Martial d'Auvergne*, publi?s par J. Rychner, Paris, Picard, 1951 (SATF).

Meschinot, Jean, *Les Lunettes des Princes*, éd. C. Martineau-Génieys, Genève, Droz, 1972 (Publications Romanes et Françaises, CXXI).

Michault, Pierre, *Le Doctrinal du Temps present* (1466), éd. Th. Walton, Paris, Droz, 1931.

Michault Taillevent, *Le Passe Temps*, in *Un poète bourguignon du XVe siècle: Michault Taillevent (Edition et étude)*, par Robert Deschaux, Genève, Droz, 1975 (Publications Romanes et Françaises, CXXXII).

Molinet, Jean, *Les Faicts et Dictz de Jean Molinet*, publiés par N. Dupire, Paris, SATF, 3 vol., 1936~1939.

Pierre de Hauteville, *La Complainte de l'amant trespassé de deuil. L'Inventaire des biens demourez du decés de l'amant trespassé de deuil de Pierre de Hauteville*, par R. M. Bidler, Montréal, CERES, 1986 (*Le Moyen Français*, n° 18)

_______, *La Confession et Testament de l'amant trespassé de deuil de Pierre de Hauteville*, par R. M. Bidler, Montréal, CERES, 1982 (Inedita & Rara 1).

Les Règles de la Seconde Rhétorique (anonyme), in *Recueil d'arts de seconde rhétorique*, par E. Langlois, Paris, Imprimerie nationale, 1902 (Collection des documents inédits sur l'Histoire de France) [Genève, Slatkine Reprints, 1974].

Regnier, Jean, *Les Fortunes et Adversitez de Jean Regnier*, texte publié par E. Droz, Paris, Champion, 1923 (SATF).

René d'Anjou, *Le Livre du Cuer d'Amours espris*, éd. S. Wharton, Paris, U.G.E., 1980 (10/18, n^{0} 1385).

Rodríguez del Padrón, Juan, *El Triunfo de las donas*, éd. A. Paz y Melia, *Obras de Juan Rodríguez de la Cámara (o del Padrón)*, Madrid, Sociedad de Bibliofilos Españoles, 1884. Traduction française: *Le Triomphe des Dames*, Paris, Le Caron, ca. 1498.

Villon, François, *Le Lais Villon et les poèmes variés, édités* par J. Rychner et A. Henry, vol. I, Textes, Genève, Droz, 1977 (TLF 239).

_______, *Le Testament Villon*, édités par J. Rychner et A. Henry, vol. I, Texte, Genève, Droz, 1974 (TLF 207).

16세기의 작품 및 작가

Aneau, Barthélemy, *L'Imagination poëtique*, Lyon, Mac? Bonhomme, 1552.

Bouchet Jean, *Les Annales d'Aquitaine*, Poitiers, Monnin, 1524.

Champier, Symphorien, *La Nef des dames vertueuses*, Lyon, 1502, 1503; Paris, 1515, 1531.

Des Périers, Bonaventure, *Cymbalum Mundi*, texte établi et présenté par P. H. Nurse, Manchester, University Press; Paris, D'Argences, 1957.

Dufour, Antoine, *Les Vies des femmes célèbres*, éd. G. Jeanneau, Genève, Droz, 1970 (TLF 168).

Fabri, Pierre, *Le Grant et Vray Art de pleine rhétorique*, éd. A. Héron, 2vol., Rouen, Société des Bibliophiles normands, 1889-1890.

Lemaire de Belges, Jean, *OEuvres*, publiées par J. Stecher, tome I, *Les Illustrations de Gaule et Singularitez de Troye*, Louvain, J. Lefever, 1882 [Genève, Slatkine Reprints, 1969].

Montaigne, *Essais*, éd. A. Thibaudet, Paris, Editions de la Nouvelle Revue française, 1939 (Bbliothèque de la Pléiade).

Saint-Gelais, Octovien de -, *La Chasse d'Amours*, texte attribué à Octovien de Saint-Gelais, éd. M. B. Winn, Genève, Droz, 1984 (TLF 322).

Sébillet, Thomas, *Art poétique français*, dans *Traités de poétique et de rhétorique de la Renaissance*, éd. F. Goyet, Paris, Librairie générale française, 1990 (Le Livre de poche).

Tory, Geofroy, *Champ Fleury ou L'Art et Science de la proportion des lettres*. Reproduction phototypique de l'édition princeps de Paris, 1529, précédée d'un avant-propos et suivie de notes, index et glossaire par G. Cohen, Paris, Bosse, 1931. Réimpression Genève, Slatkine, 1973, avec une nouvelle préface et une bibliographie de K. Reichenberger et Th. Berchem.

2. 연구

Badel, P.-Y., *Le Roman de la Rose au XIVe siècle: Etude de la réception de l'oeuvre*, Genève, Droz, 1980.

Baxandall, M., *Les Humanistes à la découverte de la composition en peinture (1340-1450)*, Paris, Seuil, 1989.

Beaune, C., *Naissance de la nation France*, Paris, Gallimard, 1985.

Cazelles, R., *Jean l'Aveugle, comte de Luxembourg, roi de Bohême*, Paris, Tardy, 1947.

Cerquiglini, J., *"Un engin si soutil". Guillaume de Machaut et l'écriture au XIVe siècle*, Genève, Slatkine; Paris, Champion, 1985 (Bibliothèque du XVe siècle, XLVII).

Correl, I., *Gottvater, Untersuchungen über seine bildichen Darstellungen bis zum Tridentinum*, Thèse dactylographiée, Heidelberg, 1958.

Curtius, E. R., *La Littérature européenne et le Moyen Age latin*, traduction de J. Bréjoux, Paris, Presses Universitaires de France, 1956.

Demats, P., *Fabula. Trois Etudes de mythographie antique et médiévale*, Genève, Droz, 1973 (Publications romanes et françaises, CXXII).

Didron, A. N., *Iconographie chrétienne. Histoire de Dieu*, Paris, Imprimerie royale, 1843.

Diez, F., *Über die Minnhöfe*, Berlin, 1825. Traduction française par F. de Roisin, *Essai sur les Cours d'Amour*, Paris, 1842.

Dumézil, G., *Apollon sonore et autres essais. Vingt-cinq esquisses de mythologie*, Paris, Gallimard, 1982.

Gilson, E., "Le Moyen Age comme *'Saeculum modernum'*", dans *Concetto, storia, miti e immagini del Medio Evo*, a cura di V. Branca, Venise, Sansoni, 1973, pp. 1~10.

Guenée, B., *Entre l'Eglise et l'Etat. Quatre vies de prélats français à la fin du Moyen Age*, Paris, Gallimard, 1987.

Huizinga, J., *L'Automne du Moyen Age*, traduit du hollandais par J. Bastin. Réimpression avec une préface de J. Le Goff, Paris, Payot, 1980.

Jung, M.-R., *Etudes sur le poème allégorique en France au Moyen Age*, Berne, Francke, 1971.

Kantorowicz, E. H., "La souveraineté de l'artiste. Note sur quelques maximes juridiques et les théories de l'art à la Renaissance", dans *Mourir pour la patrie*, Paris, Presses Universitaires de France, 1984, pp. 31-57.

Kris, E. et Kurz, O., *L'Image de l'artiste. Légende, mythe et magie, préface* de E. H. Gombrich, traduit de l'anglais par M. Hechter, Paris, éd. Rivages, 1987.

Krynen, J., *Idéal du prince et pouvoir royal en France à la fin du Moyen Age (1380~1440). Etude de la littérature politique du temps*, Paris, diffusion Picard, 1981.

Leclercq, Dom Jean, *L'Amour des lettres et le Désir de Dieu. Initiation aux auteurs monastiques du Moyen Age*, Paris, éd. du Cerf, 1957.

Lusignan, S., *Parler vulgairement. Les Intellectuels et la Langue française aux XIIIe et XIVe siècles*, Montréal, Presses de l'Université; Paris, Vrin, 1986.

Mâle, E., *L'Art religieux de la fin du Moyen Age en France: étude sur l'iconographie du Moyen Age et sur ses sources d'inspiration*, Paris, A. Colin, 5e édition, 1949.

Michelet, J., *Journal*, tome II, éd. P. Viallaneix, Paris, Gallimard, 1962.

______, *Le Moyen Age* (livres I à XVII de *l'Histoire de France*), Paris, Laffont, 1981 (Collection Bouquins).

Paris, G., "Les cours d'amour au Moyen Age", in *Journal des Savants*, 1888, pp. 664-675 et 727~736.

Piaget, A., *La Cour amoureuse, dite de Charles VI, Romania*, XX, 1891, pp. 417~454.

______, "La *Belle Dame sans mercy* et ses imitations", I, *Romania*, XXX, 1901, pp. 22~48. II, *Le Parlement d'Amour* de Baudet Herenc, *Romania*, XXX, 1901, pp. 317~320. III, *La Dame loyale en amours, Romania*, XXX, 1901, pp. 321~351. IV, *La Cruelle Femme en Amour* d'Achille Caulier, *Romania*, XXXI, 1902, pp. 315~349. V, *Les Erreurs du*

Jugement de la Belle Dame sans mercy, Romania, XXXIII, 1904, pp. 179~199. VI, *La Belle Dame qui eut merci, Romania*, XXXIII, 1904, pp. 200~206. VII, *Dialogue d'un Amoureux et de sa Dame, Romania*, XXXIII, 1904, pp. 206~208. VIII, *Le Jugement du Povre Triste Amant Banny, Romania*, XXXIV, 1905, pp. 375~411. IX, *Les Erreurs du Jugement de l'Amant Banny, Romania*, XXXIV, 1905, pp. 412~416. X, *L'Amant rendu cordelier à l'Observance d'Amours, Romania*, XXXIV, 1905, pp. 416~418. XI, *L'Hôpital d'Amour*, par Achille Caulier, *Romania*, XXXIV, 1905, pp. 559~565. XII, *Le Traité de Réveille qui dort, Romania*, XXXIV, 1905, pp. 565~570. XIII, *Le Débat sans Conclusion, Romania*, XXXIV, 1905, pp. 570~574. XIV, *Le Desconseillé d'Amours, Romania*, XXXIV, 1905, pp. 575~577. XV, *Le Loyal Amant refusé, Romania*, XXXIV, 1905, pp. 577~579. XVI, *La Desserte du Desloyal, Romania*, XXXIV, 1905, pp. 579~581. XVII, *La Sépulture d'Amour, Romania*, XXXIV, 1905, pp. 581~582. XVIII, *La Martyr d'Amour* par Franci, *Romania*, XXXIV, 1905, pp. 583~585. XIX, *Le Débat de la Dame et de l'Ecuyer, Romania*, XXXIV, 1905, pp. 585~589. XX, Poèmes divers, *Romania*, XXXIV, 1905, pp. 589~591. XXI, Conclusion, *Romania*, XXXIV, 1905, pp. 591~602.

Roudaut Jean, *Autre part. Paysages d'accompagnement*, Paris, Gallimard, 1979.

Spitzer, L., "Résonances. A propos du mot *Stimmung*", dans *L'Humeur et son changement. Nouvelle Revue de Psychanalyse*, n° 32, automne 1985, pp. 239~255.

후주

어느 수도사의 눈에 읽힌……

1 (역주) 질 리 뮈지. 르 뮈제Le Muiset로도 불린다. 1272년 무렵 태어나 1352년 사망한 프랑스의 연대기 작가이자 시인. 라틴어로 두 권의 연대기를 남겼다.

2 (역주) 몰리앵의 은둔자. 13세기 초반, 몰리앵비담의 성녀 마리아 성당에 딸린 작은 방에 은거한 수도사 바르텔레미Barthélémy를 가리킨다.

3 (원주) "Des viers dou Renclus que diroie? / Que moult volentiers, se pooie, / Les liroie trestous les jours" (*Li Méditations*, in *Poésies*, t. I, 86~87쪽) 책 뒤에 소개한 참고문헌에서 나오는 판본들에서 인용한 것임을 밝힌다.

4 (역주) 『장미 이야기』는 중세 내내 '사랑의 기법'에 관한 본보기의 지위를 누렸다. 전반부는 기욤 드 로리스가, 후반부는 장 드 묑이 썼다.

5 (역주) 기욤 드 마쇼(1300~1377). 프랑스 시인이자 음악가. 마쇼란 이름은 오늘날의 아르덴에 해당하는 출신지에서 유래한 것으로 추정된다. 1324년부터 라틴어 모테트를 만드는 등 작품활동을 시작했으며 보헤미아의 왕 장 드 뤽상부르를 오래 섬겼다. 작품으로는 『네 마리 새들의 이야기』(1349년 이전), 『진실한 이야기』(1364), 『보헤미아 왕의 판결』, 『사랑의 샘』 등이 있다. 시인이자 음악가였던 마지막 인물에 속하며 음악에서는 대위법을 사용하여 후대에 많은 영향을 주었고, 후대의 시인들인 외스타슈 데샹, 크리스틴 드 피장, 오통 드 그랑송Oton de Grandson 등에게 큰 영향을 미쳤다.

6 (역주) 필리프 드 비트리(1285/1295~1361). 페트라르카와 피에르 베르쉬르의 칭송을 받은 작가였다. 성직록을 받은 부유한 성당 참사위원이었고 샤를 4세의 비서관이자 왕실 청원관이었다. 궁정인으로 외교직을 수행하기도 했으며 1351년 모 주교로 서임되었다. 후일 유럽 전역에 널리 퍼지게 되는 새로운 기보법記譜法을 창안하여 음악사에 큰 획을 그었다.

7 (역주) 장 드 르 모트. 작가의 출생 연대는 미상이며, 작품에 사용된 언어적인 특징에 비추어볼 때 에노 출신으로 추정된다. 1337년 사망한 영국의 왕비 필리파의 명을 받아 『에노의 영주 기욤

에 대한 회한』을 썼으며, 이 작품은 1339년 완성된다. 시연장으로 가던 노정에서 화자는 30명의 귀부인이 감금된 어느 성을 지나고, 이들의 한탄을 글로 받아적는 것이 작품의 시작이 된다.

8 (역주) 외스타슈 데샹(1346?~1406?). 14세기 프랑스 시인. 외스타슈 모렐Eustache Morel로도 불리는 그는 베르튀의 유복한 집안에서 태어나 랭스에서 삼학을 익혔고 오를레앙에서 법률을 공부했다. 1367년 학업을 마치지 않은 상태에서 국왕을 섬기는 사자chevaucher로 일하게 되고, 1372년부터 삼십여 년 가까이 외교 임무를 포함한 다양한 공직에 몸담았다. 1373년 결혼하여 두 아들과 딸 하나를 두지만 삼 년 뒤 아내가 죽자 홀아비가 되었다고 한다. 루이 도를레앙Louis d'Orléans의 살해사건이 일어나기 전인 1406년에서 1407년에 사망했다. 1,000여 편의 발라드, 170여 편의 롱도, 84편의 비를레 등 다양한 장르의 작품을 남겼는데, 편수로는 1,500편이 넘고 행수로는 82,000행에 이른다. 기욤 드 마쇼 이후 시의 형식적 측면을 확립한 시인이자 1393년 프랑스어로 시론을 남긴 최초의 인물로 평가된다.

9 "Qui par avant et d'ancienneté / Fut a cent ans, mais pour l'abregement / De nostre aage et la fragilité, / L'a acourcy……" (*OEuvres complètes*, t. VIII, ballade 1490, 11~14행)

10 (역주) 페트라르카(1304~1374). 단테, 보카치오와 함께 르네상스를 연 고전학자 시인. 가족을 따라 아비뇽에서 자랐고 법을 공부하다 문학에 심취했다. 분실된 고문헌을 발굴해 고전문화를 탐구했고, 이상적인 여인 '라우라'를 향한 시로 계관시인이 되었다. 펜을 쥔 채 베르길리우스 원고 위에서 최후를 맞았다 한다. 시집 『칸초니에레*Canzoniere*』와 서한체 문집 『친족에 대하여*Familiares*』, 『노년에 대하여*Seniles*』 등이 유명하다.

11 (역주) 'puy'는 본래 '무대'를 의미한다. 여기서는 주로 13세기 이래 프랑스 북부에서 만들어졌던 문학 회합을 지칭하는 말로 사용된다.

12 (역주) 유랑예인(종글뢰르jongleur). '장난꾸러기, 익살꾼'의 뜻을 지닌 라틴어 'joculator'에서 유래된 말로 고프랑스어에서는 'jogleor'로 표기되었다. 다양한 방식으로 재능을 펼쳐 주변을 즐겁게 하는 것을 업으로 삼았던 예술가를 가리킨다. 일반적으로는 하층계급에 속해 춤을 추거나 광대 역할을 하는 등 창작자였던 시인과 구별되곤 했지만, 경우에 따라서는 음악가이자 시인이기도 했다. 시를 읊조리는 낭송자이자 사랑노래나 영웅 서사시, 무훈시나 성자전을 노래하기도 했으며 자신의 창작물을 노래하는 일도 있었다. 8~9세기경 출현했다고 추정되며 13세기에 가장 활발한 활동을 보였다. 대부분 여러 성을 떠돌아다녔기에 '유랑시인'이나 '방랑시인'의 이미지가 만들어졌으며, 그중 지속적으로 궁정에 고용된 이들은 따로 구별해 '메네스트렐ménéstrel'이라 칭하기도 했다. 그러나 이들에게 주어진 보상은 금전적인 것이라기보다 먹을 것과 마실 것, 의복 같은 물질적인 시혜였다. 더 자세한 내용은 Edmond Faral, *Les jongleurs en France au moyen âge*, Paris, Champion, 1910을 참조.

13 "Es puis l'a on la couronnet / Ou l'estrivet capiel donnet" (*Li Méditations*, in *Poésies*, t. I, 89쪽, 16~17행)

14 "Dis k'a .i. puis le porteroie / Pour couronner se je pooie." (103~104행)

15 (역주) 장 프루아사르(1377~1404). 프랑스 시인이자 연대기 작가. 영국 왕 에드워드 3세의 왕비 필리파를 섬겼으며 1369년 무렵부터 『프랑스와 영국 그리고 인근 나라들의 연대기*Chroniques de France, d'Angleterre et des païs voisins*』를 쓰기 시작했다. 로베르 드 나무르Robert de Namur, 기 드 블루아Guy de Blois 등의 후원을 받았으며 리처드 2세의 궁정에 머무르기도 했다. 장 프루아사

르의 『연대기』는 4권으로 구성되어 있는데 이런 구분은 저자 사후에 이루어진 것으로 여겨진다. 1360년까지의 사건들은 주로 장 르 벨Jean Le Bel의 『진실한 연대기*Vrayes Croniques*』에 바탕을 두었고 다른 사서들도 참조한 것으로 전해진다. 적잖은 오류와 주관적인 판단이 들어 있지만 그의 『연대기』는 14세기 유럽사, 특히 백년전쟁에 대한 중요한 사료로 인정받는다.

16 (역주) 'chanson royal'이 정형시로 확립된 것은 14세기 초부터다. '노래chant, chanson'라는 말이 암시하듯, 듣는 이들 앞에서 음악에 맞추어 시를 들려주었을 것으로 짐작되며, 10음절 시구로 쓰여 5개의 시절과 발구를 갖는 형식이 대표적이다. 'royal'이라는 부가어는 이와 같은 시가 다루는 주제나 기법이 '장중하고 엄숙함'을 의미하는 것이다.

17 (역주) 장 르클레르(1911~1993). 베네딕트회 수도사여서, 이름 앞에 'Dom'을 붙이기도 한다.

18 (역주) 『중세의 가을』은 지금까지 한국어로 세 차례 번역되었다. 호이징가, 『중세의 가을』(최홍숙 옮김, 문학과지성사, 1988), 요한 하위징아, 『중세의 가을』(이희승맑시아 옮김, 동서문화사, 2010), 요한 하위징아, 『중세의 가을』(이종인 옮김, 연암서가, 2012).

19 "Les signes voy que li cours muera / De ce monde qui approuche sa fin." (Eustache Deschamps, *OEuvres complètes*, t. I, ballade 52, 5~6행)

20 (역주) 베르나르 드 샤르트르. 출신에 대해서는 정확히 알려진 바 없으며, 1126년경 사망한 것으로 추정된다. 당대의 유명한 스승이었으며, 그의 제자들로는 질베르 드 라 포레Gilbert de la Porrée, 기욤 드 콩슈Guillaume de Conches 등이 있다. 솔즈베리의 존은 그를 '당대의 가장 완벽한 플라톤주의자'로 여겼다고 전해진다.

21 (역주) 마리 드 프랑스. 12세기 여성작가로, 흔히 '프랑스 최초의 여성작가'로 불린다. 영국 왕실에서 작품을 썼던 것으로 추정되며, 마리 드 프랑스란 이름은 16세기 클로드 포셰Claude Fauchet가 그녀의 작품에 나오는 글귀를 따서 붙인 것이다. 작품으로는 12편의 작품을 모은 『단시』, 102편의 이야기를 실은 최초의 '이솝 우화집'에 해당하는 『우화집*Fables*』, 『성 파트리스의 연옥*Espurgatoire seint Patriz*』 등이 있다.

22 "Li philesophe le saveient, / Par eux meïsmes entendeient, / Cum plus trespassereit li tens, / Plus serreient sutil de sens / E plus se savreient garder / De ceo k'i ert a trespasser." (17~22행)

23 (역주) 샤를 도를레앙(1394~1465). 국왕 샤를 6세의 동생이었던 부친 루이 도를레앙의 궁정에서, 이미 열 살부터 시를 짓기 시작했으며 장 드 가랑시에르, 외스타슈 데샹, 크리스틴 드 피장 등과 만났다고 전해진다. 1407년에는 부친이, 1408년에는 모친이, 그리고 이듬해에는 아내가 사망하는 불행을 겪었다. 1415년 아쟁쿠르 전투에서 포로가 되어 영국으로 끌려갔으며, 1440년까지 긴 유배생활을 맛보아야만 했다. 라틴어, 영어로 쓴 시 외에도 수많은 발라드와 롱도를 프랑스어로 남겼으며, 프랑수아 비용과 더불어 15세기 최고의 시인 가운데 한 명으로 일컬어진다.

24 (역주) 롱도. 특히 13~16세기 중반까지 많이 사용되었던 정형시의 하나. 대개 8행으로 이루어지며, 후렴구는 2~5행까지 다양하다. 기욤 드 마쇼나 장 프루아사르 등이 롱도를 많이 사용했으며, '원무圓舞'와 연관관계가 있다.

25 "Escollier de merencolye, / Des verges de Soussy batu, / Je suis a l'estude tenu, / Es derreniers jours de ma vye." (*Poésies*, t. II, rondeau 397)

라틴어의 상실

1 "Liber iste vocatur femina quia sicut femina docet infantem loqui maternam sic docet iste liber iuvenes rethorice loqui Gallicum." (*Femina*, 28쪽)

2 (역주) 필리프 4세의 왕위 계승 문제. 필리프 4세가 죽고 카페 왕조의 대가 끊기자 누구를 왕으로 삼을 것인지 논란이 일었다. 프랑스 측은 방계인 발루아 가문의 필리프 6세를 내세웠지만, 필리프 4세의 외손인 영국 왕 에드워드 3세는 직계 혈통의 권리를 주장하며 왕위를 요구했다. 그의 주장이 프랑스가 내세운 '모계는 왕위를 계승할 수 없다'는 살리카 법Lex Salica에 가로막히자, 에드워드 3세는 이에 불복, 프랑스를 침공함으로써 백년전쟁의 서막이 오른다.

3 (역주) 드니 풀샤. 파리 대학에서 신학을 공부했던 프란체스코회 수도사로, 1364년 교리에 어긋나는 입장을 보였다는 이유로 고발되기도 했다. 샤를 5세의 번역가로 유명하며, 그의 번역을 통해 14세기 사람들이 12세기 작가들에 대해 보였던 관심을 짐작할 수 있다.

4 "Je me recorde que es letres que le roy des Romains escript au roy de France je treuve en l'une entre les autres, où il amonnestoit et conseilloit que il feist ses enfanz aprendre es ars liberaulz et en bonnes doctrines, que il disoit que roy qui n'est lettré est comme asne coroné." (*Policratique*, livre IV, 6장, 65쪽)

5 "Un Roy sanz lattreüre est conme une nef sanz avyrons, et come oysel sanz elles." (Livre I, 132장 및 135장, 223쪽)

6 "Roy sans lettres comme un asne seroit / S'il ne sçavoit l'escripture ou les loys, / Chascun de ly par tout se moqueroit; / Thiès doivent savoir, latin, françiys." (T. V, ballade 1001, 17~20행)

7 크리스틴 드 피장(1364?~1430?). 볼로뉴 인근 작은 마을 출신인 토마소 디 벤베누토Tommaso di Benvenuto의 딸로, 1368년 네 살 무렵에 프랑스로 이주했다고 한다. 부친은 이름난 의사이자 천문학자였고 샤를 5세의 궁정에 몸담고 있었다. 그녀는 1379년경 국왕의 비서관 에티엔 카스텔Etienne Castel과 결혼했지만, 1385~1390년에 부친이 작고하고, 1389년에는 남편마저 여의는 불행을 겪기도 했다. 스물다섯 살에 과부가 된 크리스틴 드 피장은 세 아이를 두었다고 전한다. 1442년 시인 마르탱 르 프랑이 그녀를 위한 추도사를 쓴 바 있다.

8 "On treuve en histoires de France / Comment en lettres de creance / Le roy des Rommains une fois / Si escripst au roy des François……" (5075~5078행)

9 "Puis conclut que roy non savant / Tout son fait n'estoit que droit vent, / Et d'autant valoit au regné / Com feist un asne couronné." (5089~5092행)

10 (역주) 돌바크 남작(1723~1789). 18세기 프랑스 계몽주의자. 본문에 인용된 그의 저서는 암스테르담에서 출판된 *Ethocratie, ou Le gouvernement fondé sur la morale*(1776)을 가리킨다.

11 "belle assemblée des notables livres et belle librarie" (*Livre des fais*, livre III, 12장, 42쪽)

12 (역주) 1280년경에 쓰인 책으로 추정된다. 전체 길이가 5,150행에 이르는 그의 작품은 알랭 드

릴Alain de Lille의 작품을 요약한 것이며, 여러 음악이론가들이 큰 관심을 보였다.

13 "En quel langue qu'elle soit mise" (Prologue, 33행)

14 (원주) 시인. 당시의 의미로는 '권위를 가진 책'을 의미한다.

15 "Et pour chou ay m'entente mise / A un poete translater / En roumant, pour men tamps passer." (34~36행)

16 "Lo latino è sovrano del volgare" (*Le Banquet, Convivio*, I, 7)

17 (역주) 마이클 박산달(1933~2008). 영국의 미술사학자. 본문에 인용된 책의 원서명은 『조토와 웅변가들: 14~15세기 이탈리아 회화의 인문주의 참관자들과 회화적 구성의 발견*Giotto and the Orators: Humanist Observers of Painting in Italy and the Discovery of Pictorial Composition, 1350~1450*』(Oxford Univ Pr., 1971)이다.

18 "dans la Rome ancienne les gens du peuple devaient parler une sorte d'italien, le latin étant une langue culturelle d'élite."

19 (역주) 장 쿠르트퀴스. 1373년 학사 학위를 받았고 1389년 신학 박사가 되었다. 영국과 독일 등지에서 여러 차례 대사직을 수행했다. 파리 주교로 선출되었으나, 당시 수도 파리가 그에게 적대적이었던 부르고뉴파의 영향력 아래 있었기에, 제네바 주교로 자리를 옮겼다. 1423년 3월 4일 생을 마쳤다.

20 (역주) 성서의 네 복음서 가운데, 마태오가 전하는 한 대목이 위 인용문과 가장 유사하다. "조금 뒤에 거기 섰던 사람들이 베드로에게 다가오며 '틀림없이 당신도 그들과 한패요. 당신의 말씨만 들어도 알 수 있소' 하고 말하였다."(「마태오의 복음서」 26:73)

21 "'Vraiement tu en est! La parolle t'accuse; il appert bien que tu es de Galilée.' Tous parloient ebrieu, mais avoit entre eulz difference comme entre françois et picart." (§45, 66쪽)

22 (역주) 자크 드 뷔그냉. 1462년 로잔 성당의 주임사제가 되었으며, 1476년 자신의 모든 것을 조카 피에르 보렐리에Pierre Borellier에게 물려준 뒤 로마 순례를 떠났고, 이후 수도원에 들어간다. 그의 작품은 15~16세기 초 여덟 개의 고인쇄본이 간행될 만큼 큰 인기를 누린 것으로 여겨진다. 최초의 판본은 1485~1490년경 제작된 것으로 추정된다.

23 "Car du dicteur la langue nutritive / Partit premier du pays de Savoye." (49~50행)

24 "En breton, non pas en françois" (*Meliador*, t. I, 7741행)

25 "les langaiges qu'om n'entent pas" (ballade 1311, 7행)

26 "Je suis aux abais comme uns cerfs, / Et n'entens chose qu'om me die / En aleman, fors entre clers / Le latin. Or ne treuve mie / Tousjours clers; s'ay trop dure vie, / Car la nature d'Alemans / Est, ou ilz scevent bien roumans, / Puis qu'il y ait un seul François, / Si demourroit entr'eul XX ans, / Ja n'y parleront que thioys." (T. II, pièce 1305, 1~10행)

27 "Car le païs m'estoit sauvage, / Et ne savoie le langage." (*Le Dit de la Fonteinne amoureuse*, in *OEuvres*, t. III, 149~150행)

28 (역주) 앙투안 드 라 살. 15세기의 풍자 작가. 출신지는 미상이며 사생아였다고 전해진다. 르네 당주를 섬기다 1448년 생폴 백작 루이 드 뤽상부르의 궁정에 몸을 의탁했다고 한다.

29 "Car celle royne et toutes celles et ceulx de leans scevent parler tous les languaiges du monde dès aussi tost qu'ilz ont leans esté par l'espace de III^{c}XXX jours; et depuis que un y est a passé IX jours, il les entent trestous ainsi que le sien proprement, mais n'en sçaura parler mot de nul, jusques au terme passé, que ceulx qu'il scet." (La Salade, 93쪽)

30 "Mais, selon son advis, devoit estre des parties de Gascongne ou de Languedoc; car lui et le plus de ses gens disoient *oc*, le languaige que l'en parle quant l'en vait a Saint Jacques. Autres enseignes ne m'en sceut a dire." (같은 책, 122쪽)

31 "Le trucheman de ma pensee, / Qui parle maint divers langaige, / M'a rapporté chose sauvaige / Que je n'ay point acoustumee.//En françoys la m'a translatee, / Comme tressouffisant et saige, / Le trucheman [de ma pensee, / Qui parle maint divers langaige].//Quant mon cueur l'a bien escoutee, / Il lui a dit: Vous faittes raige, / Oncques mais n'ouy tel messaige; / Venez vous d'estrange contree, / Le trucheman [de ma pensee?]" (T. II, rondeau 211)

32 "Et qui n'a pas langaige en lui / Pour parler selon son désir, / Ung truchement lui fault querir; / Ainsi, ou par la ou par cy, / A trompeur [trompeur et demi]." (T. II, rondeau 163)

33 "Mais non obstant que bien entendist le latin et que ja ne fust besoing que on lui exposast…" (*Le Livre des fais et des bonnes meurs du sage roy Charles V*, III, 12, 42~43쪽)

34 "…… pour ce que peut-estre n'avoit le latin, pour la force des termes soubtilz, si en usage comme la lengue françoise, fist de theologie translater plusieurs livres de saint Augustin." (같은 책, III, 3, 13쪽)

35 (역주) 발레리우스 막시무스. 로마 티베리우스 황제 시대의 작가.

36 (역주) 시몽 드 에댕. 예루살렘의 성직자로, 14세기의 유명한 번역자 가운데 한 명이다. 그가 옮긴 발레리우스 막시무스의 책은 원제가 '기억해둘 만한 일들과 말들*Facta et dicta memorabilia*'이다. 불행히도 그는 번역을 완결하지 못했으며, 1400~1401년 베리 공작 장의 명을 받은 니콜라 드 고네스Nicolas de Gonesse가 번역을 마무리한다.

37 (역주) 필리프 드 메지에르(1327?~1405). 1371년 파리에서 샤를 5세의 신임을 받는 고문관이자 왕자 샤를 6세를 가르치는 가정교사가 되었다. 샤를 5세가 죽자 은퇴해 파리 첼레스티노회 수도원에서 은거하며 책을 썼다.

38 "Et soies certains que se tu te delicteras a lire le latin, une hystoire ou enseignemens te plairont mieulx au cuer que dimie dozeime d'ystoires en françoys. Car la saincte escripture, escripte et dictee par les sains en latin et depuis translatee en françois, ne rent pas telle substance aux lisans, es ruisseaux, comme elle fait en sa propre fontayne. Quel merveille! car il y a en la sainte escripture certains et plusieurs motz en latin qui du lisant percent le cuer en grant devocion, lesquelx translatez en françois se treuvent en vulgal

sans saveur et sans delectacion." (Vol. II, 223~224쪽)

계통의 탐구

1 (역주) 8음절 시구로 쓰인 1,016행에 이르는 『주교와 올바름의 법정』은 알레고리를 사용하여 미덕과 악덕의 대결을 그린다. 전통적인 '미덕'과 '악덕'의 대결과 달리, 이 작품에서 악덕의 수장으로 제시되는 인물은 인간인 '주교'이며, 로마 법정에서의 상대방이 바로 의인화된 '올바름'이다.

2 (역주) 장 르 쿠르. 두에 출신의 작가. 종교적인 시로 유명하며, 그의 작품은 1338년경 이전에 작성된 것으로 추정된다. 많은 필사본에서 그의 별명인 'Brisebare'로만 지칭된다.

3 "……Biaus fis, / va as plais et as parlemens / pour aprendre les jugemens." (4~6행)

4 "Puis c'om poet pour voir maintenir / qu'il poet bien plus d'un peres iestre: / nous avons Dieu, le roi celiestre, / a Pere par creation; / peres d'autre condition, / si c'Adans fu et Abrehans, / pere anciien par plenté d'ans; / or s'avons no pere carnel, / et no pere spirituel / —c'est papes, prelas u curés— / dont mains cuers est souvent curés; / et s'avons pere par doctrinne." (10~21행)

5 "Toute science vient du Pere / De lumiere, de ce me pere." (*Recueil général des Isopets*, t. II, 382쪽, 25~26행)

6 (역주) 태곳적부터 계신 이. 라틴어로는 'Antiquus Dierum'이다. 창조자의 영원함과 완벽함을 이르는 이 말은 예술과 음악에서 주로 영감의 원천을 이야기할 때 널리 쓰였다.

7 (역주) "내가 바라보니 옥좌가 놓이고 태곳적부터 계신 이가 그 위에 앉으셨는데, 옷은 눈같이 희고 머리털은 양털같이 윤이 났다. 옥좌에서는 불꽃이 일었고 그 바퀴에서는 불길이 치솟았으며, / 그 앞으로는 불길이 강물처럼 흘러 나왔다. 천만 신하들이 떠받들어 모시고 또 억조창생들이 모시고 섰는데, 그는 법정을 열고 조서를 펼치셨다. / 그 뿔이 계속하여 외쳐대는 건방진 소리를 한 귀로 들으면서 보고 있자니, 그 짐승은 나의 눈앞에서 처형을 받아 시체가 박살이 나고 타오르는 불 속에 던져지는 것이었다. / 다른 짐승들은 권세는 빼앗겼으나 목숨만은 얼마 동안 부지하도록 버려졌다. / 나는 밤에 또 이상한 광경을 보았는데 사람 모습을 한 이가 하늘에서 구름을 타고 와서 태곳적부터 계신 이 앞으로 인도되어 나아갔다." (「다니엘서」 7:9~13)

8 "car des autre devant ne saroie-jou parler, pour chou que jou estoie uns jovenechiaus et pensoie pau à tels coses." (T. I, 299쪽)

9 "O bilinguis, qui trovas tel cautelle, / Trop fus emflez de malice et d'orgueil, / Et le clergié fut de legier acueil, / En ce faisant: casser le voy et croistre / Comme la noix, ou l'escaille d'une oistre." (T. VI, ballade 1204, 29~33행)

10 (역주) 장 코르브숑. '성 아우구스티누스의 은자들Les Ermites de Saint Augustin'이라는 탁발 종단 소속 수도사.

11 "Secondement, il cuide louer ce pays et il le blasme, car il dit que ilz descendirent en premier des geans, et puis de Brut et de ceulx de Troye la Grant, et puis des Saxons. En disant ainsi, il les fait bastars en leur donnant plusieurs peres." (*Le Livre des proprietez des*

choses, f° 230c / d)

12 "Et ce ne fait pas a oublier, car moins de honte leur est de estre conquis par les Françoys ou par les Northmans que d'estre conquis par les Saxons; si deüst avoir eu toutes ces conquestes laissees pour couvrir leur honte; ou s'il le tient a honneur, il ne devoit pas oublier la conqueste du duc Guillaume dont le roy des Angloys porte les armes, avec un peu d'ajoustement." (같은 책)

13 "Les autres, qui ont plus veü des Croniques de France, dient que France est ainsi appellee de Francion, le filz de Hercules et nepveu du roy Priant, lequel Francion aprés la destruccion de Troyes la Grant se parti de son pays a grant compaignie de nobles gens de son lignage et d'autre, et vint par deça. Et de son nom fut appellee France, si comme dient maistre Hue de Saint Victor et maistre Hue de Cligny et plusieurs autres authentiques croniqueres." (같은 책, f° 237c)

14 (역주) 조반니 빌라니(1275~1348)는 피렌체의 역사를 다룬 『신연대기*Nuova Cronica*』를 집필하다 1348년 유럽을 휩쓴 페스트로 인해 목숨을 잃었다. 미완에 그친 연대기는 그의 동생 마테오 빌라니와 마테오의 아들 필리포 빌라니에 의해 계속 이어져 1362년 완성되었다.

15 "Père, gardez-vous á droite, gardez-vous á gauche" ("Padre, guardatevi a destra o a sinistra", *Cronica*, Livre VII, 19장, 22쪽)

16 (역주) 세 아들. 선왕 장 2세(장 르 봉)는 장자 샤를 5세를 비롯해 루이 당주(앙주 백작 루이), 장 드 베리(베리 공작 장), 필리프 드 부르고뉴(부르고뉴 공작 대담한 필리프) 등 네 아들을 두었다. 본문의 세 아들이란 대담공 필리프를 제외한 나머지 아들들을 지칭한다.

17 "En approchant le terme de la fin, en la maniere des Peres patriarches du viel Testament, fist amener devant lui son filz ainsné, le dauphin." (*Le Livre des fais et bonnes meurs*, t. II, 190쪽)

18 (역주) 샤를 6세(1368~1422). 친애왕le Bienaimé 또는 광인왕le Fou으로 불리기도 한다. 현왕 샤를 5세의 뒤를 이어 12세에 즉위해 왕권확립을 도모했지만 24세부터 광기에 빠져 실질적인 권력을 상실했다.

19 "Je fu ses clers, ans plus de XXX, / Si congnu ses meurs et s'entente, / S'onneur, son bien, sa gentillesse, / Son hardement et sa largesse, / Car j'estoie ses secretaires / En trestous ses plus gros affaires." (785~790행)

20 "Il donnoit fiez, joiaus et terre, / Or, argent; riens ne retenoit / Fors l'onneur." (*Le Confort d'Ami*, in *OEuvres*, t. III, 2930~2932행)

21 (역주) 장 드 뤽상부르는 1340년에 실명하여 장님이 되었다. 그런데도 크레시 전투에 참가하여, 영국군의 대열 앞까지 진격했다. 앞이 보이지 않았기에 적군뿐 아니라 자신의 수하도 상당수 죽였다고 전해지며, 다음날이 되어서야 그의 시신을 찾을 수 있었다고 한다.

22 "Au temps de ce vaillant Roy / Joustes, festes et tournoy / Et toute vie joyeuse / Estoient en grant arroy, / Amour, deduit, esbanoy / Et toute loy amoureuse; / Vaillance estoit vertueuse, / Nul n'osast faire desroy. / Helas! autrement perçoy / La chose trop perilleuse." (*OEuvres complètes*, t. II, 312쪽, 197~206행)

23 "Li bons rois que je nomme chi, / C'est chils qui remest a Crechi, / Qui tant fu larges et courtois / Que, de Prusse jusqu'en Artois, / Non, jusques en Constantinnoble, / N'i eut plus large ne plus noble." (65~70행)

24 "Car de largesse / Passe Alixandre et Hector de prouesse." (*OEuvres*, t. I, 1296~1297행)

25 "Car uns princes fu amourous, / Gracious et chevalerous" (*Dits et Débats*, 184쪽, 305~306행)

26 "En ce temps trespassa de cest siècle, en la duchié de Lucembourcq, li jolis et gentils duc Wincelins de Boesme, ducs de Lucembourch et de Braibant, qui fu en son temps nobles, jolis, frisques, sages, armerès et amoureux." (T. XI, 155쪽)

27 "Fius fui Bauduin de Condé, / S'est bien raisons k'en moi apere / Aucune teche de mon pere / Et un petitet de son sens." (*Dits et Contes*, t. II, 304쪽, 40~43행)

28 "Filz de noble homme et renommé / Fus, qui philosophe ert nommé." (T. I, 171~172행)

29 "…… et succeder / Ne poz a l'avoir qui est pris / En la fonteine de grant pris, / Plus par coustume que par droit." (416~419행)

30 (역주) 최근 간행된 한국어판은 제목을 『여성들의 도시』(최애리 옮김, 아카넷, 2012)로 옮겼다.

31 "Ton pere, qui fu grant naturien et phillosophe, n'oppinoit pas que femmes vaulsissent pis par science apprendre, ains de ce qu'encline te veoit aux lettres, si que tu sces, grant plaisir y prenoit. Mais l'oppinion femenine de ta mere, qui te vouloit occupper en fillasses selonc l'usaige commun des femmes, fu cause de l'empeschement que ne fus en ton enffance plus avant boutee es sciences et plus en parfont." (Livre II, 36장, 875쪽)

32 "Tressaint pere, n'oubliez mie / Gillet mon filz, qu'il n'ait sa place / D'obtenir quelque chanonnie: / Vueillez lui faire vostre grace." (T. V, ballade 1038, envoi)

33 (역주) 라 투르 랑드리의 기사. 14세기 프랑스 앙주 지방의 귀족. 백년전쟁 시기에 수차례 전쟁에 참가한 기사였으며, 1371~1372년경에 집필한 『딸들의 교육을 위한 책*Livre pour l'enseignement de ses filles*』의 저자로 명성이 높았다.

34 (역주) 비를레. 중세 정형시의 하나이며 13~15세기 음악에서도 많이 사용되었던 형식이다. 롱도와 유사한 형식을 보이며, 15세기 중반 이후로는 음악과 분리되는 경향을 보인다.

35 "car en cellui temps je faisoye chançons, laiz et rondeaux, balades et virelayz, et chans nouveaux, le mieulx que je savoye." (*Le Livre du Chevalier de La Tour Landry pour l'enseignement de ses filles*, prologue, 2쪽)

36 "Je me pensay que je feroye un livret, où je escrire feroye les bonnes meurs des bonnes dames et leurs biens faiz, à la fin de y prendre bon exemple et belle contenance et bonne manière…… / Je leur feroye un livret pour aprendre à roumancer, affin que elles peussent aprendre et estudier, et veoir et le bien et le mal qui passé est, pour elles garder de cellui temps qui à venir est." (같은 책, prologue, 3~4쪽)

37 (역주) 성서(「창세기」 24~25장)에서 이야기되는 이삭과 그의 아내 리브가 사이에서 난 두 아들, 즉 에서와 야곱에 대한 내용을 말한다.

38 "Et ainsi ne sont pas les enffans d'un père et d'une mère d'une manière; car les uns aiment un mestier et une manière de oeuvre et les autres une autre." (같은 책, 83장, 164쪽)

39 "car les enfants qui sont mal engendrez et qui ne sont de loyal mariage, ce sont ceulx par qui sont les guerres et par qui les ancesseurs sont perduz." (같은 책, 57장, 118~119쪽)

40 "Mais ilz ne font point grant differance en Italie d'ung enfant bastard à ung legitime."

41 (역주) 필리프 드 코민(1477~1511). 프랑스의 연대기 작가, 정치가. 부르고뉴 공작을 섬기다 1472년 8월부터 탐욕을 부려 루이 11세를 섬기게 된 것으로 이야기된다. 1472~1477년에 걸쳐 강력한 영향력을 행사한 정치가로 입지를 굳힌다. 빈 추기경 요청으로 루이 11세 치하(1465~1483)의 사건을 전하는 『회상록*Mémoires*』을 1489년부터 집필하기 시작한다.

42 "…… d'avoir esté bon escrivain: / leur angin seroient si vain." (16143~16144행)

43 "et porroient estre escrivain. / Il ne seroient ja si vain / que tretuit ne s'asoutillassent……" (17805~17807행)

44 "Que tuit i fussent escrivain." (19605행)

45 "Jehans de Condet, qui estoit / De son maisnage et qui viestoit / Des robes de ses escuyers; / Li gentieus quens des Hainnuiers / Lui a dou sien douné maint don." (*Li Dis dou Boin Conte Willaume*, in *Dits et Contes*, t. II, 295쪽, 165~169행)

46 "Li boins Symons de Lille —ou Dix face garant!— / N'est pas de ciex moquieurs comme j'ai dit devant. / Anchois ainme le fait —bien est apparissant— / Quant il me livre vivre, chambre et clerc escrisant / Pour faire li biax dis; d'el ne le vois servant." (*Le Parfait du Paon*, laisse 50, 1453~1457행)

47 "Che libre fay premierement / Ou nom du Roi du firmament, …… / Et puis, en la mondaine vie / Le fais, car desirs m'en maistrie, / Pour l'onneur et la courtoisie / D'un bourgeois, douls et reverent / Qui mes maistres est, quoi c'on die, / Symon de Lille." (Strophe 3, 25~26행과 30~35행)

48 (원주) 외스타슈 데샹은 『사랑의 기법*Art d'aimer*』의 치유약인 오비디우스의 『사랑의 묘약*Remedia amoris*』을 암시하고 있다.

49 "Noble poete et faiseur renommé / Plus qu'Ovide vray remede d'amours, / Qui m'a nourry et fait maintes douçours." (T. III, ballade 447, 3~5행)

50 (역주) 이에 대해서는 Reto R. Bezzola, "Les neveux", in *Melanges de langue et de littérature du Moyen Age et de la Renaissance offerts a Jean Frappier*, Genève, Droz, 1970, 89~114쪽을 참조.

51 (역주) 지로 드 보르넬(1138~1215). 리무쟁 출신의 음유시인. 오늘날 90여 편의 시들이 전해지며, 가장 유명한 것이 랭보 도랑주의 죽음을 한탄하는 시다. 이 시에서 시인은 아라공의 왕

알폰소 2세와 함께 시적 논쟁에 참여하며, 그 주제가 되는 것은 자신보다 부유한 이를 연인으로 삼는 것이 여인에게 불명예가 되는지를 가리는 것이다.

52 (역주) 랭보 도랑주. 12세기의 대영주이자 중요한 시인 가운데 한 명. 1147년 이전에 태어나 1173년 젊은 나이에 미혼으로 사망했다. 당대의 음유시인들이 그의 궁정에 자주 왕래했다고 전해지며, 오늘날 40여 편의 작품이 전해진다.

53 (역주) 시몽 그레방. 아르눌 그레방Arnoul Gréban과 형제지간이었던 망Mans의 성당 참사위원. 두 형제는 공동으로 『사도행전에 대한 성사극*Mystère des Actes des Apôtres*』을 쓴 바 있다.

54 "Mais il est en plus de XX. pieces; car je l'ay fait faire pour aucun de mes seigneurs." (*Le Livre du Voir Dit*, lettre X de l'amant, 69쪽)

55 "Rose, tres chiers compains et grans amis, vous m'avés escript que aucun dittié nouvellement fet et ordonné je vous vosisse envoiier. Sachiés que au jour que vostres lettres me vinrent, je n'en estoie point pourveüs." (Lettre VI de Flos, 103쪽)

56 "Je vous envoie trois balades faites assês / nouvellement, en l'absence d'un lay, car je n'en sui pas pourveüs tant qu'en present." (Lettre IX de Flos, 155쪽)

57 "Tel fois chante li menestriers que c'est de touz li plus courreciés" (*Proverbes français antérieurs au XVe siècle*, n° 2315)

58 "…… et ressemble le menestrel qui chante en place et n'y a plus courrecié de lui." (*Voir Dit*, lettre XXXI de l'amant, 241쪽)

59 "Mais je ressemble le menestrel qui chante telle foi en la place, et il n'y a plus dolent de lui." (263쪽)

60 "Jusques a trois balades fis, / Selonc le matere et l'avis / Que j'avoie lors pour le tamps / Et dou quel je sui bien sentans." (2030~2033행)

61 "A fin que, quant je les voloie / Envoiier, donner ou proumettre, / Tost peuïsse sus le main mettre." (2119~2121행)

62 "Encore entrepris a faire / Un lay, quoi que fust dou parfaire, / Selonc le matere et le temps / Le quel j'estoie adont sentans." (2122~2125행)

63 (역주) 발구. 발라드의 마지막 시절詩節을 가리킨다. 다른 시절들과 동일하게 후렴구로 끝나며, 앞선 시절의 절반 길이를 취한다. 대개 발구는 실제든 가상이든 특정인물(후원자, 시 헌정자, 예수 그리스도 등)에 대한 돈호법으로 시작한다.

64 "Prince, bien voy qu'il se vauldroit mieux taire / Que ne parler a gré; voy cy comment / Payer m'en fault d'amende volontaire, / Cent balades d'amoureux sentement." (32쪽)

65 (역주) 눈물 속의 웃음. 이러한 역설적인 표현은 오래된 것이다. 성서의 한 대목("웃음 속에도 슬픔이 있고 즐거움이 서글픔으로 끝나기도 한다." 「잠언」 14: 13)뿐만 아니라 13세기 음유시인들의 작품에서도 어렴풋한 흔적들을 발견할 수 있다.

66 "…… tempus enim ridendi et tempus flendi. Qui secus facit non viri, sed joculatoris vacat officio."

67 (역주) 알랭 샤르티에(1385?~1433?). 장 샤르티에의 아들로 15세기 시인. 1385~1395년에 태어난 것으로 추정되며 파리 대학에서 수학했다. 샤를 6세와 샤를 7세 치하에서 공증인 겸 비서관으로 10년간 일하기도 했다. 프랑스어와 라틴어로 작품활동을 했다. 주요 작품으로 『비난의 사중주』, 『희망의 책』, 『무정한 미녀』(1424) 등이 있다.

68 "car il est aucunnesfoiz temps de rire et autresfoiz de plorer, et qui autrement le fait, il doit plus tost estre appellé jangleur que joueur." (251쪽)

69 (역주) 프랑수아 비용. 15세기 프랑스 시인. 그를 다룬 전기 대부분은 그의 작품인 『유증시』와 『유언의 노래』 등을 재구성한 것으로, 실제 자료는 사면장과 파리대학 학적부를 포함한 고문헌 일부가 고작이다. 1431~1432년에 태어난 것으로 추정된다. 1455년 6월 5일 한 여인으로 인해 필리프 세르무아즈Philippe Chermoye라는 사제와 난투극을 벌이다 그를 단검으로 찔러 죽게 했다. 파리에서 도망친 그는 1456년 1월 국왕 샤를 7세의 사면장 두 통을 받는데, 이 사면장에 프랑수아 데 로주François des Loges 또는 프랑수아 드 몽코르비에François de Montcorbier란 이름으로 기재된다. 1456년 12월 나바르 신학교 금고에서 금화 500에퀴를 공범들과 훔쳐 파리를 떠나 지방을 배회한다. 1461년 오를레앙 주교 관할의 묑 감옥에 투옥되고 새로 왕위에 오른 루이 11세의 행차로 감옥에서 풀려난다. 그러나 1463년 일명 페르부Ferrebouc 사건이라 칭해지는 노상 난투극에 휘말려 체포되어 사형선고를 받는다. 상고를 통해 교수형에서 감형되어 파리 추방 10년형을 언도받은 이후의 생애는 라블레가 남긴 두 가지 일화를 제외하곤 알려진 바가 없다. 1489년 피에르 르베Pierre Levet가 최초의 고인쇄본으로 추정되는 판본을 간행했고, 16세기에 국왕 프랑수아 1세의 명으로 시인 클레망 마로Clément Marot가 새로운 판본을 간행했다.

70 (역주) 15세기 시인 프랑수아 비용은 흔히 「블루아 시연의 발라드」 혹은 「모순의 발라드」로 칭해지는 발라드에서 다음과 같이 쓴다. "나는 눈물 속에 웃음짓고 희망없이 기다린다.Je riz en pleurs et attens sans espoir." (6행)

71 "Et le faictes ordonner le premier / Affin qu'il puist avoir ses deux cens frans, / Ou il convient qu'il deviengne bergier / Et qu'il garde brebis aval les champs ; / Plus ne fera chançons, livre ne chans, / Ainsois joura de la turelurette." (T. IV, ballade 788, 17~22행)

72 *OEuvres complètes*, t. II, 306~314쪽.

73 "Et le livre me fist ja faire / Par tres grant amoureus afaire, / Comment qu'il ne le veïst onques." (*Le Dit dou Florin*, in *Dits et Débats*, 307~309행)

74 "Quant leü avoie un septier / De foeilles et a sa plaisance, / Li contes avoit ordenance / Que le demorant de son vin, / Qui venoit d'un vaissiel d'or fin, / En moi sonnant, c'est chose voire, / Le demorant me faisoit boire." (같은 책, 368~374행)

75 "Et mon livre qu'il m'ot laissié, / (Ne sçai se ce fu de coeur lié), / Mis en Avignon sans damage." (같은 책, 387~389행)

76 "En moult grant joie / Estoit assis sur un tapis de soie, / Et ot un clerc que nommer ne saroie / Qui li lisoit la bataille de Troie." (*OEuvres*, t. I, 1472~1475행)

77 "…… et d'Amours / Congnoist il tous les assaus, les estours, / Les biens, les maus, les

plaintes et les plours / Mieus qu'Ovides qui en sot tous les tours." (같은 책, 1324~1327행)

78 (역주) 아키텐 공작 기욤 9세(1071~1126). 최초의 음유시인으로 여겨지는 그는 1100년과 1127년 사이에 시를 썼으며, 지금까지 전해지는 11편의 시 가운데 6편은 매우 외설적인 내용을 담고 있다. 후일의 돈 후안을 연상시키기도 하는 이 인물은 파문당한 전력도 있었다.

79 (역주) 티보 드 샹파뉴(1201~1253). 티보 3세의 유복자로 태어난 그는 크레티앵 드 트루아와 가스 브륄레Gace Brulé 등의 보호자였던 마리 드 샹파뉴Marie de Champagne의 손자이다. 1214년부터 모친의 후견 아래 통치를 시작했다. 1220년 게르트뤼드 드 메츠Gertrude de Metz와 결혼하고, 1223년 아녜스 드 보죄Agnès de Beaujeu와 결혼했다. 셋째 부인 마르그리트 드 부르봉Marguerite de Bourbon과 결혼한 지 이 년 뒤인 1234년 모계 쪽의 삼촌이 후사 없이 죽자 나바르 왕이 된다. 이후 1239년 십자군 원정을 감행하나 실패했고, 1240년 프랑스로 돌아와 루이 9세와 함께 영국과의 전투에 참가했다. 1245년 로마 참회순례를 다녀온 후 1253년에 세상을 뜬다. 그의 작품은 당시에 이미 "가장 아름다운 노래이자 가장 그윽하고 감미로운" 것으로 칭송받았고, 단테는 그를 이름난 시인들의 반열에 올려놓기도 했다. 오늘날 30여 개의 필사본이 전해지고 있으며, 그의 작품들은 후일의 샤를 도를레앙의 작품을 연상하게 한다.

80 (역주) 르네 당주(1409~1480). 르네 왕으로 칭하기도 하며, 루이 2세의 둘째 아들로 앙주 공작, 프로방스 백작, 나폴리와 시칠리아 왕. 샤를 7세와 함께 낭시(1445), 소뮈르(1446), 디종(1446) 등지에서 성대한 마상시합을 개최한 것으로도 유명하며, 당대 이름난 시인 샤를 도를레앙의 문집에 롱도 몇 편을 남겼다.

81 (역주) 피에르 드 오트빌(1376~1448). 프랑스 시인. 투르네와 릴에서 주로 생활했다. 8음절로 된 271개의 6행시이자 '무정한 미녀 논쟁' 시군에 속하는 『슬픔으로 죽은 연인의 고백과 유언』이 유명하다. 1441~1447년에 쓴 것으로 추정되는 이 작품은 훗날 프랑수아 비용의 『유언의 노래』와 더불어 '시적 유언'의 전통을 잇는 것으로 평가된다.

82 (역주) 마르샬 도베르뉴 또는 마르샬 드 파리Martial de Paris(1420?~1508). 프랑스 시인. 오베르뉴 출신으로 추정되며, 50여 년 동안 샤틀레 법원의 대리소송인으로 일했다.

83 (역주) 중세 프랑스 문학에서 'roman'과 'dit'는 모두 '이야기'로 옮길 수 있다. 따라서 13세기 알레고리 문학의 대명사인 『장미 이야기*Le Roman de la Rose*』와 혼동될 소지가 있는 크리스틴 드 피장의 작품은 『장미에 대한 이야기*Dit de la Rose*』로 번역해 구별하기로 한다. 이 작품은 번역자에 따라 『장미 담언談言』으로 옮기기도 한다.

84 "Je n'entens pas par bas lignaige / Le vilain, mais par vil courage." (*OEuvres poétiques*, t. II, 338~339행)

85 (역주) 프랑스 원문은 *OEuvres poétiques de Christine de Pisan*, paris, Firmin Didot, 1891을 참조. 아울러 영어판은 *The selected writings of Christine de Pisan*, edited by Renate Blumenfeld-Kosinski, New York-London, W. W. Norton & company, 1997, 15~29쪽 참조.

86 (역주) 안드레아스 카펠라누스. 12세기 말 또는 13세기 초의 작가. 필사본에서는 'Andreas regis Franciae capellanus'로 칭해지나 당시 프랑스 궁정에는 이런 이름의 인물이 없다는 점에서 그의 신원은 수수께끼로 남아 있다. 1185~1187년에 루이 7세와 알리에노르 다키텐Aliénor d'Aquitaine의 딸인 마리 드 프랑스를 섬긴 인물로 추정하거나, 1190~1201년 파리에서 활동한 인물로 보기도 한다. 총3권으로 구성된 라틴어 작품 『사랑에 대하여』는 1181~1186년에 작성

된 것으로 여겨지며 오비디우스의 작품에서 이야기된 내용들이 섞여 있다. 첫째 권에서는 사랑의 속성과 다양한 대화들이 이야기되고, 둘째 권에서는 사랑을 유지하는 법과 스물한 가지 사랑의 판결이 소개된다. 셋째 권에서는 사랑에 대한 단죄가 이야기된다. 1277년 3월 7일, 파리 주교 에티엔 탕피에Étienne Tempier는 이 책을 단죄하고 금한 바 있다.

87 (역주) 안드레아스 카펠라누스의 작품은 영미권의 경우 '궁정풍 사랑 기법'이라는 제명으로 더 잘 알려져 있다. 이 작품은 지금까지 우리말로 세 번 번역되었다. 『궁정식 사랑기법』(김명복 옮김, 현음사, 1992), 『참다운 사랑의 기술과 허튼 사랑의 질책』(범우사, 1997), 『궁정풍 사랑의 기법』(이동춘 옮김, 논형, 2009).

88 (역주) 'débat'라는 장르의 기원은 트루바두르들의 'tenso'로 추정된다. 'tenso'의 일차적인 의미는 '싸움, 논쟁querelle'이며, 하나의 문제를 두고 상반되는 두 입장을 취하는 두 인물들 사이의 논박이 주된 특징이다. '사랑'에 관한 논의에서 상용되었다.

89 *OEuvres poétiques*, t. II, 942~944행.

90 "et proprement descriptes / A longue prose" (959~960행)

91 (역주) 장 드 랑티. 13세기 중반의 음유시인. 장 브르텔Jean Bretel과 같이 작품을 쓰기도 했다. 그 외에 한 편의 파스투렐pastourelle과 10편의 사랑노래가 전해진다.

92 t. VII, 347~360쪽.

93 같은 책, 361~362쪽.

"이미 이야기되었다는" 슬픔

1 (역주) '기사 이야기'로 옮긴 'roman'은 오늘날에는 문학 장르의 하나인 '소설'을 지칭하지만, 중세에는 라틴어가 아닌 속어俗語, 즉 프랑스어로 쓰인 이야기를 뜻했다. 영미권에서는 주로 'Romance'로 적곤 한다.

2 (역주) 기 뒤셀. 리무쟁 출신의 13세기 음유시인. 오늘날 20여 편의 작품이 전해진다. 부유한 귀족 가문의 셋째 아들로 태어났다고 전해지며, 리무쟁과 오베르뉴 지역을 벗어난 적이 별로 없다고 이야기된다.

3 "Mas re no trob q'autra vez dit no sia" (*Les Poésies des quatre Troubadours d'Ussel*, poèce I de Gui, 6행)

4 (역주) 위옹 드 메리. 『장미 이야기』 저자인 기욤 드 로리스와 동시대 작가. 1234~1240년 사이에 쓴 것으로 추정되는 단 한 편의 작품만 전해진다. 『적그리스도와의 마상전투』는 전통적인 선과 악의 대결을 그리는 작품으로, 신의 군대와 적그리스도의 군대 사이에서 벌어지는 대결 가운데, 작가 자신의 전기가 소개된다.

5 (역주) 크레티앵 드 트루아(1130?~1195?). 처음에는 마리 드 샹파뉴의 궁정에서, 나중에는 필리프 드 플랑드르Philippe de Flandre의 궁정에서 작품을 썼으며, 1160년대에서 1185년까지 활동했을 것으로 추정된다. 신원과 생애를 파악할 수 있는 지표는 작품들에 부분적으로 언급되는 표명들이 전부이며, 베르길리우스나 오비디우스의 작품을 알고 있었다는 점에서 성직자 계층에 속했다고 여겨진다. 주요 작품으로는 『에렉과 에니드』, 『클리제스』, 『수레를 탄 기사』, 『사자를

거느린 기사』, 『그라알 이야기』 등이 있다.

6 "Mes qui bien trueve pleins est d'ire, / Quant il n'a de matire point. / Joliveté semont et point / Mon cuer de dire aucun bel dit ; / Mes n'ai de quoi ; car tot est dit, / Fors ce qui de novel avient." (4~9행)

7 "La matire est et bonne et nueve" (T. I, 39행)

8 (역주) 장 르나르. 12세기 말에서 13세기 초반의 음유시인. 생애에 관해선 알려진 바 없고, 전하는 작품으로 『기욤 드 돌』, 『협잡꾼*L'Escoufle*』 등이 있다.

9 (역주) 장 보델(1165?-1210). 아라스 출신의 유랑예인. 4차 십자군 원정에 참여하려다 나병에 걸렸고, 이 무렵 유명한 '고별시'를 썼다. 서사시, 서정시뿐 아니라 다수의 파블리오와 극작품을 남겼다. 극작품 『성 니콜라스극』이 유명하다.

10 "Helas ! On dit que je ne fais mès rien, / Qui jadis fis mainte chose nouvelle ; / La raison est que je n'ay pas merrien / Dont je fisse chose bonne ne belle." (T. VI, ballade 1204, 1~4행)

11 "Que porai-je de nouvel dire?" (433행)

12 (역주) 마르탱 르 프랑(1401?-1461). 노르망디에서 태어나 파리에서 수학했으며 교황의 사도좌 서기관으로 일했다. 24,000행에 달하는 작품 『귀부인들의 옹호자』는 알레고리적인 배경 아래 부르고뉴 공작 선한 필리프에게 헌정되었다. 이 작품은 장 드 묑이나 마테올루스의 '여성혐오', '여성비하' 사상의 대척점에 놓인 것이란 점에서 이채롭다.

13 (원주) Ms. Paris, Bibliothèque nationale, fonds français 12476, f° 98. 텍스트의 이 부분은 미출간 상태이다.

14 "Item, on a fait tant de choses / Qu'on ne scet mais a quoy muser. / On a fait textes, or a gloses / Composer fault le temps user."

15 "Les grands moissonneurs sont saint Augustin, saint Jérôme, saint Grégoire ; celui qui vient après eux doit se tenir avec les pauvres et les servantes" (*Inédits bernardins dans un manuscrit d'Orval*, cité d'après Dom Jean Leclercq, 191쪽)

16 (역주) 라울 드 우당. 12세기 말의 작가. 그의 생몰연대는 대략 1170~1230년 무렵이었을 것으로 추정된다. 혹자는 그를 수도사로, 혹자는 그를 피에르 르 샹트르Pierre le Chantre의 아들로 추정한 바 있다. 아서 왕과 관련된 이야기 한 편과 알레고리적 작품 두 편이 전해진다.

17 "Se j'ai trové aucun espi / Apres la mein as mestiviers, / Je l'ai glané molt volentiers." (3542~3544행)

18 "Je, qui suis des autres le pis, / Après le grain, cuil les espis, / Si comme fist Ruth la courtoise." (*Recueil général des Isopets*, t. II, 382쪽, 19~21행)

19 "Car apriès ciaus cui les blés cuellent / En awost, vont cil qui recuellent / Ce qui lor ciet, et si l'assamblent, / Et teil messonneur me resamblent, / K'apriès lui vois pour recuellier / Chou qui li remest au cuellier." (*Dits et Contes*, t. II, 55~60행)

20 "…… car je n'ay sentement / En sens fondé, n'en ce cas ne ressemble / Mon bon pere,

fors ainsi com l'en emble / Espis de blé en glenant en moissons, / Par mi ces champs et coste les buissons." (151쪽, 13~17행)

21 (역주) 제프리 초서(1340~1400). 중세 영국을 대표하는 시인. 런던 포도주 상인의 아들로 태어나 1370~1386년 사이 외교 임무 수행을 위해 수차례 외국을 방문하였다. 당대의 유명인들, 존 가워John Gower, 장 프루아사르, 기욤 드 마쇼, 외스타슈 데샹, 페트라르카, 보카치오 등과 교류했다고 한다. 『트로일루스와 크리세이드』, 『켄터베리 이야기』 등의 작품을 남겼다.

22 "And I come after, glenyng here and there" (*The Works*, 484쪽, 75행)

23 "Il en embla en autrui champ." (원주) Ms. Paris, Bibliothèque nationale, fonds français 12466, f° 52d, cité d'après P. Y. Badel, *Le Roman de la Rose au XIVe siècle*, 369쪽.

24 (역주) 조르주 샤틀랭. 프랑스 시인, 연대기 작가. 묘비명에 따르면 1405년에, 또 작품 속에서 언급되는 표지들에 따르면 1415년에 태어난 것으로 추정되며 1475년 3월 20일 사망했다. 1419년의 부르고뉴 공작 겁 없는 장 암살사건부터 1474년까지 갖가지 사건을 기록한 미완성 『연대기』가 유명하다.

25 "…… ne que moy, sy homme indoct et de sy gros engin, deusse aller jetter ma faucile en la messon ou sy glorieux homme avoit mis main" (*Le Temple de Bocace*, 195쪽, 11~12행)

26 (역주) 기욤 알렉시. Guillaume Alecis로도 표기한다. 리르의 베네딕트회 수도사로 15세기 초 태어나 1486년 예루살렘 성지순례에서 사망한 것으로 추정된다. 그의 작품은 도덕적이고 종교적인 성향을 보이며 15~16세기에 수차례 간행되면서 상당한 인기를 누렸다.

27 (역주) 미쇼 타유방. 본명은 미쇼 르 카롱Michault Le Caron이다. 오랫동안 피에르 미쇼Pierre Michault와 동일인으로 간주되곤 했는데, '타유방'은 별명이다. 1390~1395년에 태어나 부르고뉴 궁정에서 작품을 썼고 1448~1458년 사망한 것으로 추정된다. 1430년경부터 활동을 시작한 것으로 보이며, 부르고뉴 공작 선한 필리프가 창설한 동명의 기사단을 예찬하는 『황금 양모의 꿈』(1431년 말)과 지나간 젊음과 안일을 후회하는 『지나간 세월』 등의 작품이 있다.

28 "Or voys après eulx et amasse / Les espiz du champ anobly." (*L'ABC des Doubles*, in *OEuvres poétiques*, t. I, 26~27행)

29 "Quoi que soit, j'ay cuidé fealement recueillir tout ce que les communs historiens de France et d'ailleurs, avoient laissé derriere au plus grand honneur de la nation Françoise. Et m'ha semblé que je faisoye comme font ceux qui amassent les menuz espis de blé, apres les moissonneurs: ou ceux qui gardent de perdre les raisins que les vendangeurs ont laissez derriere: laquelle chose est permise à chacun par droit divin et humain." (*Les Illustrations de Gaule et Singularitez de Troye*, t. II, livre III, 468쪽)

30 (역주) 마튀랭 레니에. 종교전쟁이 맹위를 떨치던 1573년 샤르트르에서 태어났다. 어머니인 시몬 데포르트Simone Desportes가 당시 유명했던 시인 필리프 데포르트Philippe Desportes의 누이였던 만큼 그는 삼촌의 영향을 많이 받았다. 1582년 삭발례를 받았고 이후 1587년 추기경을 모시고 이탈리아에 오랜 기간 머물기도 했다. 풍자시로 유명하다.

31 "Marquis, que doy-je faire en ceste incertitude? / Dois-je, las de courir, me remettre à l'estude, / Lire Homère, Aristote, et disciple nouveau, / Glaner ce que les Grecs ont de riche et de beau; / Reste de ces moissons que Ronsard et des Portes / Ont remporté du champ sur leurs espaules fortes, / Qu'ils ont comme leur propre en leur grange entassé, / Esgallant leurs honneurs aux honneurs du passé?" (*OEuvres complètes*, Ed. Viollet-le-Duc, Paris, P. Jannet, 1853, 26쪽)

32 ".T. fist devant, plus n'en escript; / Et le mieus et le plus qu'il pot, / Print toute la gresse du pot, / Si qu'il ot assez l'aventage / De faire millour son potage." (6738~6742행)

33 "Car moult volentiers m'ensonnie / A passer le tamps sur tel cose." (1251~1252행)

34 "Je le mis en une laiette / Que j'avoie proprement fete / De danemarce bien ounie." (1248~1250행)

35 "J'avoie adont de cuir bouli / Un coffinet bel et poli, / Qu'estoit longés et estrois, / Ou les balades toutes trois / Mis, car ensi user soloie." (2114~2118행)

36 "Si que je pris mon escriptoire, / Qui est entaillie d'ivoire, / Et tous mes outils pour escrire / La complainte qu'i voloit dire." (*OEuvres*, t. III, 229~232행)

37 "Ma main mis a ma gibessiere, / S'ataingni sa complainte entiere / Et dis: 'Sire, vostre requeste, / Tenez; vesla ci toute preste.'" (1517~1520행)

38 "Car je bueil tesmongnier et dire / Que chevaliers acouardis / Et clers qui vuet estre hardis / Ne valent plein mon pong de paille / En fait d'armes ou en bataille, / Car chascuns fait contre droiture; / Dont, s'il font bien, c'est aventure." (132~138행)

39 "Le don prisa moult hautement / Et le reçut courtoisement / En disant: 'Vesci riche don. / Bien est dignes de guerredon.'" (1141~1144행)

40 "Certes, c'est une bonne tece / Que uns grans sires puet avoir / D'estre larges de son avoir." (54~56행)

44 "Tous li avoirs qui est en Bruges / Repus en coffres et en huges / Ne m'euïst valu une pomme, / Se n'euïssent esté chil homme / Qui m'ont a mon besoing servi." (85~89행)

42 "J'avoie acheté en ce jour / Une boursette trois deniers / Et la, comme mes prisonniers, / Les quarante frans encloÿ. / …… Or avoi je mis mon avoir / Et la boursette, tres le soir, / En une aultre bourse plus grans. / Quant je cuidai trouver mes frans, / Certes je ne trouvais riensnee." (*Dits et Débats*, 396~399행과 403~407행)

43 "Ilz pourroient dire: 'Ceste femme-cy ne dit mie de soy ce que elle explique en son livre, ains fait son traittié par procès de ce que autres auteurs on[t] dit à la lettre'; de laquel chose à ceulz je puis respondre que tout ainsi comme l'ovrier de architeture ou maçonnage n'a mie fait les pierres et les estoffes, dont il bastist et ediffie le chastel ou maison, qu'il tent à perfaire et où il labeure, non obstant assemble les matieres ensemble, chascune où elle doit servir, selon la fin de l'entencion où il tant, aussi les brodeurs, qui font diverses divises, selon la soubtivité de leur ymaginacion, sanz faulte ne firent mie les soyes, l'or, ne les matieres, et ainsi d'aultres ouvrages, tout ainsi vrayement n'ay je mie fait

toutes les matieres, de quoy le traittié de ma compilacion est composé; il me souffist seulement que les sache appliquer à propos, si que bien puissent servir à la fin de l'ymaginacion, à laquelle je tends à perfaire." (T. I, livre II, 21장, 190~191쪽)

44 "Cette ressemblance ne doit pas être comme celle d'un portrait à l'original, qui fait d'autant plus d'honneur à l'artiste qu'elle est plus frappante, mais comme celle d'un fils à son père ……. On peut donc employer le talent et les couleurs d'un autre; on doit s'abstenir de ses expressions." (*Lettres de François Pétrarque à Jean Boccace*, XXIII, 19, 46쪽)

45 "Mater dicitur quod exinde efficiatur aliquid. Mater enim quasi materia. Nam causa pater est." (*Etymologiarum*, lib. IX, 5장, 6절)

46 (역주) 사고 부인의 모습은 다음과 같이 소개된다. "……J'aperçus, volant parmi eux, une grande ombre féminine dépourvue de corps, comme une créature spirituelle d'une nature très étrange." (*Voix des femmes au moyen âge*, sous la direction de Danielle Règnier-Bohler, paris, Robert Laffont, 2006, 455쪽)

47 "Et toutefois, de matiere premierement, comme de son principe, chascune chose est faitte, car la matiere precede la fourmacion. Et aussi la matiere premierement, non pas accidentelment est le suppost des fourmes, par quoy encore appert qu'elle soit vray principe. Il s'ensuit que matere soit principe des choses." (Deuxième partie, 117쪽)

48 "Le grand ymage, dont a son commencement ce dit livre parle, pour tout le monde puet estre pris; c'est asavoir ciel, terre et abeisme. Son nom qu'escript en son front portoit, c'est assavoir *Chaoz*, puet estre entendu que a son commencement les pouetes anciens nommerent la masse que Dieu fourma, dont il trey ciel et terre et toutes choses, *chaos*, qui est a dire confusion, qui encore assez est au monde. Les .ii. conduis qu'il avoit par ou peüz estoit et purgiéz se puet entendre la naissance de toutes corporelles choses, et aussi la mort de toute creature vive." ('Glose sur la premiere partie de ce present volune', in *L'Advision Christine*(Ed. C. Réno), 1~2쪽)

49 (역주) 『교화판 오비디우스』는 8음절 시구 72,000행의 작품으로, 필리프 드 비트리의 작품으로 오인되기도 했지만 부르고뉴 출신의 어느 작가가 1291~1328년에 집필했을 것으로 추정된다. 오비디우스의 『변신 이야기』를 옮긴 것이지만, 오비디우스 외의 여러 전거를 도처에 활용하면서 이야기마다 숨겨진 의미를 드러내고자 했다. 신화를 기독교적인 의미에서 해석하려 한 알레고리적 해석의 전형이기도 하다. 기욤 드 마쇼, 제프리 초서, 크리스틴 드 피장 등 많은 작가들이 이 글의 일부를 차용했다. 12~14세기에 오비디우스가 얼마나 큰 인기를 누렸는지 짐작하게 해준다.

50 (원주) 오비디우스는 '무질서한, 또 분류되지 않은 무더기들Rudis indigestaque moles'이라고 말한다.

51 "Ce n'est fors un moncel de forme, / Sans art, sans devise et sans forme, / Ou toute estoit en discordance / Jointe des choses la semance." (T. I, livre I, 155~158행)

52 (역주) 'mesrien'은 일차적인 의미에서는 '나무, 목재' 등을 의미하지만, 넓은 의미에서는 '자연'을 지칭하는 말이 되기도 한다.

53 (역주) 장 드 뷔에유(1406~1477). 상세르의 영주였으며, 그의 작품 『주방셀』(1466년경)은 백년전쟁 후반부에 자신이 겪었던 일들이 술회되는 자전적 요소가 강한 작품이다.

54 (원주) 여기서 '낡은 것'으로 옮긴 'vielz'는 '성기'를 뜻하는 'vits'에 대한 말장난일 수도 있다.

55 "*Demande* / Comment feroit on de trois vielz deux nouveaulz? / *Response* / Tout ainsi qu'en toute saison / Se fait de vielz boiz noeufve maison, / Fait on bien par commun usage / De deux vielz culz noeuf mariage." (Demande nº 389, 101~102쪽)

56 (역주) 장 레니에(1392~1468). 오세르의 대법관, 부르고뉴 공작을 모셨던 프랑스 시인.

57 "Je vueil estre le charpentier / Ou masson, qui est de mestier, / Qui font souvent par leur raison / De vieil mesrien neufve maison." (4391~4394행)

58 (역주) 타유방은 이 작품에서 철없이 지냈던, 지금은 지나가버린 자신의 유년 시절을 한탄한다. 이 책에 수록된 93편 모두 하나의 속담으로 끝을 맺고 있는 것이 이채롭다.

59 "Et a celle heure me sembloit / Qu'il ne me fauldroit jamais rien: / De maison neufve viel mairien." (Strophe VII, 47~49행)

60 (역주) 리샤르 드 푸르니발(1201~1259/1260). 아미앵에서 국왕 필리프 오귀스트Philippe Auguste의 주치의 로제 드 푸르니발의 아들로 태어났고, 노트르담 교회 참사회의 참사위원이었다. 문학 외에도 철학, 신학, 천문학, 수학, 의학 등에 많은 관심을 보였으며, 교황으로부터 외과의로 활동할 수 있는 특권을 받기도 했다. 피에르 드 보베의 작품을 모델로 삼은 것이며 프롤로그와 에필로그 그리고 57개의 예화들로 구성된 『사랑의 동물 우화집』이 유명하다.

61 "Aveugle suy, ne sçay ou aler doye; / De mon baston, affin que ne forvoye, / Je vois tastant mon chemin ça et la; / C'est grant pitié qu'il couvient que je soye / L'omme esgaré qui ne scet ou il va!" (*Poésies*, t. I, ballade 63, 25~29행)

62 "Son bras et son chef mist sor mi / Et moult doucement s'endormi / Droitement enmi mon giron." (1543~1545행)

63 "Mais sur nom giron s'enclina / La belle, qui douceur fine a" (2257~2258행)

64 "Et la ma dame s'endormi, / Tousdis l'un de ses bras sur mi." (3467~3468행)

65 "Mais einsois de mon mantelet / Le couvri pour le ventelet / Qui ventoit." (*OEuvres*, t. III, 1555~1557행)

66 "Si tost com l'unicorne le [la meschine virge] voit, ele s'endort en son giron. Ainsi faitierement est prise des veneors et menee aus roiaus palés. / Tout autresi Nostre Sires Jehsu Criz, esperitueus unicornes, decendi en la Virge et pas la char que vesti pour nos fu pris des juis." (Article XV, 71~72쪽)

67 "Et par le flairier meïsme fui je pris, ausi com li unicornes ki s'endort au douc[h] flair de la virginité a la damoisele. …… Si ke li sage veneor ki se nature seivent metent une pucele en son trespas, et il s'endort en son geron." (*Il Bestiario d'amore*, 56쪽, 13~14행 및 19~21행)

68 "Car Venus parla longuement / De la pomme a moy seulement." (*La Fonteinne amoureuse*, in *OEuvres*, t. III, 2637~2638행)

69 "Avez vous bien apperceü / La deesse que j'ai veü? …… / Comment elle nous aombra / De sa nue, qui douce ombre ha?" (3857~3858행 및 3861~3862행)

70 "En celle dollente ainsi que j'estoye, la teste baissiee comme personne honteuse, les yeulx plains de larmes, tenant ma main soubz ma joe acoudee sur le pommel de ma chayere, soubdainement sus mon giron vy descendre un ray de lumiere si comme se le soleil fust." (621~622쪽)

71 (역주) 『장미에 대한 이야기』가 두 해 앞선 1402년 작성된 것이다.

72 "Car alors seurvint tout a point, / Non obstant les portes barrées / Et les fenestres bien sarrées, / Une dame de grant noblesse / Qui s'appella dame et deesse / De Loyauté, et trop belle yere. / La descendi a grant lumiere / Si que toute en resplent la sale." (*OEuvres poétiques*, t. II, 86~93행)

73 (역주) 파리스의 사과. 트로이아 전쟁의 원인이 된 사과. 불화의 여신이 던진 그리스 신화의 유명한 황금 사과를 말한다.

74 (역주) 아래 인용은 『크리스틴의 환상』 3부 10장의 일부로, 그녀가 어떻게 학업을 시작했는지 밝히고 이어 거기서 얻게 된 기쁨을 이야기하는 대목이다.

75 "Ou temps que tu portoies les enfans en ton ventre, grant douleur a l'enfanter sentoies. Or vueil que de toy naiscent nouveaulx volumes lesquieulx, le temps a venir et perpetuelment au monde presenteront ta memoire devant les princes et par lumiers en toutes places lesquieulx en joye et delit tu enfanteras de te memoire non obstant le labour et travail. Lequel, tout ainsi comme la femme qui a enfanté, si tost que ot le cry de l'enfant, oublie son mal, oubliera le travail du labour oyant la voix de tes volumes." (163~164쪽)

76 "Doulce dame, vueilles pitié avoir / De mon ame pour ycelle leesce / Que tu eus quant en ton ventre mouvoir / Le Filz de Dieu sentis plein de sagece." (*OEuvres poétiques*, t. III, 12쪽, 13~16행)

77 "car moult en est la matiere nouvelle" (Prologue, 11행)

78 (역주) 에리크토니오스의 탄생. 아테나 여신이, 자신의 몸에 묻은 헤파이스토스의 정액을 양털로 닦아 대지에 버리자 거기서 아이가 나왔다는 그리스 신화.

79 (역주) 아스클레피오스. 태양신 아폴론과 코로니스 사이에서 태어났으며, 의학의 신으로 숭상되었다. 죽은 모친의 자궁을 열고 아버지가 아들을 꺼낸 일화에서 알 수 있듯이, 이름 자체가 '절개'를 의미한다.

80 (원주) *"Un engin si soutil" Guillaume de Machaut et l'écriture au XIVe siècle*, 152~155쪽을 참조.

81 "Sy est l'embuche desclose, / Le signe cede a la chose" (Poésie XIII, 33~34행)

82 "Pour eschevir mirancolie / Qui m'ait esteit souvent contraire, / Une matiere ai entaillie / Dont je volra plusieurs vers faire." (Strophe I)

83 (역주) 플라우투스(기원전 254?~184). 고대 로마의 희극작가.

84 (역주) 비탈 드 블루아. 12세기의 프랑스 작가. 플라우투스를 모방한 작품들을 썼다고 전해진다.

85 "Tant est es dieux humilité / Qu'ilz prindrent la mortalité / Et devindrent, ou bel ou let, / L'un seigneur, et l'autre varlet; / Le fil varlet, seigneur le pere, / Si com je truis en la matere." (T. VIII, pièce 1494, 57~62행)

86 "Une huche ouvry sans froissier / N'a gueres." (같은 책, 801~802행)

87 (역주) 예기치 않게 나타나 상황을 해결하는 인물이나 사건을 이르는 데 상용되는 표현.

88 "Ja estoie bas desjuchee, / Ce me sembloit, quant fus huchee / De la mere qui me porta, / Qu'a l'uis de ma chambre hurta / Qui de tant gesir s'esmerveille, / Car tart estoit, et je m'esveille." (T. VIII, pièce 1494, 6387~6392행)

89 "Lors de sa fourche fiert un pou / En la caverne droit au trou; / Semblant fait de bouter avant, / Et met son chaperon devant." (같은 책, 423~426행)

90 (역주) 토끼몰이를 위해 굴 앞에 놓는 '주머니 그물'을 가리킨다.

91 "Lors fist les liz parer de soye, / Les chambres tendre de draps d'or; De haulte liche y ot encor / Draps faiz de l'istoire de Troye, / Mainte bataille et mainte proye / Des faiz D'Erculés et Jason." (같은 책, 68~73행)

92 "Mais je ne sçay raison ne droit / Pour quoy uns soit deux orendroit; / Car c'est chose toute commune: / Toute chose qui est une: / Ne suy pas uns, dont suis je nient. / Et ceste chose onques n'avient / Que ce qui est perde son estre" (같은 책, 599~605행)

93 "Et l'estraint en baisant ses dens, / Li lance sa langue dedens, / Cil qui semble a ses baisiers baux / Qu'il soit uns estrange ribaux." (같은 책, 187~190행)

94 "Mais bien semble dieu de parole" (같은 책, 191행)

95 "Soit logicien qui voulra, / Car Birrea homs demourra. / A ceuls plaise leur estudie; / Ma cuisine a moy, quoy qu'om die, / Me plaist et la gresse du pot; / De logique ne serait sot, / Qui ainsi les gens entortille; / Telle science est trop soutille." (같은 책, 951~958행)

96 "Adonc se touche de sa main, / Je ne croiray huy ne demain, / Dist il, que noient devenu / Soit ce qui puet estre tenu." (같은 책, 847~850행)

97 "Oez, ce que je determine: / Je m'en riray en ma cuisine, / Et Amphitrion voist esbatre / Avec ma dame sanz debatre, / Si com il faisot par avant; / Et Geta soit homs com devant!" (같은 책, 1097~1102행)

98 "Dont commencha a barbeter. / Dist li quens: 'Dyables! C'as tu?' / Et cil a dit: 'Belu, belu,' / Qui la langue avoit trenchie." (*Li Romans de Witasse le Moine*, 649~652행)

99 (역주) 야코부스 보라기누스(1228~1298). 이탈리아 북부에서 태어나 도미니쿠스 수도회에 들어가 훗날 제노바 대주교가 되었다. 도시 제노바의 연대기 작가이기도 했다. 1261~1266년에 작성된 것으로 보이는 여러 성인들의 생애를 기록한 『황금 전설』로 유명하다. 제목의 'légende'는 현대의 '전설'이란 뜻이 아닌 '읽어야 할'이란 뜻이다.

100 "Et si comme elle estoit la, pensant aux tres grans misteres de Dieu, trois anges vindrent a elle a tout grant lumiere et luy apporterent a mengier et la reconforterent. …… Et pource que elle sans cesser nommoit le nom de Jhesu Crist, il luy fist coupper la langue; mais mieulx que devant et plus cler parloit adès des choses divines et beneyssoit Dieu, en le regraciant des benefices que il luy donnoit." (*Le Livre de la Cité des Dames*, IIIe partie, 10장, 1004쪽 및 1008쪽)

101 "Et comance par grant estuide / S'uevre tel come il li sist. …… / Tot ot escrit an la cortine." (T. II, livre VI, 3322~3323행 및 3347행)

102 "La langue li tret de la gole, / S'an tranche pres de la meitié" (같은 책, 3070~3071행)

103 "Et le faulx Julien, qui ceste voix ot ouye, blasma les bourriaulx et leur dist que ilz n'avoyent pas assez pres couppee la langue de Christine; si luy couppassent si pres que tant ne peust parler a son Crist. Si luy errachierent hors la langue et luy coupperent jusques au gavion. Et celle cracha le couppon de sa langue au visaige du tirant et luy en creva l'ueil. Et luy dist aussi sainement que oncques mais: '…… Et pource que tu ne congnois ma parolle, c'est bien raison que ma langue t'ait aveuglé'." (IIIe partie, 10장, §283, 1009쪽)

시인들의 소재

1 (역주) 저자는 프랑스어 번역을 인용하고 있다: "Et le premier qui commença à rimer comme poète vulgaire prit ce parti parce qu'il voulut faire entendre ses paroles à une dame, à qui il n'était mie aisé d'entendre les vers latins."

2 "Or sont il .ij. mestier ensanle / Et bien aviennent, ce me sanle, …… / Quel sont il? D'armes et d'amours. / Si doit on pour vaillant tenir / Qui à droit les voet maintenir, / Car ensanle sont biel et gent." (*Dits et Contes*, t. II, 97쪽, 1~7행)

3 (역주) 예수 승천일. 부활절 사십일 후의 목요일을 가리킨다.

4 "Tant que sire Charles durer / De Valois au siecle pourra, / Li bons rois Artus ne morra." (*Li dis des .III. sieges* in *Dits de Watriquet de Couvin*, 202~204행)

5 "Tiex aime amer qui het combatre, / Ch'avient en cest monde souvent" (같은 책, 155~156행)

6 (원주) "aillours"는 이러한 중심에서 벗어나기의 표지가 된다.

7 "Dit vous ai d'armes et d'amours, / Or vous commencerai aillours, / Mais qu'il ne vous veulle desplaire." (*Dits de Watriquet de Couvin*, 155쪽, 1~3행)

8 "Armes, dames et conscience" (Lettre X de l'amant, 68쪽)

9 "Armes, amours, autre art ou lettre" (*OEuvres*, t. II, 40행)

10 "Moy, Jehan de Courcy, chevalier normant, plain de jours et vuydie de jeunesse …… ay commencé compilacions …… par ce que mon pouoir n'a pas esté si fort que j'aye peu mon corps exposer ou fait de la guerre." (Ms. Paris, Bibliothèque nationale, fonds français 329, fo 3)

11 "Moy Jehan de Courcy, qui traittié / Ay en viel aage ce traittié, …… / En mon an soixante sixieme." (Ms. British Museum, 14 E. II. (French text), fo 294 ro b)

12 "…… car je ne voy pere, / Fil, ne fille, ne suer ne frere, / Mere, marrastre, ne cousine, / Tante, oncle, voisin, ne voisine, / Mari, mouillier, amy, n'amie / Que li uns l'autre ne cunchie." (*OEuvres*, t. I, 53~58행)

13 "Car il sambloit que decliner/ Vosist li mondes et finer" (305~306행)

14 (역주) 장 보델은 12음절로 씌어져 8,079행에 이르는 길이의 『작센족의 노래』에서 샤를마뉴 왕과 작센족 사이의 전투를 이야기한다.

15 "Li conte de Bretaigne si sont vain et plaisant, / Et cil de Ronme sage et de sens aprendant, / Cil de France sont voir chascun jour aparant." (9~11행)

16 (역주) 장 르 페브르(1320~1380). 파리 법원의 대리소송인이었다. 1376년 『죽음의 유예』, 1380~1387년 무렵에 지은 것으로 추정되는 『환희의 책』과 5편의 번역을 남겼다.

17 "Soubz le soleil n'est rien nouvel" (11행)

18 (역주) Renart. 1170~1250년에 만들어진 『여우 이야기*Roman de Renart*』를 염두에 둔 표현.

19 "…… Pour acquerir gloire, / je ne voeil pas traitier d'amours / ne d'armez, ne faire clamours / de Fortune ne de sa roe / …… / Soubz le soleil n'est rien nouvel, / ne de Renart ne de Louvel." (4~7행 및 11~12행)

20 "J'ay asséz aillieurs a entendre / a ce qui revertist en cendre." (9~10행)

21 "mon enque destempay de larmes" (54행)

22 "D'elle trempe mon ancre d'estudie" (*Poésies*, t. II, rondeau 325, 477~478쪽)

23 "Mais puis que matere me fault, il me convient laissier oeuvre" (Lettre XXX de l'amant, 238쪽)

24 "Et certes je ne fis rien en vostre livre puis Pasques, et pour ceste cause: ne ne pense a faire puis que matere me faut." (Lettre XLII de l'amant, 342쪽)

25 "Mais qui autre mercy desire / Et qui dit qu'il pleure et soupire, / Dont il le couvient a martyre / Vivre et manoir, / Il a tort et assés s'empire. / Venus scet bien ceste matyre." (*OEuvres*, t. III, 2335~2340행)

26 "Dont j'ai bien matire / De dolour et de martire" (3213~3214행)

27 "S'en vueil une autre acointier / Qui joie pleniere / M'otriera de ligier" (*Poésies lyriques*, lai XVI, 9~11행)

28 (역주) 고티에 드 쿠앵시. 1177년 혹은 1178년에 태어나 1193년 수아송의 베네딕트회 수도원에 들어갔으며, 1236년 사망했다. 여러 편의 '성모 기적극'을 모은 선집이 유명하다.

29 "Chant Robins des robardeles, / Chant li sos des sotes, / Mais tu, clers qui chantez d'eles, / Certes tu rasotes! / Laissons ces viés pastoreles, / Ces vielles riotes; / Si chantons chançons noveles, / Biaux dis, beles notes / De la fleur / Dont sanz sejor / Chantent angeles nuit et jor." (T. III, 293쪽, 39~49행)

30 "Chascun an fas de la virge sacree / Un son nouvel, dont tout l'an me solas. / Dire puet bien qui a s'amor bien bee: / 'Vous ne sentez mie / Les dous maus d'amer / Aussi com je fas.'" (T. III, 297쪽, 5~10행)

31 (역주) 여명시. 남프랑스에서는 'alba'로 칭해졌으며, 12~13세기에 가장 많이 사용되었다. 오늘날 약 15편의 'alba'와 3편의 'aube'가 전해지며, 새벽을 맞아 연인들이 이별을 아쉬워하는 내용이 주를 이룬다. 사랑하는 여인을 잠에서 깨우는 아침노래인 'aubade'와 구분할 필요가 있다.

32 "Connins, plouviers et capons et fesans" (T. IV, rondeau 552)

33 "Adieu connins, perdriz que je reclaims" (T. V, ballade 871)

34 (역주) 15110행의 내용은 다음과 같다: "그대가 쫓는 [예쁜] 토끼를 잡기 위해, au connin prendre ou vos tandez."

35 (역주) 샤를 도를레앙이 쓴 롱도의 후렴구는 다음과 같다: "Dedans l'amoureuse cuisine, / Ou sont les bons, frians morceaux."

36 "Par plusieurs poins peut Paris precellence" (*OEuvres complètes*, t. X, n° 75, 83~85쪽)

37 (역주) 토토그램. 각 시구가 동일한 철자로 시작되는 단어들로 만들어진 시.

38 (역주) 일례로 데샹의 작품으로 추정되는 이 시의 첫 시절에서 일부를 인용하면 다음과 같다: "…… Premierement P presente prudence, / Parfaicte paix, proesse preferée, / Pont precieux, plaine place parée / Prince pourveu, preste philosophie / ……" (3~6행)

39 (역주) 에파미논다스. 기원전 4세기 테바이의 장군, 정치가, 후일 키케로의 찬사를 받기도 했다.

40 "Je ne meure pas sans hoir, car je vous laisse deux filles que je vous ay engendrees; et ce vouloit il dire deux nobles cités qu'il avoit acquises car il n'avoit nuls hoirs de son corps. Si entendoit que par ces deux cités conquestees demorast la memoire de lui si comme fait par les enfans des peres." (*Le Livre du Corps de Policie*, 40쪽)

41 "Vous qui voiés Paris auctorizé / En cinq letres contraintes a loy dure" (T. X, n° 75, 56~57행)

42 "Il m'est, dans toute ma vie, rarement arrivé, lorsque j'étais en bonne santé, de laisser passer un jour de loisir, sans lire, écrire, méditer sur les lettres, écouter des lectures ou interroger ceux qui se taisaient, et je n'ai pas seulement cherché le savoir chez des hommes mais dans des villes pour en revenir plus docte et meilleur: ce fut d'abord Montpellier, parce que dans les années de mon enfance, j'habitais plus prés de cet endroit, bientôt Bologne, puis Toulouse et Paris, Padoue et Naples." (*De ignorantia*,

Traduction d'Alain Michel in *Pétrarque et la pensée latine*, 161쪽)

43 (역주) 디오니소스 신은 제우스 신과 인간 여성인 세멜레 사이에서 태어났지만, 처음부터 신으로 태어난 특별한 경우에 해당하며, 제우스 신과 인간 여성의 결합에서 태어난 대부분의 인물들(페르세우스, 미노스, 헤라클레스, 헬레네 등)은 모두 신이 아닌 인간이라는 점이 이채롭다.

44 에른스트 쿠르티우스(1886~1956). 독일의 문예사가, 로망스어 학자. 본문에 인용된 책의 원제는 *Europäische Literatur und lateinisches Mittelalter*이다.

45 "Amours trouva premier haulx instrumens, / Chançons, dances, festes, esbatemens, / Chappeaulx de fleurs, jolis habillemens, / Joustes, essais, bouhours, tournoiemens" (*The Poetical Works*, 651~654행)

46 "Loué soit cellui qui trouva / Premier la maniere d'escrire" (T. I, ballade 21, 1~2행)

47 "Qui premier trouva la pratique / De la science de musique / Pour accorder si proprement, / Avoit moult bel entendement" (*OEuvres poétiques*, t. II, 8쪽, 17~20행)

48 (역주) 성스러운 십자가. 예수가 처형당했던 진짜 십자가를 의미하며, 콘스탄티누스 대제의 모친인 헬레나가 326~328년 예루살렘에서 이를 발견하여 성유물로 모셨다고 전해진다.

49 "Dame, puisqu'il est ainsi que de vous vient la premiere invencion des oeuvres humaines bonnes ou mauvaises, rudes ou soubtilles" (143쪽, 17~19행)

50 "Et tres ces premiers aages furent aucuns soubtilz hommes auxquelz tant fis encerchier qu'ilz trouverent philosophie. Et par consequent toutes les sciences et ars par moy furent premierement investiguees, et la voye trouvee d'y attaindre; ne nom de philosophe oncques trouvé n'eust esté se je ne fusse." (112쪽, 11~16행)

51 "Que vault enquerir par grans cures / de toutez choses lez naturez, / a ceulz qui partinaulz deviennent / et contre verité soustiennent / leur fausseté et leur malice? / Le faiseur de tout artifice / et le droit createur oblient." (*Le Respit de la Mort*, 2521~2527행)

52 "Le mal fut trovés par le diauble non pas criés"

53 "et por ce est il noiens, car ce ki est sans Dieu est noient." (Livre I, 11장, 26쪽)

54 (역주) 브누아 드 생트모르. 투르 인근 출신으로 1173년 사망했다. 그의 『트로이아 이야기』는 1165년경에 작성된 것으로, 여러 라틴어 원전을 번역하고 번안했다. 당시 큰 인기를 누려 13세기부터 같은 내용의 다시 쓰기 판본이 다수 출현했다.

55 (역주) 아르고스는 '아르고 호'를 만들었다는 전설의 장인이다. 그리스 신화에서 황금 양털을 찾아나선 이아손의 이야기를 흔히 '아르고노트Argonaute'라 하는데, 'Argo'는 '빠른'이란 뜻이자 '배를 만든 자'를 가리키고, 'naute'는 '선원'들, 즉 '원정대원'들을 뜻한다. 이아손이 주인공이 되는 아르고 호의 모험 이야기가 수록된 문헌들 가운데 오늘날 전해지는 가장 오래된 것은 기원전 460년 경에 쓰인 핀다로스의 것이라 전해진다.

56 "Co vuelent dire li plusor, / Mais jo nel truis mie en l'autor, / Que ço fu la premiere nef / Ou onques ot sigle ne tref, / Ne que primes corut par mer. / Cil qu'i osa premiers entrer, /

Co fu Jason, ço est cuidé, / Mais n'en truis mie autorité." (*Le Roman de Troie*, t. I, 913~920행)

57 "Mout par ai ancore a sigler, / Quar ancor sui en haute mer." (같은 책, t. II, 14943~14944행)

58 "On voit et scet tout en appert / Que moult furent sage et appert / Cilz qui les sciences trouverent / Et aus peuples les lois donnerent." (5362~5365행)

59 유발과 두발카인은 이복형제로 둘 다 라멕의 아들이다. 「창세기」(4: 17~24) 참조.

60 "Jubal trouva l'art de musique, / Tubcaÿn trouva la fabrique, / Mais Jubal au son des martiaus / Fist tons et sons, et chans nouviaus / Et notés, et les ordenances / De musique et les concordances;"

61 "Et s'aucuns y ont amendé, / Je ne leur ay pas commandé." (*Voir Dit*, 5386~5387행)

62 "Et Noëma trouva le tistre / Et le filer, quar a son tiltre / On fait linges et draperies / Et les belles toiles delies." (같은 책, 5388~5391행)

63 "…… cilz .II. furent frere / Issus d'un pere et d'une mere" (같은 책, 5372~5373행)

64 "De dire leur sens et leur euvres / — Dont il m'est vis que petit euvres, / Quant ainsi ies envelopés / D'amourettes et attrapés— / Certes longue chose seroit / A dire qui la te diroit." (같은 책, 5436~5441행)

65 (역주) 'ARCHILOGE'는 'Langage suprême'를 의미한다: Finablement savoir devons que ce livre present est intitulé l'Archiloge Sophie pour tant que principalement il parle de sapience ; et de fait en latin Archilogium, c'est a dire principal langaige, et Sophia en latin vault autant comme sapience. (LEGRAND, Archil. Sophie B., c.1400, 28).

66 "Mais tu pourroies demander se les lectres latines sont souffisans a escripre tout ce que nous pouons prononcier. Et dient les communs gramairiens que elles sont souffisantes sans autres lectres trouver." (*Archiloge Sophie*, 65쪽, 6~9행)

67 "…… car il n'est point de doubte que les lectres furent figurees de propre voulenté, et pour tant raison ne contredit point a ce faire." (같은 책, 65쪽, 20~21행)

68 "Et de fait les Grecs et les Rommains sont tousjours decheus depuis l'eure qu'ilz delaissierent les estudes, comme il appert au jour dui." (같은 책, 43쪽, 18~20행)

69 "Aegyptiorum litteras Isis regina, Inachis filia, de Graecia veniens in Aegyptum, repperit et Aegyptiis tradidit. …… Cadmus Agenoris filius Graecas litteras a Phoenice in Graeciam decem et septem primus attulit. …… Latinas litteras Carmentis nympha prima Italis tradidit." (*Etymologiarum*, lib. I, 3장, 5~6절 및 4장, 1절.)

70 "Les grecques lectres trouverent jadis et premierement les Phenis, gens ainsi nomméz comme tesmoigne Lucan le poete. Mais Cadmus filz de Agenor, fut cellui le quel premierement presenta .XVII. lectres grecques." (*Archiloge Sophie*, livre II, 3, 61쪽)

71 "Et de fait nous lisons que la royne nommee Ysis, la quelle fut fille de Inaché, fut celle qui premierement apporta les lectres aux Egipciens. Et dient aucuns qu'elle les aporta de Grece en Egipte, et les autres dient que elle les trouva a sa venue de Grece en Egipte et les donna aux Egipciens." (같은 책, livre II, 3, 63쪽)

72 "Aprés tu dois savoir que jadis une deesse nommee Carmentis fut celle qui premierement donna aux Ytaliens les lectres latines." (같은 책, livre II, 4, 64쪽)

73 "Car Carmentis trouva l'usage / Des lettres de nos escriptures, / Toutes les vint et cinc figures / Dont on puet en latin escripre, / En françois, en tables, en cire, / En papier ou en parchemin; / Carmentis trouva le chemin: / A chascune mist propre nom; / De sens doit avoir grant renom." (3623~3631행)

74 "Les uns aprendent a escrire / de greffes en tables de cire. / Les autrez sievent la coustume / de fourmer lettres a la plume, / et paingnent par dessus lez piaux / et des moutons et des viaux, / et a coulourer se doctrinent; / il flourettent, il enluminent. / Les autrez apliquent leurs cures / a plus soubtillez escriptures, / a gramaire puis a logique, / et a parler par rectorique." (2411~2422행)

75 "Mais qui ne congnoist dont il vient, / la ou il est ne qu'il devient, / soit riche, povre ou mendiant, / il n'est pas vrai estudiant. / Pour ce devons ymaginer / la ou nous convient cheminer, / et adviser en nous meismez / ou nous sommez, dont nous venismez, / entre nous de l'umain lignage / qui alons en pelerinage." (*Le Respit de la Mort*, 2573~2582행)

76 "De son non sont plait surnomez: / En latin sont 'fora' nomez." (Livre, I, 3847~3848행)

77 "Pluseurs par sapience femmes sont renommees / Comme les dix prophetes Sebilles surnommees; / Et Carmentis, Ysis, Minerve et Libye, / Semiramis, Juno, Opis et Marpesye." (34쪽, 5~8행)

78 "Et premierement te diray de la noble Nycostrate, que ceulx d'Itallie appellerent Carmentis." (Ire partie, 33장, 735쪽)

79 "Ceste dame fu fille du roy d'Archade nommé Pallent. Elle estoit de merveilleux engin et douee de Dieu d'especiaulx dons de savoir. Grant clergesce estoit es lettres grecques et tant ot bel et saige langaige et venerable faconde que les pouettes de lors, qui d'elle escriprent, faignirent en leurs dittiez qu'elle estoit amee du dieu Mercurius; et un filz qu'elle avoit eu de son mary qui en son temps fu de moult grant sçavoir, disdrent qu'elle l'avoit eu d'icelluy dieu." (같은 책, 735쪽)

80 "Pour ce que l'on ne treuve point que jamais fut mariée, tant pour sauver son honneur que pour veoir estranges pays, fist charger force navires et emmena avecques elle son petit filz Palentin et arriva à Hostie sur le Tybre." (*Les Vies des femmes célèbres*, 45쪽)

81 "De ceste dame Carmentis furent nommez dittiez carmen en latin" (*Le Livre de la Cité des Dames*, Ire partie, 33장, 738쪽)

82 (원주) Ed. Mario Roques, *Recueil général des lexiques français du Moyen Age (XIIe~XVe siècles). I. Lexiques alphabétiques*, t. II, Paris, Champion, 1938.

83 "Carmentis, propre nom de fenme et vaut tant comme deesse de dictié"

84 "carmino, nas…… ou carminor…… naris…… faire dictié ou charmer ou charpir lainne"

85 (역주) 기유베르 드 메츠. 15세기 플랑드르 출신의 필경사. 그가 필사한 『도시 파리의 묘사』는 부르고뉴 공작 선한 필리프을 위해 만들어진 것이다.

86 (원주) Ms. Paris, Bibliothèque nationale, fonds français 12476, f° 111, v°.

87 (역주) 옥토비앵 드 생즐레(1468~1502). 프랑스 시인이자 번역가. 베르길리우스, 테렌티우스, 오비디우스 등의 작품을 프랑스어로 번역했고 스물여섯에 앙굴렘 주교가 되었다. 16세기 시인 클레망 마로의 격찬을 받은 바 있다.

88 (역주) 성서의 「창세기」(4:22)에서 두발카인의 누이는 '나아마'로 나온다.

89 "Tu voiz aussi entre les femmes icy paintes, Ysis, qui trouva les lectres des Egipciens; Nicostrates bailla les lectres et orthographie aux Ytaliens; Noctia, soeur de Tubalcayn, trouva les ars mecaniques; les douze Sibilles en maintes prophecies ont descript l'advenement de Dieu ……." (Section LVII, 147쪽)

90 (역주) 조르주 뒤메질(1898~1986). 프랑스의 언어학자, 신화학자, 비교 문헌학자. 인도유럽어계에 속하는 여러 민족의 신화에 나타나는 공통 구조와 내용을 밝힌 업적으로 유명하다.

91 (역주) 흔히 뒤메질이 이야기하는 세 기능은 '사제, 무사, 생산자'로 옮겨지며, '주술적이며 법률적인 지배권, 물리적인 힘과 방어, 풍요와 부'로 설명되기도 한다.

92 "Revêtu d'une peau de lion, c'est-à-dire de fougue, tenant deux javelots, c'est-à-dire muni de faconde et de sagesse, Cadmus, décidé à venger par la discussion, lança contre le serpent un rocher, c'est-à-dire des arguments dépourvus d'éfficacité, sans pouvoir nuire au serpent, c'est-à-dire à l'astuce des gens du pays. Mais il les transperça enfin d'un javelot, c'est-à-dire de sentences plus acérées et plus subtiles. Il sema ensuite les dents du serpent, c'est-à-dire inventa les lettres grecques. De là vient que l'on dit: Grecorum primus vestigat gramata Cadmus." (*Allegoriae*, III, 1. Traduction P. Demats, in *Fabula*, 192쪽)

93 (역주) 르쿠아 교수의 요약은 『장미 이야기』의 19513~19552행에 나오는 내용에 대한 것이다.

94 "Mout fist Cadmus bone semance / qui som peuple ainsinc li avance. / Se vos ausinc bien conmanciez, / vos lignages mout avanciez." (T. III, 19719~19722행)

95 "Si veult dire Othea que le bon chevalier doit amer et honnourer les clercs letrez, qui sont fondez en sciences." (28장, 196쪽)

96 (역주) 이에 대해서는 오비디우스의 『변신 이야기』(III, 28~93행)를 참조.

97 "Jadis Cadmus a moult grant paine / Un grant serpent sus la fontaine / Dompta, qui avoit pluseurs testes / Et toutes dorees les crestes; / Et c'est le serpent qui destourbe / Moult a aler en celle tourbe." (1075~1080행)

98 "et aussi comment Cadmus fonda Thebes la cité par l'admonnestement des dieux." (631쪽)

99 (역주) 이 책의 원제는 *'Die Legende vom Künstler: ein geschichtlicher Versuch'*이며, 국내

에는 『예술가의 전설』(사계절, 1999)이라는 제명으로 번역된 바 있다.

100 (역주) 조프루아 토리(1480?~1533?). 프랑스의 인문주의자, 서체 도안가. 조프루아 토리가 지은 아름다운 책 『샹플뢰리』는 '사람의 몸과 얼굴에 따라 도안한 태곳적 혹은 고대의 로마 문자의 균제에 관한 기예와 이론'이라는 긴 부제를 달고 있다. 직역하면 '꽃핀 들판'인 제명 '샹플뢰리'는 고프랑스어에서 '낙원'을 가리키는 말이다.

101 (역주) 『시적 상상』은 아노 자신이 라틴어로 집필했던 『시적 형상*Picta poesis*』이란 책을 직접 프랑스어로 다시 번역하여 쓴 것이다.

102 (역주) 여기서 언급되는 바르텔레미 아노의 작품에는 다양한 엠블럼과 시가 등장하는데, 이 엠블럼은 초반부에 실려 있다. 자세한 것은 아래 웹사이트 참조.
http://special.lib.gla.ac.uk/teach/sm97/index.html,
http://www.emblems.arts.gla.ac.uk/french/emblem.php?id=FANb006

103 "Le magasin de la memoire est volontiers plus fourny de matiere que n'est celuy de l'invention." (*Essais*, I권, 9장)

104 (역주) 1463년에 쓰인 『수사학의 열두 귀부인』은 조르주 샤틀랭, 장 로베르테Jean Robertet, 그리고 신원이 불분명한 장 드 몽페랑Jean de Montferrant 사이에 주고받은 서한들로 이루어진 것이다.

105 (역주) 일곱번째 시녀 '꽃핀 기억'의 모습에 대해서는 *Les douze dames de Rhétorique*, éd. David Cowling, Genève, Droz, 2002에 수록된 열번째 삽화를 참조.

106 "J'ay un panier porté dès mon enfance / Que j'ay remply de matères diverses / …… / De long pener et invenible cure / J'ay estoré l'escrin de ma memoire." (Pièce IV)

107 "Et tiercement, se vous trouvez que Dieu ait permis à la fortune que toutes emprinses ne soient pas venues à souhait et selon le desir des haulx entrepreneurs, que ces coups de foüetz et divines batures fierent et hurtent à la porte de vostre pensée pour ouvrir le guichet de sage memoire, affin que vous doubtiez et creniez les persecutions du ciel." (T. I, prologue, 13~14쪽)

108 "Lors je sentis dame Memoire, / Reprendre et mectre en son aulmoire / Ses especes colaterales." (Huitain 36, 284~286행)

109 (역주) 장 메시노(1420~1491). 낭트 인근 모르티에의 영주. 1461~1465년에 지은 것으로 추정되는 『군주들의 명경』은 보이티우스를 본보기로 삼았고 알레고리적 꿈을 배경으로 했다.

110 "Mon enffant, esveille tez espriz et ouvre l'escrin et coffret de ta memoire, pour loger ce beau don et present que liberalement et de bon vueil te donne." (34쪽, 91~93행)

111 "Mettre le vueil et enfermer / Ou coffre de ma souvenance, / Pour plus seurement le garder." (T. I, ballade 35, 24~26행)

112 "Ceste estoire trovons escrite, / Que conter vos vuel et retraire, / En un des livres de l'aumaire / Mon seignor saint Pere a Biauvez; / De la fu li contes estrez." (18~22행)

113 "[Si vos ai] ore menee a fin la veraie estoire de Troie, selon ce que ele fu trovee escritte el (sic) l'almaire de Saint Pol de Corynte en grezois langage, et dou grezois fu mise en latin, et ge l'ai translatee en françois." (Ms. Paris, Bibliothèque nationale, fonds français 1627)

114 (역주) 엄밀한 의미에서 'Graal'을 '성배聖杯'로 옮기는 것은 다소 부적절한 것이 사실이다. 그러나 이미 익숙해진 면이 없지 않기에, 서술의 편의상 '성배'라는 역어를 사용하기로 한다.

115 "Et quant Boorz ot contees les aventures del Seint Graal telles come il les avoit veues, si furent mises en escrit et gardees en l'almiere de Salebieres, dont Mestre Gautier Map les trest a fere son livre del Seint Graal por l'amor del roi Henri son seignor, qui fist l'estoire translater de latin en françois." (279~280쪽)

116 (역주) 보나방튀르 데 페리에(1501~1544). 부르고뉴 출신의 작가, 인문주의자. 마르그리트 당굴렘Marguerite d'Angoulême의 시종장, 비서관으로 활동했고, 성서, 플라톤, 테렌티우스, 호라티우스 등을 번역했다.

117 "Il y a huyct ans ou environ, cher amy, que je te promis de te rendre en langaige françoys le petit traicté que je te monstray, intitulé *Cymbalum Mundi*, contenant quatre dialogues poetiques, lequel j'avoys trouvé en une vieille librairie d'ung monastere." (3쪽)

118 "Ci commence Ovide de *La Vieille*, translaté de latin en françois par Maistre Jehan Lefevre, procureur en Parlement. Et fut trouvé ce livre en un petit cofret d'ivoire en la sepulture du dit Ovide IIII^c ans apres sa mort, tout frais et entier." (1쪽)

119 "Mychault aprés son premier somme / Trouva ce dit en son tresor / Et pour ce prie qu'on le nomme / Le songe de la thoison d'or." (*Le Songe de la Toison d'or*, in *Un poète bourguignon du XVe siècle*……, 739~742행)

120 "Abbé d'Auton, et maistre Jehan Le Maire, / Qui en nostre art estes des plus expers, / Ouvrez l'archet de vostre riche aumaire, / Et composez quelque plainte sommaire / En regrettant l'amy qu'ores je pers." (*Plainte sur le trespas…… [de] Guillaume de Byssipat*, in *OEuvres poétiques*, 174쪽, 541~545행)

121 (역주) 『아마다스와 이두안』은 1190~1220년에 작성된 것으로 추정되며 세 가지 필사본이 현존한다. 아마다스는 부르고뉴 공작가 집사의 아들로 공작의 딸인 이두안과 사랑에 빠진다. 아다마스는 이두안과 반지를 나누어 끼고 사랑을 확인한 뒤 무훈을 시험하고 영예를 얻으려 길을 떠난다. 그러나 돌아오는 길에 이두안이 강제로 느베르 영주와 혼례하게 됐다는 소식을 듣고 고통스러운 나머지 광기에 사로잡힌다. 한편 구실을 만들어 로마 성지순례 허락을 받고 길을 나선 이두안은 아마다스를 한 동굴에서 발견하고 그가 이성을 되찾게 돕는다. 우여곡절을 거친 뒤, 아마다스는 큰 재산을 상속받아 이두안과 행복한 삶을 살게 된다. 긴 독백이 잦은 이 작품의 주된 얼개는 크레티앵 드 트루아의 『클리제스』를 연상시키고 아마다스가 광기에 사로잡히는 대목은 유명한 트리스탄의 광기를 연상시킨다.

122 "et s'avoit letres sor chascune / qui les nons de ces devisoient / qui dedanz les tonbes girroient." (1860~1862행)

123 "Et letres escrites i a / qui dient: 'Cil qui levera / cele lanme seus par son cors / gitera ces et celes fors / qui sont an la terre an prison.'" (1899~1903행)

124 "Qui? quoy? comment? a qui? pourquoy? / Passez, presens ou avenir, / Quant me viennent en souvenir / Mon cueur en penser n'est pas coy." (T. II, rondeau 300)

125 "Nommé suys Souvenir, avec Pensee aussi, / Qui forgeons sans cesser, comme voyez icy, / Fleurectes d'ancolies et soucïes tousjours / Sur l'enclume de paine, de marteaulx de labours, / Pour aux dolans amans qu'ont dames sans mercy / Faire des chappelez avec fleurs de rebours." (176쪽)

126 "…… Je croy, par saint Nycaise! / Qu'homme vivant n'est, a nul n'en desplaise, / Qui peust porter, / Tant soit il fort, les maulz que raconter / Vous oy yci, sanz la mort en gouster; / Mais je n'ay point ou sont ouÿ conter / Ly cymentiere / Ou enfouÿ sont ceulz qu'amours entiere / A mis a mort, et qui por tel matiere / Ont jeu au lit ou porté en litiere / Soient au saint / Dont le mal vient; et quoy que dient maint / Je croy que nul, fors a son aise, n'aint." (*OEuvres poétiques*, t. II, 982~994행)

127 "Quant faitte euz ma pensee entiere, / Je suy hors du temple passez / Et entré ens ou cementiere / Ou gisoient les trespassez. / Par les tombes cogneuz assez / De ceulx qui gisoyent en terre, / Qui onques ne furent lassez / D'amer lealment sans meffaire.//Je y cogneuz Helaine et Paris, ……" (27~28절, 209~217행)

128 (역주) 토포스로서의 '로쿠스 아모에누스'에 대해서는 김준현, 「'로쿠스 아모에누스'로서의 여성: 마리 드 프랑스와 크레티앵 드 트루아의 작품을 중심으로」, 『중세르네상스 영문학』, 제9집 제1호, 2001, 43~66쪽; 「'로쿠스 아모에누스locus amoenus'의 중세적 변용」, 『중세르네상스 영문학』, 제11집 제2호, 2003, 219~241쪽 등을 참조.

129 "Du pré tout couvert de blans marbres, / Semé de flours tresoudourans / Et umbroyé de haults vers arbres, / L'encens et le balsme flairans …… / Tantost departismes." (1937~1940행 및 1943행)

130 "Tant alasmes en regardant / Celuy cymentiere piteux / Que nous venons au trou ardant, / Au trou horrible et despiteux." (1361~1364행)

131 "Plaines de dictiers gracieux / Et de rondeaulx en lieu de plaintes / Pour amuser les amoureux." (1990~1992행)

132 "Le fut trouvé ung cartulat / En françois rond sans quelque gloze, / Le livre *Lancelot du Lac* / Et ung vielz *Rommant de la Rose* ……//Le livre des *Joies et Doulours* / *Du Jenne Amoureux Sans Soucy*, / *La Belle Dame Sans Mercy* / Et aussi *l'Ospital d'Amours*;//*Passe temps Michault* y estoit, / L'Amoureux rendu cordelier / Et d'autres livres ung millier / Ou le Defunct si s'esbatoit." (429~432행 및 437~444행)

133 "en vertu de la voix, je me trouvay, ne sçay comment, en ung cimitere plain de tombes" (9쪽, 5~6행)

134 "O George …… En ensievant doncques la nature du cas et dont tu es seul secretaire, seul auditeur et le seul ycy choisy, affin que la memoire n'en perisse et que ta vision peust autre part donner fruit, il te enjoint que tu le mettras par escript et que, toy riglant selon

la retencion que tu en as et dont on se confie en toy, tu [le] publies par les royales cours et ailleurs, la ou il porra servir." (193쪽, 8행 및 10~16행)

135 "Du temple fut Bocace fondateur, / Le collecteur d'histoires anciennes, / Du cymitiere premier instituteur, / Messire George ……" (53쪽, 41~44행)

136 "Si tu vas a Saint-Innocent / Ou il y a d'ossement grant tas, / Ja ne congnoistras entre cent / Les os des gens des grans estas / D'avec ceulx qu'au monde notas / En leur vivant, povres et nus: / Les corps vont dont ilz sont venuz." (733~739행)

137 "Il y avait alors entre les morts une égalité parfaite: les riches n'avaient pas, comme aujourd'hui, pignon sur rue au cimetière. Quand le temps était venu, on vendait leur pierre tombale, et leurs os allaient s'entasser dans les charniers, qui surmontaient le cloître" (*L'Art religieux de la fin du Moyen Age en France*, 360쪽).

138 "Quant je considere ces testes / Entassees en ces charniers, / Tous furent maistres des Requestes, / Au moins de la Chambre aux deniers, / Ou tous furent portepaniers; / Autant puis l'un que l'autre dire, / Car d'evesques ou lanterniers, / Je n'y congnois riens a reddire." (Huitain 162, 1744~1751행)

139 "Il ne produira que l'oubli dans l'esprit de ceux qui apprennent, en leur faisant négliger la mémoire… et tu n'offres à tes disciples que le nom de la science sans la réalité."

140 "Pour acquérir de la gloire par les livres, il faut non les posséder, mais les connaître, les confier non à sa bibliothéque, mais à sa mémoire, les loger non sur ses tablettes, mais dans son cerveau, autrement personne ne sera plus glorieux qu'un libraire public ou même une bibliothèque." (*De l'abondance des livres*, 26~27쪽)

141 "Et donques par plus fort raison, / Tu, qui es raisonnables hom / Et qui as ame intellective / Perpetuel, saige et soubtive / Doiz mieulx tendre a avoir lignée / Par le moien d'espouse née / Que tu deusses prandre et henter / Pour ta forme representer, / Toy et ton nom après la mort / Selon la loy." (*OEuvres complètes*, t. IX, 189~198행)

142 "Ancor n'ara tant travillié / Chevaliers ne li clers villé, / Se leurs fais n'estoient escrips, / Figurez ou mis en painture, / Qui tout revient a escripture, / Ou taillez de pierre de taille, / Comme on figure une bataille, / Ou comme l'en fait voulentiers / Les ymaiges en ces moustiers / Des vierges, des sains et des sainctes." (*Miroir de Mariage*, in *OEuvres complètes*, t. IX, 7995~8005행)

143 (역주) 장 루도. 1929년에 태어난 프랑스 문학 연구자. 피사 대학, 프라이부르크 대학 등에서 교수로 재직했다.

144 "Je n'ai jamais écrit que des tombeaux."

시와 포도주와 정신의 벗들

1 "Le souverain des Frequentans, / Qui sa vie a usé cent ans / A suir taverne a Vertus, / Bien gouvernez et mal vestus, / A touz les enfans de la ville / Qui a frequenter sont habile, …… / Salut!" (T. VII, pièce 1400, 1~6행과 10행)

2 "Vous fustes cancelier dou prince de la Gale" (*Poésies*, t. II, 261쪽, 17행)

3 "Le prince de la Gale je siervi loyalment" (같은 책, t. II, 266쪽, 2행)

4 "A vous parle, compains de galle, / Mal des ames et bien du corps." (1720~1721행)

5 "Tout aux tavernes et aux filles." (*Le Testament*, 1692~1719행)

6 "tant estoyent beaux langagiers et emparlez" (3쪽)

7 "Et de ceste musique naturele ……, vueil je traictier principaument, en baillant et enseignant un petit de regle ci après declarée a ceuls que nature avra encliné ou enclinera a ceste naturele musique, afin que ilz saichent congnoistre les Gaçons et couples des lais ……." (T. VII, 272쪽)

8 "Quant Orpheüs le poëte devin / Fit sacrefice ou il n'ot point de vin" (31~32행)

9 "A ces noces fu Silenus, / Li viellars yvrais, qui but tant / Que le vin aloit sangloutant / Et vomissant parmi la bouche / Si ne se mut plus c'une couche." (T. IV, livre XI, 1284~1288행)

10 "Amours ne m'amoit, ne je li, / Ainçois ressambloie à celi / Qu'on compere à une viés souche." (735~737행)

11 "Dont le cervel est enfumé / Et pluseurs en sont enrumé" (T. VII, pièce 1400, 25~26행)

12 "Jehan Fumée, par la grace du monde / Ou tous baras et tricherie habonde, / Empereres et sires des Fumeux, / Et palatins des Merencolieux, / A tous baillis, prevosts et seneschaulx, …… / Amour, salut avec dilection!" (T. VII, *La Chartre des Fumeux*, pièce 1398)

13 "Tout premiers, vous avés fait livres / Qui ont cousté bien .VII^{c}. livres. / L'argent avés vous mis la bien; / Je le prise sus toute rien, / Car fait en avés mainte hystore / Dont il sera encore memore / De vous ens ou temps a venir ……. / Et les tavreniers de Lestines, / Entroes que la vous ordeniés / Et que la cure gouvreniés, / En ont bien eü cinq cens frans." (*Le Dit dou Florin*, in *Dits et Débats*, 181쪽, 199~205행 및 208~211행)

14 "Certes, Jehan, la fons Cirree / Ne te congnoit, ne li lieux vers / Ou maint la vois Caliopee. / Car amoureus diz fais couvers / De nons divers" (508쪽, 19~23행)

15 "O Victriens, mondains Dieu d'armonie, / Filz Musicans et per a Orpheus, / Supernasor de la fontaine Helye, …… / Car en la fons Cirree est tes escus." (509쪽, 1~3행 및 15행)

16 "La fons Circé et la fontaine Helie / Dont vous estiez le ruissel et les dois." (T. I, ballade 124, 9~10행)

17 "Doulz Zephirus qui faiz naistre les flours, / Printemps, Esté, Autompne, et Aurora, / Plourez o moy mes dolentes dolours / Et le jardin que jadis laboura / Fons Cireus, ou Galiope ouvra, / Qui de ses fleurs avoit fait un chapel." (T. V, ballade 984, 1~6행)

18 (역주) 여기서 거론되는 초서의 작품에는 부제처럼 'The compleynt of feire Anelida and fals Arcite'라는 말이 붙어 있다. 18행을 전거로 드는 원저자의 인용과는 달리, 문제의 구절은 17행에서 이야기된다: "By Ely con, not fer from Cirrea."

19 "A toy pour ce de la fontaine Helye / Requier avoir un buvraige autentique" (T. II, ballade 285, 22~23행)

20 "Muse eloquent entre les .IX., Christine" (T. VI, ballade 1242, 1행)

21 "O douce suer, je, Eustace, te prie, / Comme ton serf, d'estre en ta compaignie / Pour bien avoir d'estude congnoissance; / Mieulx en vaudray tous les temps de ma vie, / Car je te voy, com Boece a Pavie, / Seule en tes faiz ou royaume de France." (같은 책, 31~36행)

22 "Tu puez bien lire aussi et ouyr les dictez vertueulx de ton serviteur et officier Eustache Morel, et toutes autres escriptures vrayes, honnestes et catholiques, tendans a bonne edification." (*Le Songe du Vieil Pelerin*, t. II, 223쪽)

23 (역주) 질 말레는 1410년 사망한다. 1369년 국왕은 질 말레에게 영을 내려, 루브르에 도서관을 만들고 책을 풍성히 갖추도록 한다. 이것이 오늘날 프랑스 국립도서관의 전신이 된다. 말레는 죽을 때까지 41년 동안 자신의 소임에 충실했으며, 1373년의 도서관 소장 목록은 다수의 번역본을 포함하여 총 910권에 이르렀다고 전해진다.

24 (역주) 콘스탄츠는 독일 국경 지역의 대학 도시. 1414~1418년에 공의회가 개최된 바 있으며, 여기서 얀 후스Jan Hus의 화형이 집행되었다.

25 (역주) 니콜라스 트레브 혹은 니콜라스 트리브Nicholas Trivet(1257?~1334?). 도미니크회 수도사, 연대기 작가.

26 (역주) 파도바의 마르실리오 혹은 파도바의 마르시글리오Marsiglio da Padova(1275?~1342). 이탈리아의 의사이자 정치 이론가.

27 (역주) 피에르 베르쉬르(1290?~1362). 라틴어로는 페트루스 베르코리우스Petrus Berchorius / Bercorius. 프랑스 작가이자 번역자로, 페트라르카와 친분이 있었다.

28 (역주) 장 드 장뎅(1280?/1290~1328). 프랑스의 철학자, 신학자.

29 (역주) 베리의 리처드(1287~1345). 다른 이름(Richard Aungerville/Aungervyle)으로도 유명한 영국 작가이자 애서가. 베네딕트회에 속했던 주교.

30 (역주) 기욤 필라스트르(1348~1428). 프랑스 추기경이자 인문주의자, 지리학자.

31 (역주) 장 제르송(1363~1429). 프랑스의 신학자, 설교자. 1463년 12월 14일 바르비에서 아르눌 르 샤를리에Arnoul Le Charlier의 열두 아이들 중 장자로 태어나 1377년 삭발례를 받고 성직자의 길에 들어선다. 1381년 학사 학위를 받고 니콜라 드 클라망주와 돈독한 우정을 나누기 시작했다. 1391년 스승 피에르 다이의 뒤를 이어 파리 대학의 샹슬리에가 되며 1415~1418년에는 콘스탄츠 공의회를 여는 데 적극 노력하는 한편 교권분열을 막는 데에도 크게 진력했다.

32 (역주) 니콜라 클라망주. 1360년경에 태어나 1434~1440년 사이에 사망한 것으로 추정된다. 프랑스 인문주의자이자 신학자. 1375년 콜레주 드 프랑스에서 피에르 다이에게 가르침을 받았고, 장 제르송 및 장 쿠르트퀴스와 함께 수학했다고 전해진다.

33 (역주) 피에르 다이(1350~1420). 프랑스의 추기경, 학자, 신학자. 장 제르송의 스승으로 콘스탄츠 공의회(1414~1418)를 여는 데 큰 공헌을 했다.

34 (역주) 장 당굴렘(1400~1467). 앙굴렘과 페리고르의 영주로 장 2세라 불렸다. 샤를 5세의 손자이자 후일의 국왕 루이 11세의 삼촌이었으며, 프랑수아 1세의 조부이다.

35 (역주) 포조 브라치올리니(1380~1459). 이탈리아의 학자이자 작가, 인문주의자. 독일과 프랑스 수도원 서가에서 빛을 보지 못하고 잠들어 있던 수많은 고전 라틴 문헌들을 재발견하는 데 큰 공을 세웠다.

36 (역주) 로랑 드 프르미에페(1380~1418). 샤를 6세 치하의 번역가들 중에서 으뜸으로 꼽히는 인물이자 인문주의자였다.

한 세기의 지친, 늙은 아이들

1 "Rien ne fut plus nouveau en son temps que la méthode scolastique, rien de plus moderne, et c'est ce qu'ont détesté en elle les Humanistes de l'âge suivant. On ne pense peut-être pas assez que leur culte bien connu de l'Antiquité impliquait une détestation complémentaire de la Modernité" (8쪽)

2 (역주) 필라레테. 본명은 안토니오 디 피에르토 아베를리노Antonio di Pietro Averlino(1400?~1469?). '탁월함을 사랑하는 자'라는 의미의 그리스어 'Filarete'라는 별명으로 유명하다. 피렌체 출신인 이탈리아 르네상스 시기의 건축가, 조각가, 건축 이론가이다.

3 "Il naît avec des rides : c'est un vieil enfant à l'école qui épelle d'une voix cassée, peureux, tremblant entre le fouet et les férules" (*Journal*, t. II, 39쪽)

4 "O mort mortellement cruelle! pourquoy as tu pris maistre Alain Charetier, le pere de l'eloquence françoyse?" (T. I, 72쪽)

5 "L'invention, et le jugement compris sous elle, se confirment et enrichissent par la lecture des bons et classiques poètes français comme sont entre les vieux Alain Chartier, et Jean de Meun." (*Traités de poétique et de rhétorique de la Renaissance*, 59쪽)

6 (역주) 자유심령파. 13세기 말 프랑드르 지방에 번성한 베긴회 신앙을 가리킨다. 베긴회는 십자군전쟁으로 남편을 잃은 과부와 미혼 여성들이 주축이 된 수도 단체로, 점차 모든 계층의 여성이 참여하면서 영향력 또한 커졌다. 수도원에 준하는 공동체 생활을 했으나 수도 서원을 하지 않았고 원할 경우 결혼도 할 수 있었다. 마르그리트 포레트의 책은 프란체스코회 수사, 시토 교단의 수도사, 신학 교사의 승인을 받았으리만큼 처음에는 교권과 아무 갈등을 빚지 않았다. 미남왕 필리프 4세와 교황이 대립하던 시기에 화형당했다는 점에서 그녀를 정치적 갈등의 희생양으로 보기도 한다.

7 "Ceuls qui furent d'Adam nez, / Qui estoient condempnez / A mort par leurs ancessors." (T. VII, pièce 1358, 129~131행)

8 "Il l'ouvry et regarda ens, et luy pleut très grandement et bien plaire luy devoit, car il estoit enluminé, escript et historié et couvert de vermeil velours à dix clous attachiés d'argent

dorés et roses d'or ou milieu, à deux grans frumaux dorés et richement ouvrés ou milieu de roses d'or. Adont me demanda le roy de quoy il traittoit. Je luy dis: 'D'amours.' De ceste reponse fut-il tous resjouys, et regarda dedens le livre en plusieurs lieux et y lisy, car moult bien parloit et lisoit le franchois, et puis le fist prendre par ung sien chevallier qui se nommoit messire Richard Credon et porter en sa chambre de retraite, et me fist de plus en plus bonne chière et bon recueillotte à merveilles." (T. XV, livre quatrième, 167쪽)

9 "D'honneur m'a fait plus que ne vaulx, / Car il m'a touchié de sa main" (*Complainte du livre du Champion des Dames a maistre Martin Le Franc son acteur*, 129~130행)

10 "Tant a l'en fait qu'il m'a falu / Demourer seulet en la mue, / De mousse et de pouldre velu / Comme ung viez aiz qu'on ne remue." (145~148행)

11 "Siques, mon filz, couche l'escu, / Ferme le pié." (325~326행)

옮긴이의 말

중세 서구, 칩거와 성찰의 14세기

–멜랑콜리로부터 아련한 향수와 책에 대한 사랑으로

흔히 중세는 고대의 찬란한 광채와 르네상스의 새로운 기운 사이에 위치한 불명료한 시기, 광활하지만 텅빈 일종의 어두운 황무지처럼 받아들여지곤 했다. 또 경우에 따라서는 어두움과 빛, 야만과 문명, 삶의 쓰라림과 기쁨, 뮤즈의 유배와 귀환, 망각과 소생, 죽음과 부활 등의 이분법에 따라 르네상스와 극명하게 대비되는 부정적인 모습으로 제시되곤 했다. 그러나 르네상스의 터전이자 창안자로서의 중세가 갖는 면면들을 떠올려본다면, 또 원론적인 의미에서의 '인문주의'를 생각해본다면, 중세는 결코 기억의 양피지 아래에 영원히 잠들어 있는 먼 과거가 아니며, 가장 넓고 깊은 의미에서의 '현재'를 확보하게 해주는 터전이 아닐 수 없다. 자유 검토의 정신 속에서, 끊임없는 회의주의와 깊이 있는 질문들, 부단한 성찰과 노력을 통해 난제를 풀 수 있는 해법을 찾으려고 했던 사람들, 기존의 시각이나 전통적인 해석을 맹목적으로 추종하지 않고 여기에 스스로의 견해를 더했던 이들, 앞선 과거를 출발점으로 삼아 오늘을 비판하고 개선하고자 했던 이들의 사상적 기반을 '인문주의'라 표현한다면, 이러한 흐름은 이미 중세부터 있어왔고, 그 결과 '거인의 어깨를 딛고 올라선 난쟁이들'은 앞선 세대의 사람들보다 더 많이, 더 멀리 볼 수 있었다.

하위징아의 유명한 표현을 차용해 말한다면 "세상이 지금보다 몇 백 년 젊었을 때"인 중세, 그 중세 안에서도 14세기는 상대적으로 간과되곤 했다. 문학의 봄, 즐거운 환희의 시절, 선구자들의 시절이 과거 12세기에 있었다. 반대로 14세기는 자신들의 시대를 문학의 겨울, 스스로의 내면으로의 은거, 칩거와 성찰 그리고 노년의 시절로 바라보았다. 저자 자클린 세르킬리니툴레는 '멜랑콜리'라고 하는 프리즘을 통해 14세기, 더 엄밀하게는 1300년에서 1415년에 이르는 시기를 갖가지 층위에서 조망하며, 이 기간 동안 표출된 다양한 표명들과 그 결과들을 상세히 제시한다. 물론 '멜랑콜리'에 대한 명확한 정의가 이 얇은 책 속에 제시되는 것은 아니지만, '문학의 겨울', '위기감에 사로잡힌 한 사회의 전반적인 분위기', '한 시대가 겪었던 물질적·정치적·사상적인 불안과 위기에 대한 문학 차원의 모색과 반응' 등으로 저자가 강조하는 '멜랑콜리'의 주조主調를 이해해도 무방할 것이다.

저자는 이 책에서 당대인의 눈을 통해 바라본 14세기의 문학, 광채를 발하는 선구자의 세기, 영광의 세기였던 12세기와 대비되는 불모의 겨울을 지배하는 고유의 색깔을 암시하는 것으로 시작해, 라틴어에서 프랑스어로의 변화, 프랑스어의 새로운 위상, 언어에 대한 새로운 관심과 주의를 조목조목 짚어나가며, 여러 작가들 사이의 문학적 교류와 은유적인 계통의 형성, 독창성과 소재의 혁신, 기억과 책의 관계로 논의의 폭을 확장시킨다.

이 책은 통합적이고 체계적인 어떤 '이론'을 정립하거나 잘 정돈되고 단일화된 '정리'를 보여주는 개론서와는 다소 거리가 있으며, 세부적인 양상들, 개별적인 표명들 하나하나를 세밀히 고찰하고 있는 그대로 독자의 눈앞에 제시하는 데 진력한다. 따라서 명료하면서도 뚜렷한 정의와 답변을 기대하는 독자들에게는 이 책 전체의 구조와 흐름이 지나치게 헐겁고 혼란스러운 일종의 '미궁'이나 '카오스'처럼 보일 수도 있다. 그러나 이차 자료보다는 일차 자료인 당대의 텍스트를 중시하는, 그 결과 14세기 유럽의 여러 텍스트들을 넘나들면서 당대의 사고와 인식의 변화, 문화적인 특징들을 곳곳에서 짚어내는 이 책은, 지금까지 상대적으로 소홀한 대접을 받았던 14세기에 대한 새로운 조망과 고찰을 촉구하는 데 그치지 않는다는 점에서 더욱 생산적이다. 당대의 사회, 정치 등 여러 복합적인 맥락 속에서 멜랑콜리의 대기가 아련한 향수와 책에 대한 사랑으로 어떻게 전이되는지, 14세기 특유의 감수성이 어떻게 형성되고 표출되는지를 소개하는 이 책은, 읽고 난 독자들의 뇌리에 동일한 욕구, 즉 다른 세기들에 대한 새로운 조망의 필요성을 불러일으킨다. 그와 더불어, 선조성을 보이는 시간의 흐름 속에서 여러 세기들의 공통점과 변별점을 되짚어보는 계기의 순간을 만들어낸다는 점도 이 책이 가진 하나의 의의라고 할 수 있을 것이다.

역자가 저본으로 삼은 텍스트는 Jacqueline Cerquiglini-Toulet, *La Couleur de la mélancolie. La fréquentation des livres au XIVe siècle 1300~1415*, Paris, Hatier, 1993이며, 아울러 영역인 *The Color of Melancholy. The Uses of Books in the Fourteenth Century*, Translated by Lydia G. Cochrane, Baltimore and

London, The Johns Hopkins University Press, 1997도 상당 부분 참조하였다. 번역에 난점이 되었던 무수한 중세 특유의 용어들, 이를테면 인명과 지명 등의 고유명사나 신분과 관직을 나타내는 어휘들이 제기하는 어려움들과 마주치면서, 그리고 발췌된 숱한 14세기 문학작품들의 특정 구절들과 낯선 작품들의 제명들을 접하면서, 역자 스스로도 말로 표현하기 힘들 만큼 당혹감과 좌절감을 느꼈음을 고백할 필요가 있을 듯하다. 적절한 우리말을 찾으려고 애를 썼지만, 필경 합당한 역어들보다는 모자라고 흠결 있는 역어가 더 많을 수밖에 없었다는 점을 밝혀둔다. 그뿐만 아니라 저자 특유의 간결하고 압축적인 표현들, 프랑스어 특유의 통사 구조와 빈번히 이루어지는 다의적인 표현들의 경우에도 사정은 크게 다르지 않았다. 그러나 번역 과정에서 흔히 말하는 '가독성'이나 '자연스러움'을 무조건적으로 따르고 전면에 내세우지는 않았다는 점도 밝혀둘 필요가 있으리라 생각한다. 흔히 '직역'과 '의역'으로 번역의 방법을 대별하곤 하지만, 모든 번역이 지향하는 바는 사실상 문자 그대로의 '직역'이며, 바로 이러한 '직역'을 통해 이질적인 '말과 의미', 낯선 '형식과 내용'이 오롯이 전달될 수 있다고 역자 스스로 믿고 있었기 때문이다. 하지만 최초의 독자가 되어, 역자 스스로가 경우에 따라서는 내용 파악과 의미 전달에 보다 치중하였으며, 또 어떤 대목에서는 원문의 간명한 서술과 응축된 힘에 기대를 걸기도 했다는 점을 부기해둔다.

이 책을 번역하면서, 알게 모르게 많은 이들의 도움을 받았다. 특별한 감사를 표하고 싶은 이들이 여럿이고, 저마다의 이름이 차례로 떠오른다. 하지만 여기서는 그저 내가 느끼는 고마움이 형언할 수 없이 크다는 점만을 적어두고자 한다. 먼저 출판을 맡아주시고 한 권의 책이 나오도록 애써주신 문학동네와 인문팀 여러분께 감사드린다. 또한 나를 생각하고 내게 힘을 주는, 그리고 내가 기억하는 많은 이들, 주위의 여러 선후배들과 선생님들께 감사드린다. 끝으로 한결같은 수행력으로 연구자의 자세가 어떠해야 하는지를 몸소 보여주셨던 지금은 계시지 않는 선생님, '원론'과 '각론'의 조화를 잊지 않도록 묵묵히 지켜봐주시고 늘 옆에서 격려해주시는 선생님, 두 분 선생님께 깊이 감사드린다.

2012년 8월

김준현

찾아보기

중세의 경우, 적어도 14세기 말까지는 성과 이름의 구분이 오늘날처럼 명확하지 않았으며, 종종 별명 또는 출신지, 그 외 특징들을 제시하여 인명을 구분하곤 했다. 15세기 들어 성과 이름의 구분이 명확해지는 만큼, 몇몇 예외를 제외한 14세기까지 통용되던 인명은 그대로 제시하기로 한다.

ㅅ

ㅇ

ㅎ

지은이 자클린 세르킬리니툴레

1945년에 태어나 퐁트네오로즈Fontenay-aux-Roses의 고등사범학교를 졸업했고, 프랑스, 미국, 스위스 등 유수의 대학에서 교수 생활을 했다. 스위스 제네바 대학교의 중세 프랑스 문학 담당 교수로 있었고, 현재 파리 4대학(소르본)의 중세 프랑스 문학 담당 교수로 재직 중이다. '기욤 드 마쇼와 14세기의 글쓰기'에 관한 연구로 박사학위를 받았고, 크리스틴 드 피장의 『연인과 귀부인의 백 편의 발라드』, 기욤 드 마쇼의 『진실한 이야기』, 『사랑의 샘』 등의 작품에 대한 비평적 주석판을 간행하였다. 14~15세기를 중심으로 기욤 드 마쇼에서 프랑수아 비용에 이르는 중세 후기의 서정시와 관련된 여러 편의 논문과 연구서를 발표했으며, 중세 특유의 독서와 글쓰기, 중세 프랑스 문학사 및 선집의 문제 등에 많은 관심을 보이고 있다.

옮긴이 김준현

고려대학교 불어불문학과를 졸업하고 같은 대학 대학원에서 중세 프랑스 시에 대한 연구로 석사(『'유증시遺贈詩'의 제명에 대한 연구』) 및 박사학위(『프랑수아 비용의 '유언의 노래'에 대한 연구』)를 받았다. 중세 시학과 수사학, 중세 후기의 서정시, 근대 초기의 외국문학 수용사와 번역의 문제 등에 대한 여러 편의 논문이 있으며, 최근에는 보들레르, 베를렌, 아폴리네르 등의 프랑스 현대시에 관심을 기울이고 있다. 고려대, 덕성여대, 서울대 등에 출강했으며, 현재 한국외국어대학교 외국문학연구소 HK연구교수로 재직 중이다. 저서로는 『목 매달린 자의 노래—프랑수아 비용 연구』(2012)가 있다.

멜랑콜리의 색깔들-중세의 책과 사랑

초판 1쇄 인쇄 2012년 10월 12일
초판 1쇄 발행 2012년 10월 22일

지은이 자클린 세르킬리니툴레 | 옮긴이 김준현
펴낸이 강병선
기획 고원효 | 책임편집 고원효 | 편집 김영옥 송지선
디자인 장원석 | 저작권 한문숙 박혜연 김지영
마케팅 신정민 서유경 정소영 강병주 | 온라인 마케팅 김희숙 김상만 이원주
제작 안정숙 서동관 임현식 | 제작처 영신사(인쇄) 경일제책(제본)

펴낸곳 (주)문학동네
출판등록 1993년 10월 22일 제406-2003-000045호
주소 413-756 경기도 파주시 문발동 파주출판도시 513-8
전자우편 editor@munhak.com | 대표전화 031)955-8888 | 팩스 031)955-8855
문의전화 031)955-8890(마케팅), 031)955-2685(편집)
문학동네 카페 http://cafe.naver.com/mhdn

ISBN 978-89-546-1943-1 93860

* 이 도서의 국립중앙도서관 출판시도서목록(CIP)은 e-CIP홈페이지(http://www.nl.go.kr/ecip)와 국가자료공동목록시스템(http://www.nl.go.kr/kolisnet)에서 이용하실 수 있습니다.(CIP 제어번호 : CIP2012004638)

www.munhak.com